LA CASA EN EL LAGO

RILEY SAGER

LA CASA EN EL LAGO

 Planeta

Título original: *The House Across the Lake*

Copyright © Riley Sager, 2022

Traducido por: Yara Trevethan Gaxiola

Derechos reservados

© 2024, Editorial Planeta Mexicana, S.A. de C.V.
Bajo el sello editorial PLANETA M.R.
Avenida Presidente Masarik núm. 111,
Piso 2, Polanco V Sección, Miguel Hidalgo
C.P. 11560, Ciudad de México
www.planetadelibros.com.mx

Primera edición en formato epub: junio de 2024
ISBN: 978-607-39-1479-6

Primera edición impresa en México: junio de 2024
ISBN: 978-607-39-1398-0

Impreso en los talleres de Impregráfica Digital, S.A. de C.V.
Av. Coyoacán 100-D, Valle Norte, Benito Juárez
Ciudad De Mexico, C.P. 03103
Impreso en México - *Printed in Mexico*

Creo que él lo hizo, pero no puedo probarlo.

Taylor Swift,
Sin cuerpo no hay delito

El lago es más oscuro que un féretro con la tapa cerrada.

Es lo que Marnie decía cuando éramos niñas y ella trataba de asustarme todo el tiempo. Sin duda era una exageración, pero no por mucho. El agua del lago Greene es oscura, incluso con la luz que se filtra en ella.

Un féretro cuya tapa está resquebrajada.

Fuera del agua se pueden ver con claridad casi treinta centímetros bajo la superficie antes de que empiece a ponerse turbia. Luego oscuro. Después negro como una tumba. Es peor cuando te sumerges por completo, el destello de luz que proviene del exterior contrasta en extremo con las profundidades tenebrosas del fondo.

Cuando éramos niñas y flotábamos en medio del lago, Marnie a menudo me retaba a nadar más allá del punto de visibilidad hasta tocar el fondo. Lo intenté varias veces, pero nunca lo logré. Perdida en la oscuridad, siempre me desorientaba y daba media vuelta, nadando hacia arriba cuando pensaba que avanzaba hacia abajo. Salía a la superficie jadeando, confundida y un poco desconcertada por la diferencia entre el agua y el cielo.

En la superficie, el día era resplandeciente.

Justo debajo, la noche aguardaba.

En la ribera, cinco casas de estilos variados se elevan junto al agua oscura del lago Greene, desde cómodas y pintorescas hasta llamativas y modernas. En verano, cuando la cordillera Green Mountain está en todo su esplendor y cada casa está llena de amigos, familiares y visitas de fin de semana, se iluminan como faros que señalan un puerto seguro. Por las ventanas se pueden ver las habitaciones bien iluminadas repletas de gente que come, bebe, ríe, discute, juega y comparte secretos.

Cambia en temporada baja, cuando las casas se tranquilizan, primero entre semana y después también los fines de semana. No es que estén vacías, para nada. El otoño atrae a la gente a Vermont tanto como el verano, pero el estado de ánimo es diferente. Tranquilo. Solemne. Para mediados de octubre es como si la oscuridad del lago hubiera inundado la ribera y calado en las casas para atenuar su luz.

Esto es particularmente cierto en la casa que está justo al otro lado del lago.

Hecha de vidrio, acero y piedra, refleja el agua helada y el cielo gris del otoño, y los usa para ocultar lo que sea que pueda estar sucediendo dentro de ella. Cuando las luces están prendidas se puede ver al interior, pero no demasiado. En ese sentido es como el lago. No importa cuánto observes, algo justo por debajo de la superficie siempre permanecerá secreto.

Yo debería saberlo.

He estado observando.

AHORA

Miro fijamente a la detective que está al otro lado de la mesa; frente a mí hay una taza de café que no he tocado. El vapor que sale de ella le confiere a la detective un aire diáfano de misterio. No es que necesite ayuda al respecto. Wilma Anson posee una inexpresividad tranquila que raras veces cambia. Incluso a esta hora tardía, y empapada por la tormenta, permanece imperturbable.

—¿Has estado observando la casa de los Royce toda esta tarde? —pregunta.

—Sí.

No tiene caso mentir.

—¿Viste algo fuera de lo común?

—¿Más fuera de lo común que todo lo que ya he visto? —respondo.

Wilma asiente.

—Eso es lo que pregunto.

—No. —Esta vez sí es necesario mentir. He visto muchas cosas esta tarde, más de lo que hubiera deseado—. ¿Por qué?

Una ráfaga de viento azota la lluvia contra las puertas francesas que dan al porche trasero. Ambas hacemos una pausa para mirar las gotas que golpean el vidrio. La tormenta ya es peor de lo que el presentador del tiempo en televisión dijo que sería, y las predicciones ya eran graves. La cola del huracán categoría cuatro se convirtió en tormenta tropical mientras viraba bruscamente como búmeran desde tierra adentro hacia el Atlántico Norte.

Extraño para mediados de octubre.

Mucho más extraño para Vermont del Este.

—Porque es posible que Tom Royce esté desaparecido —dice Wilma.

Aparto los ojos de la lluvia que mancha los vidrios de las puertas francesas para mirar a Wilma con sorpresa. Ella me devuelve la mirada, impávida, como siempre.

—¿Estás segura? —pregunto.

—Vengo de ahí. La casa no está cerrada con llave, el automóvil lujoso sigue frente al garaje. Adentro no parece faltar nada, salvo él.

Volteo de nuevo hacia las puertas francesas, como si pudiera ver la casa de los Royce erigiéndose sobre el lago en la ribera opuesta. Pero todo lo que puedo distinguir es una oscuridad total y pequeños destellos de la lluvia fustigada por un viento enfurecido que los relámpagos iluminan.

—¿Crees que huyó?

—Su cartera y sus llaves estaban en la barra de la cocina —explica Wilma—. Es difícil huir sin dinero o sin coche. Sobre todo en este clima, así que lo dudo.

Advierto su elección de palabras. «Lo dudo».

—Quizá tuvo ayuda —sugiero.

—O quizá alguien lo hizo desaparecer. ¿Sabes algo de eso?

Me quedo boquiabierta por la sorpresa.

—¿Crees que yo estoy implicada en esto?

—Allanaste la casa.

—Entré a *curiosear* en la casa —corrijo, esperando que la distinción aminore el delito ante los ojos de Wilma—. Y eso no significa que sepa dónde está Tom ahora.

Wilma permanece en silencio, en espera de que hable más y posiblemente me incrimine. Pasan los segundos. Muchos de ellos. Todos anunciados por el tictac del reloj de pie que está en la sala y que hace las veces de un latido continuo que acompaña el ritmo de la lluvia. Wilma lo escucha, al parecer no tiene prisa. Es un prodigio de compostura. Sospecho que su nombre tiene mucho que ver con eso. Si toda una vida escuchando las bromas de los Picapiedra te enseña algo, es una profunda paciencia.

—Escucha —dice Wilma después de lo que considera tres buenos minutos—. Sé que estás preocupada por Katherine Royce. Sé que quieres encontrarla, yo también. Pero ya te dije que tomar el asunto en tus propias manos no ayuda. Déjame hacer mi trabajo, Casey. Es nuestra mejor oportunidad de recuperar viva a Katherine. Así que si sabes algo sobre dónde está su esposo, por favor, dímelo.

—No tengo ninguna idea de dónde pueda estar Tom Royce. —Me inclino hacia adelante con las palmas sobre la mesa, tratando de reunir la misma energía opaca que Wilma evade—. Si no me crees, puedes registrar mi casa.

Wilma lo considera. Por primera vez desde que nos sentamos puedo sentir que su mente marca el ritmo de manera tan ininterrumpida como el reloj de pie.

—Te creo —dice por último—. Por ahora. Pero podría cambiar de parecer en cualquier momento.

Cuando se marcha, me aseguro de verla partir desde el umbral, mientras me golpetea la lluvia que cae oblicua en el porche de enfrente. En la entrada del garaje, Wilma avanza a pasos acelerados hacia su sedán particular y se sienta detrás del volante. Me despido con un movimiento de la mano mientras ella se echa en reversa, salpicando en un charco que no estaba ahí una hora antes, y acelera.

Cierro la puerta de la entrada, me sacudo la lluvia y voy a la cocina, donde me sirvo un vaso de bourbon extragrande. Este nuevo giro de los acontecimientos requiere un estímulo que una taza de café no puede proporcionar.

Afuera, otra ráfaga de viento sacude la casa. Los aleros crujen y las luces parpadean.

Señales de que la tormenta empeora.

¡La cola del huracán, ¡sí, cómo no!

Con el vaso de bourbon en la mano subo las escaleras y entro a la primera habitación a la derecha.

Él está exactamente como lo dejé.

Tumbado sobre la cama individual.

Los tobillos y las muñecas están atados a los barrotes de la cama.

Una toalla en la boca a modo de mordaza improvisada.

Le quito la toalla, me siento en la cama idéntica al otro lado de la recámara y doy un trago largo y lento a mi copa.

—Se nos acaba el tiempo —digo—. Ahora dime qué hiciste con Katherine.

ANTES

Lo veo por el rabillo del ojo.

Una fisura en la superficie del agua.

Ondulaciones.

Luz de sol.

Algo que sale del agua y luego se vuelve a hundir.

He estado observando el lago con un distanciamiento mental, que sucede cuando has visto algo miles de veces. Miras, pero en realidad no lo haces. Ves todo, pero no registras nada.

Quizá el bourbon tenga algo que ver con eso.

Es mi tercero, quizá el cuarto. Contar las bebidas es otra cosa que hago a distancia.

Pero el movimiento del agua ha captado ahora toda mi atención. Me levanto de la mecedora, mis piernas vacilan después de tres (o cuatro) copas diurnas; observo la superficie cristalina del lago que de nuevo se quiebra en círculos veteados por el sol.

Entrecierro los ojos tratando de salir de la confusión del bourbon lo suficiente como para ver de qué se trata. Es inútil. El movimiento se localiza en un punto muerto del lago, demasiado lejos como para verlo con claridad.

Me alejo del porche trasero de la casa del lago, entro y avanzo arrastrando los pies hasta el recibidor abarrotado, más allá de la puerta principal. Ahí hay un perchero enterrado bajo abrigos e impermeables. Entre ellos hay un par de binoculares en un estuche de cuero que cuelga de una correa, intacto desde hace más de un año.

Con los binoculares en la mano regreso al porche trasero y me paro junto al barandal para examinar el lago. Las ondulaciones vuelven a aparecer y, en el epicentro, una mano surge del agua.

Los binoculares caen al suelo del porche.

Pienso: «Alguien se está ahogando».

Pienso: «Necesito salvarlo».

Pienso: «Len».

Ese último pensamiento, el de mi marido, de cómo murió en estas mismas aguas profundas, me incita a la acción. Empujo el barandal, el movimiento sacude los hielos en el vaso de bourbon que está junto a la mecedora. Tintinea un poco cuando salgo del porche, bajo apresurada las escaleras y cruzo los pocos metros de terreno musgoso entre la casa y el borde del agua. El muelle de madera tiembla cuando salto sobre él y sigue agitándose mientras corro hacia la lancha de motor que está amarrada en el extremo. La desato, se tambalea cuando me subo, tomo un remo y con él empujo contra el muelle para alejarme.

La lancha gira un momento en una pirueta menos que elegante sobre el agua hasta que logro enderezarla con el remo. Cuando apunta al centro del lago, enciendo el motor fuera de borda con un jalón de la cuerda que hace que me duela el brazo. Cinco segundos después, la lancha se desliza sobre el agua hacia el lugar donde vi por última vez las ondulaciones, aunque ahora no veo nada.

Espero que lo que vi solo haya sido un pez que saltaba fuera del agua o un loco que se haya echado un clavado. O que el sol, el reflejo del cielo en el lago y los varios whiskys hayan provocado que viera algo que en realidad no estaba hí.

Todo eso no es más que una vana ilusión, porque conforme la lancha se acerca al centro del lago, advierto algo en el agua.

Un cuerpo.

Flota en la superficie.

Inmóvil.

Apago el motor y gateo hasta la proa para poder ver mejor. No distingo si la persona está bocarriba o bocabajo, viva o muerta. Todo lo que veo son las sombras de las extremidades extendidas en el agua y una maraña de pelo que flota como alga marina. A mi mente llega la imagen de Len en esa misma posición y grito hacia la ribera.

—¡Ayuda! ¡Alguien se está ahogando!

Las palabras hacen eco en los árboles de hojas doradas a ambos lados del lago, con toda probabilidad nadie las escuchó. Es mediados de octubre y el lago Greene, que nunca está lleno de gente, ahora está más que abandonado. El único residente de tiempo completo es Eli, y no regresará sino hasta la noche. Si hay alguien más por aquí, no se hace presente.

15

Estoy sola.

Tomo otra vez el remo y empiezo a remar hacia la persona que está en el agua. Es una mujer, ahora lo veo, de cabello largo. El traje de baño de una sola pieza deja expuesta su espalda bronceada, las largas piernas, los brazos bien formados. Flota como madera a la deriva, meciéndose suavemente en la estela de la lancha.

Pero otra imagen de Len se introduce en mi cerebro mientras desato el ancla que cuelga de una abrazadera en el borde de la lancha. El ancla no es pesada, solo nueve kilos, pero lo suficiente para mantener a la lancha en su sitio. La lanzo al agua, la cuerda que está atada a ella silba contra el borde de la lancha mientras se hunde hasta el fondo del lago.

Después saco un chaleco salvavidas de debajo de uno de los asientos, tropiezo hacia un lado y me reúno con el ancla en el agua. Caigo al agua con torpeza. No es un clavado elegante, sino más bien un ¡plaf! de costado. El agua helada me hace recobrar la sobriedad como una bofetada. Mis sentidos se agudizan y el cuerpo me arde; meto el chaleco salvavidas bajo el brazo izquierdo y uso el derecho para avanzar hacia la mujer.

Soy buena nadadora, incluso medio borracha. Crecí en el lago Greene y muchos días de verano los pasé más en el agua que afuera. Aunque hayan pasado catorce meses desde que me metí al lago por última vez, el agua me es tan familiar como mi propia cama. Vigorizante, incluso en los días más calurosos, y clara como el cristal, aunque sea solo un momento antes de que la oscuridad se apodere de ella.

Chapoteo hacia la mujer que flota y busco signos de vida.

Nada. Ningún movimiento de los brazos ni patadas, ni un pequeño movimiento de la cabeza.

Un pensamiento hace eco en mi cráneo cuando llego hasta ella, en parte súplica, en parte plegaria.

«Por favor, no estés muerta. Por favor, vive».

Pero cuando sujeto el chaleco salvavidas alrededor de su cuello y la volteo, no parece estar viva. Sostenida por el chaleco salvavidas y con la cabeza hacia el cielo, parece un cadáver: los ojos cerrados, los labios azules, la piel helada. Abrocho las correas de la parte inferior del chaleco alrededor de su cuerpo y pongo mi mano en su pecho.

Ningún rastro de latidos.

Carajo.

Quiero gritar para pedir ayuda, pero me falta el aire y las palabras no salen de mi boca. Incluso los buenos nadadores tienen límites, y yo he llegado al mío. El agotamiento me jala como la marea, y sé que unos minutos más flotando en el mismo lugar al tiempo que me sujeto de una mujer que quizá/probablemente, esté muerta, podrían hacer que quedara igual que ella.

Paso un brazo alrededor de su cintura y uso el otro para avanzar de vuelta a la lancha. No tengo idea de qué voy a hacer cuando llegue ahí. Sujetarme a uno de sus costados, supongo. Agarrarme con fuerza mientras también sostengo a la mujer que, probablemente/definitivamente está muerta, con la esperanza de recuperar el aire en mis pulmones para volver a gritar y que esta vez alguien me escuche.

Sin embargo, en este momento mi mayor preocupación es regresar a la lancha. No pensé en traer otro chaleco salvavidas para mí, y ahora mis brazadas son más lentas y el corazón me late con fuerza y no siento el patalear de mis piernas, aunque creo que siguen haciéndolo. El agua está muy fría y estoy muy cansada. Estoy tan asustada y exhausta que por un momento considero quitarle el chaleco salvavidas a la mujer y dejarla sumergirse en las profundidades.

La autopreservación se está apoderando de mí.

No puedo salvarla si no me salvo yo primero, y quizá para ella ya sea demasiado tarde. Pero luego pienso en Len, que lleva muerto más de un año; encontraron su cuerpo descompuesto en la costa de este mismo lago. No puedo dejar que le suceda lo mismo a esta mujer.

Así que continúo avanzando con un solo brazo y pataleando sin sentir las piernas, jalando lo que, ahora estoy segura, es un cadáver. Sigo así hasta que la lancha está a tres metros.

Dos metros y medio.

Dos metros.

A mi lado, el cuerpo de la mujer se convulsiona de pronto. Una sacudida estremecedora. Esta vez sí la suelto, mi brazo se retrae por la sorpresa.

La mujer abre los ojos de repente. Tose, una serie de borboteos largos y fuertes. Un chorro de agua sale volando de su boca y escurre por su barbilla al tiempo que los mocos salen de su orificio nasal izquierdo hasta su mejilla. Se limpia todo y me mira, confundida, jadeando y aterrada.

—¿Qué pasó?

—No te asustes —digo, recordando sus labios azules, su piel helada, su completa y aterradora inmovilidad—, pero creo que casi te ahogas.

Ninguna de las dos hablamos hasta que estamos seguras en la lancha. No había tiempo para palabras mientras me sujetaba, pataleaba y trataba de subir por el costado hasta que pude desplomarme dentro de la lancha como un pez recién pescado. Ayudar a la mujer a subir a bordo fue aún más difícil, puesto que su experiencia cercana a la muerte la había dejado demasiado agotada como para moverse, mucho menos hablar.

Pero ahora, después de jadear unos minutos, nos sentamos. La mujer y yo estamos frente a frente, conmocionadas por toda la situación y muy felices de poder descansar unos minutos mientras nos recuperamos.

—Dijiste que *casi* me ahogo —dice la mujer.

Está envuelta en una cobija que encontré debajo de uno de los asientos, parece una gatita rescatada de una tormenta, maltrecha, vulnerable y agradecida.

—Sí —respondo mientras exprimo el agua de mi camisa de franela.

Puesto que esa es la única cobija a bordo, permanezco empapada y helada. No me importa, no soy yo quien necesitaba ser rescatada.

—Define *casi*.

—¿Quieres que te diga la verdad? Pensé que estabas muerta.

Debajo de la cobija, la mujer se estremece.

—Dios mío.

—Pero me equivoqué —agrego, tratando de calmar su evidente estupor—. Por supuesto. Recuperaste la conciencia sola, yo no hice nada.

La mujer se remueve en su asiento y deja ver un destello de su traje de baño brillante que sobresale debajo de la cobija. Verdeazulado. Muy tropical. Y tan inapropiado para el otoño en Vermont que me hace preguntarme cómo siquiera ella llegó hasta aquí. Si me hubiera dicho que unos extraterrestres la secuestraron y la trajeron al lago Greene desde una playa de arena blanca en las islas Seychelles, casi le hubiera creído.

—Pero estoy segura de que me hubiera muerto si no me hubieras visto —dice—. Así que gracias por venir a rescatarme. Debí decir esto antes, de inmediato.

Respondo encogiéndome de hombros con modestia.

—No te guardaré rencor.

La mujer ríe y, al hacerlo, revive y pierde todo rastro de la persona que encontré flotando en el agua. El color ha vuelto su rostro, un rubor color durazno que resalta sus pómulos altos, sus labios llenos, sus cejas dibujadas. Sus ojos verde-grisáceo son grandes y expresivos, y su nariz está un poco torcida, un defecto encantador entre tanta perfección. Es hermosa, incluso así, acurrucada bajo la cobija y escurriendo el agua del lago.

Me sorprende mirándola y dice:

—Por cierto, soy Katherine.

Solo en ese momento me doy cuenta de que conozco a esta mujer. No personalmente. Hasta donde recuerdo nunca nos hemos conocido. Pero de algún modo la reconozco.

Katherine Royce.

Antigua supermodelo.

Actual filántropa.

Ella y su esposo son los propietarios de la casa que está directamente al otro lado del lago. La última vez que entré en ella estaba vacante, en venta por más de cinco millones de dólares. Cuando se vendió en el invierno salió en los titulares, no solo por las personas que la habían comprado, sino por el lugar donde estaba ubicada.

El lago Greene.

El escondite en Vermont del amado icono de teatro musical, Lolly Fletcher. Y el lugar donde el esposo de la atribulada actriz, Casey Fletcher, murió ahogado de manera trágica.

No era la primera vez que esos adjetivos se habían usado para describirnos a mi madre y a mí. Los empleaban con tanta frecuencia que bien hubieran podido ser nuestros nombres de pila. Amada Lolly Fletcher y atribulada Casey Fletcher. Un dúo de madre e hija para la eternidad.

—Soy Casey —digo.

—Ah, lo sé —responde Katherine—. Tom, mi esposo y yo queríamos pasar a saludar cuando llegamos anoche. Los dos somos grandes admiradores tuyos.

—¿Cómo sabían que estaba aquí?

—Las luces estaban prendidas —explica Katherine, señalando la casa del lago que ha pertenecido a mi familia por generaciones.

Mi casa no es la más grande del lago Greene, ese honor le corresponde a la nueva casa de Katherine, pero sí es la más antigua. La construyó mi tatarabuelo en 1878 y se renovaba y se ampliaba cada cincuenta años aproximadamente. Desde el agua, la casa del lago se ve encantadora. Elevada cerca de la ribera, alta y sólida detrás de un muro de piedra de la montaña, es casi una parodia del encanto de Nueva Inglaterra. Dos pisos con hastiales de un blanco prístino, celosías y adornos de pan de jengibre. La mitad de la casa se extiende paralela al borde del agua, tan cerca que el porche que rodea toda la casa prácticamente cuelga sobre el lago.

Ahí estaba sentada esa tarde cuando vi por primera vez a Katherine agitándose en el agua.

Y también estaba sentada ahí anoche, demasiado borracha como para darme cuenta de la llegada de la famosa pareja que ahora es propietaria de la casa que está justo al otro lado del lago.

La otra mitad de la casa del lago de mi familia se extiende unos nueve metros hacia el fondo, formando un pequeño patio. Encima, en el último piso de la casa, una hilera de ventanas altas brinda una vista estupenda desde la recámara principal. Ahora, a media tarde, las ventanas están ocultas bajo las sombras de los altos pinos. Pero en las noches, sospecho que la luz de la recámara principal es tan brillante como la de un faro.

—El lugar estuvo a oscuras todo el verano —dice Katherine—. Cuando Tom y yo vimos luces anoche, supusimos que eras tú.

Con mucho tacto, evita mencionar por qué ella y su esposo supusieron que era yo y no, por ejemplo, mi madre.

Sé que conocen mi historia.

Todos la conocen.

La única alusión que hace Katherine a mis recientes problemas es una pregunta preocupada y amable.

—¿Cómo estás?, por cierto. Es difícil, por lo que estás pasando. Tener que lidiar con todo eso.

Se inclina hacia adelante y toca mi rodilla, un gesto demasiado íntimo para alguien a quien apenas conoce, incluso si tomamos en cuenta que probablemente le acabo de salvar la vida.

—Estoy muy bien —respondo, porque admitir la verdad me obligaría a hablar de todo eso, para usar las palabras de Katherine.

Todavía no estoy lista para hacerlo, aunque ya ha pasado más de un año. En parte pienso que nunca estaré lista.

—Qué bueno —dice Katherine con una sonrisa como un rayo de sol—. Me siento mal de haber estado casi a punto de arruinarlo, ya sabes, si me ahogaba.

—Si te sirve de consuelo, esa fue una primera impresión increíble.

Ríe. Gracias a Dios. Algunas personas han descrito mi sentido del humor como hosco, otros como cruel. Yo prefiero pensar que es un gusto adquirido, similar a la aceituna que está en el fondo de un martini: te gusta o no te gusta.

Al parecer, a Katherine le gusta.

—La cuestión es que ni siquiera sé cómo sucedió —dice sin dejar de sonreír—. Soy excelente nadadora. Sé que ahora no lo parece, pero es cierto, lo juro. Supongo que el agua estaba más fría de lo que pensé y me dio un calambre.

—Estamos a mediados de octubre, el lago es helado en esta época del año.

—Ah, me gusta nadar en el agua fría. Cada día de año nuevo hago la zambullida del oso polar.

Asiento. Por supuesto que lo hace.

—Es para una organización benéfica —agrega Katherine.

Asiento de nuevo. Por supuesto que lo es.

Debí haber hecho un gesto, porque Katherine agrega:

—Lo siento. Todo eso sonó como fanfarronada, ¿verdad?

—Un poco —admito.

—¡Uf! No es mi intención, simplemente pasa. Es como lo contrario de la falsa modestia. Debería existir una palabra para cuando por error te muestras mucho mejor de lo que en verdad eres.

—¿Modestia sin querer? —sugiero.

—Ah, eso me gusta —murmura Katherine con admiración—. Eso es lo que soy, Casey, una incorregible modesta sin querer.

Mi instinto me dice que Katherine Royce no debe agradarme. Es el tipo de mujer que parece existir únicamente para hacer que el resto del mundo se sienta inferior. Sin embargo, me cautiva. Quizá es la extraña situación en la que nos encontramos: la rescatada y la rescatadora, sentadas en una

24

lancha, en una hermosa tarde de otoño. Da una sensación irreal como de *La sirenita*. Como si yo fuera el príncipe embelesado por una sirena que acabo de sacar del mar.

No parece haber nada falso en Katherine. Es hermosa, sí, pero de manera muy real; más como la vecina de junto que como una mujer despampanante e intimidante. Betty y Verónica luciendo una sonrisa autocrítica. Le fue muy útil durante su época de modelo. Katherine sobresalía en un mundo en el que la cara de mujer odiosa era la norma.

La primera vez que supe de ella fue hace siete años, cuando yo hacía una obra de Broadway en un teatro de la Calle 46. Al final de la cuadra, en el corazón de Times Square, había un espectacular gigante de Katherine vestida de novia. A pesar del vestido, las flores y la piel bronceada, no era una novia recatada. Más bien se estaba escapando: se había quitado los zapatos de tacón y había salido corriendo por el pasto verde esmeralda mientras que, al fondo, su prometido abandonado y los asombrados asistentes a la boda observaban impotentes.

Yo no sabía si la publicidad era para un perfume, un vestido de novia o un vodka. En realidad no me importaba. En lo que me concentraba cada vez que veía el anuncio era en el rostro de la mujer. Con los ojos un poco entrecerrados y una amplia sonrisa parecía eufórica, aliviada, sorprendida. Una mujer feliz por haber desmantelado su existencia entera de un solo golpe.

Me sentía vinculada con ese aspecto.

Todavía me siento así.

Solo hasta que la obra cerró y yo seguí viendo la imagen de esa mujer en todas partes, relacioné el nombre con el rostro.

Katherine Daniels.

Las revistas la llamaban Katie. Los diseñadores que la hicieron su musa la llamaban Kat. Recorría las pasarelas de Yves Saint Laurent, jugueteaba en la playa para Calvin Klein y se paseaba envuelta en seda para Victoria's Secret.

Luego se casó con Thomas Royce, fundador y director general de una compañía de redes sociales, y dejó el modelaje. Recuerdo haber visto su foto de bodas en la revista *People* y que me sorprendió. Esperaba que Katherine tuviera siempre el aspecto que tenía en el espectacular: la libertad personificada. En su lugar, envuelta en un vestido de Vera Wang y del brazo de su marido, mostraba una sonrisa tan tensa que casi no la reconocí.

Ahora está aquí, en mi lancha, sonriendo con libertad, y tengo una extraña sensación de alivio de que la mujer del espectacular no haya desaparecido por completo.

—¿Te puedo hacer una pregunta muy personal, muy indiscreta? —digo.

—Acabas de salvarme la vida —responde Katherine—. Sería una verdadera perra si te dijera que no, ¿no crees?

—Es sobre tu época de modelo.

Katherine alza la mano para callarme.

—Quieres saber por qué renuncié.

—Más o menos —respondo encogiéndome de hombros en señal de culpabilidad.

Ser tan obvia me hace sentir mal, por no decir, elemental. Pude haberle preguntado mil cosas diferentes, pero en su lugar pregunté lo que sin duda le preguntan con más frecuencia.

—La versión larga es que hay mucho menos glamur del que parece. Los horarios son interminables y la dieta era una tortura. Imagina no tener permiso de comer un solo pedazo de pan durante todo un año.

—Para ser honesta, no puedo —respondo.

—Solo eso era razón suficiente para renunciar —explica Katherine—. Y a veces eso es lo que le explico a la gente. Los miro a los ojos y digo: «Renuncié porque quería comer pizza». Pero lo peor, en verdad, fue toda esa atención en mi aspecto. Todo el acicalamiento y la cosificación incesantes. A nadie le importaba lo que decía. O lo que pensaba. O lo que sentía. Dejó de ser atractivo muy rápido. No me malinterpretes, el dinero era muy bueno. *Increíblemente* bueno. Y toda la ropa era maravillosa, tan bella. Obras de arte. Pero no me parecía bien. Hay gente que sufre, niños que mueren de hambre, mujeres que son victimizadas; y ahí estaba yo, caminando por la pasarela vestida con un atuendo que costaba más que lo que la mayoría de las familias ganan en un año. Era malsano.

—Suena como a mucha actuación. —Hago una pausa—. O como a ser un caballo de exhibición.

Katherine lanza una carcajada como resoplido y, en ese momento, decido que sí me cae bien. Somos parecidas de muchas maneras. Famosas por razones con las que no estamos por completo cómodas. Ridículamente privilegiadas, pero bastante conscientes como para darnos cuenta. Anhelamos ser vistas como algo más de lo que la gente proyecta en nosotros.

—En fin, esa es la historia larga —dice—. La que solo le cuento a la gente que me salva de ahogarme.

—¿Cuál es la versión corta?

Katherine desvía la mirada hacia el otro extremo del lago, donde su casa domina la ribera.

—Que Tom quería que dejara eso.

Una mirada sombría cruza su rostro. Es breve, como la sombra de una nube en el agua. Espero que diga algo más sobre su esposo y por qué le pidió él algo así. Pero en vez de eso Katherine abre la boca y empieza a toser fuerte. Mucho más fuerte que antes.

Son accesos profundos y ásperos, lo suficientemente fuertes como para hacer eco en el agua. La cobija cae de sus hombros y Katherine se abraza hasta que el ataque de tos cede. Cuando acaba, parece asustada. Otra sombra pasa sobre su rostro y por un segundo parece que no tiene idea de lo que acaba de pasar. Entonces, la nube se disipa y esboza una sonrisa confiada.

—Bueno, eso no fue muy femenino —dice.

—¿Estás bien?

—Eso creo. —A Katherine le tiemblan las manos cuando vuelve a cubrir con la cobija sus hombros de piel de gallina.

—Pero quizá sea hora de volver a casa.

—Claro —digo—. Debes estar congelada.

Yo lo estoy. Ahora que ha pasado la adrenalina de mi intento heroico, un intenso frío se apodera de mí. Mi cuerpo tiembla cuando levanto el ancla del fondo del lago. Los quince metros de cuerda están empapados por haber estado bajo el agua. Cuando termino con el ancla, mis brazos están tan cansados que me lleva varios jalones encender el motor.

Dirijo la lancha hacia la casa de Katherine. El edificio es una anomalía en el lago porque es el único que se construyó

28

después de la década de los setenta. Antes había un búngalo perfectamente aceptable de los treinta, rodeado de pinos altos.

Demolieron ese búngalo hace veinte años. También los pinos.

Ahora, en su lugar hay una monstruosidad angular que sobresale de la tierra como un pedazo de roca. La fachada que da al lago está casi por completo cubierta de vidrio, desde la amplia e inconexa planta baja hasta la punta del techo. Durante el día es impresionante, aunque un poco aburrido. El equivalente en bienes raíces a la vitrina de una tienda que no tiene nada que exhibir.

Pero en la noche, cuando todas las habitaciones están encendidas, toma la apariencia de una casa de muñecas. Cada cuarto es visible. La cocina resplandeciente. El comedor brillante. La amplia sala que corre a lo largo del patio de piedra detrás de la casa, que lleva al borde del lago.

Solo entré una vez, cuando los dueños anteriores nos invitaron a cenar a Len y mí. Me sentía rara sentada detrás de todo ese vidrio, como un espécimen en una placa de Petri.

No es que haya mucha gente alrededor que observe. El lago Greene es pequeño para ser un lago. Kilómetro y medio de largo por cuarenta metros de ancho en algunas partes, en medio de una espesa mancha de bosque al este de Vermont. Se formó en el último periodo de la Edad de Hielo, cuando un glaciar surcó su camino por tierra firme, decidido a dejar una parte de sí detrás. El hielo se derritió y excavó la tierra hasta que al final el agua se estancó, formando básicamente un charco muy grande y profundo, y bastante encantador a la vista, pero un charco, a fin de cuentas.

También es privado, que es la atracción principal. Solo se puede acceder al agua desde los muelles de las residencias, que son pocos. Únicamente cinco casas bordean el lago, debido a que los lotes son de dimensiones extensas y a que la tierra restante no es adecuada para la construcción. El extremo norte del cuerpo de agua bordea la zona protegida del bosque. El extremo sur es un risco escarpado. En la zona central hay casas, dos de un lado y tres del otro.

En este último lado es donde vive Katherine. Su casa es grande e imponente entre dos construcciones más antiguas y modestas. A la izquierda, como a noventa metros hacia la ribera, está la casa de los Fitzgerald. Él es banquero y ella comercia con antigüedades. Llegan a su encantadora cabaña el fin de semana del Día de los Caídos y se marchan el Día del Trabajo, en septiembre, dejando el lugar vacío el resto del año.

A la derecha de los Royce se encuentra la residencia en ruinas de Eli Williams, un novelista muy conocido en los ochenta, aunque ahora no tanto. Su casa parece un chalet suizo: tres pisos de madera toscamente labrada, con balcones diminutos en los pisos superiores y contraventanas rojas. Como mi familia, Eli y su esposa pasaban los veranos en el lago Greene. Cuando ella murió, Eli vendió la casa que tenían en Nueva Jersey y se vino a vivir aquí de tiempo completo. Como es el único residente permanente en el lago, ahora vigila las otras casas cuando no hay nadie.

No hay luces en la casa de Katherine y eso hace que el muro de vidrio refleje el lago como un espejo. Nos miramos de reojo en la lancha, nuestros reflejos ondulan como si nosotras mismas estuviéramos hechas de agua.

Cuando atraco en el muelle de la propiedad, Katherine se inclina hacia adelante y me toma de las manos.

—Gracias de nuevo. En verdad me salvaste la vida.

—No fue nada —respondo—. Además, sería una persona horrorosa si ignorara a una supermodelo en aprietos.

—Ex supermodelo.

Volvió a toser, un solo gruñido ronco.

—¿Vas a estar bien? —pregunto—. ¿Necesitas ir al médico o algo?

—Voy a estar bien. Tom regresará pronto. Mientras yo creo que tomaré un baño caliente y una buena siesta.

Sube al muelle y se da cuenta de que todavía lleva la cobija sobre los hombros.

—Dios mío, había olvidado esto.

—Quédatela —digo—. La necesitas más que yo.

Katherine asiente en agradecimiento y avanza hacia la casa. Aunque creo que no es intencional, camina sobre el muelle como si cruzara una pasarela de moda. Sus pasos son largos, fluidos, elegantes. Quizá Katherine se cansó del mundo del modelaje, por buenas razones, pero la manera en que se mueve es un don. Tiene la gracia natural de un fantasma.

Cuando llega a la casa voltea a verme y se despide con un saludo de la mano.

Solo hasta ese momento noto algo extraño.

Katherine mencionó varias veces a su marido, pero, al menos en este momento, no lleva un anillo de matrimonio.

Cuando regreso a la casa del lago mi teléfono está sonando, y el trino de los Angry Birds se puede escuchar desde que subo las escaleras del porche. Como estoy mojada, cansada y helada hasta los huesos, mi primer instinto es ignorarlo. Pero veo quién está llamando.

Marnie.

La maravillosa y mordaz Marnie, en exceso paciente para su edad. Es la única persona que no está por completo harta de mis tonterías, lo que quizá se deba a que es mi prima y mi mejor amiga, así como mi representante, aunque hoy no hay duda de que está en modo amiga.

—Esta no es una llamada de trabajo —me anuncia cuando respondo el teléfono.

—Eso pensé —dije, sabiendo que no hay ningún trabajo del cuál hablar. No ahora. Quizá nunca más.

—Solo quería saber cómo va el viejo pantano.

—¿Te refieres a mí o al lago?

—A los dos.

Marnie finge tener una relación de amor y odio con el lago Greene, aunque yo sé que solo es amor. Cuando éramos niñas pasábamos cada verano aquí, juntas, nadando, remando en canoa, y nos quedábamos despiertas la mitad de la noche mientras Marnie contaba historias de fantasmas.

—Sí sabes que el lago está encantado, ¿verdad? —decía siempre al empezar a hablar, encogida al pie de la cama en la habitación que compartíamos; con las piernas bronceadas extendidas y los pies descalzos contra el techo de dos aguas.

—Es raro estar de regreso —digo al tiempo que me siento en la mecedora—. Es triste.

—Por supuesto.

—Y solitario.

Este lugar es demasiado grande para una persona. Empezó siendo pequeño, una simple cabaña en un lago perdido. Conforme pasaron los años y se agregaron secciones, se convirtió en un lugar para una extensa progenie. Ahora que solo estoy yo, se siente muy solitario. Anoche, cuando estaba bien despierta a las dos de la mañana, deambulé de una habitación a otra, nerviosa por tanto espacio desocupado.

En el tercer piso están las recámaras. Cinco habitaciones en total, desde la recámara principal, la más grande con baño propio, hasta la pequeña para dos camas individuales y techo inclinado donde dormíamos Marnie y yo de niñas.

En el segundo piso se encuentra el área común principal, un laberinto de habitaciones acogedoras que se comunican. La sala, con su enorme chimenea de piedra y el hueco bajo la escalera plagado de cojines para echarse a leer. El estudio tiene una maldita cabeza de alce pegada a la pared que me ponía los pelos de punta cuando era niña, y lo sigue haciendo ahora que soy adulta. Es el hogar de la única televisión que hay en la casa del lago, y es por eso que no la veo mucho cuando estoy aquí. Siempre siento como si el alce observara cada uno de mis movimientos.

Junto al estudio está la biblioteca, un lugar hermoso que casi siempre se descuida porque sus ventanas dan solo a los árboles y no al lago. Después hay una larga línea habitaciones: el cuarto de lavado, el baño, la cocina, el comedor.

Rodeada por completo, como si fuera el listón de un regalo, está el porche con sillas de mimbre en el frente y mecedoras de madera en la parte de atrás.

En la planta baja está el sótano con entrada directa. El único lugar al que me niego ir.

Más que cualquier otra parte de la casa, me hace pensar en Len.

—Es natural que te sientas sola —dice Marnie—. Te acostumbrarás. ¿Hay alguien más en el lago aparte de Eli?

—De hecho, sí. Katherine Royce.

—¿La modelo?

—Exmodelo —corrijo, recordando lo que Katherine me dijo cuando salía de la lancha—. Ella y su esposo compraron la casa al otro lado del lago.

—¡Vacaciones con las estrellas en el lago Greene, Vermont! —exclama Marnie en su mejor tono de presentadora de televisión—. ¿Se portó como una desgraciada? Las modelos siempre me han parecido unas desgraciadas.

—En realidad, se portó superamable. Aunque quizá fue porque la salvé de que se ahogara.

—¿En serio?

—En serio.

—Si los paparazzi hubieran estado por ahí —dice Marnie—, tus prospectos de carrera sería diferentes ahora.

—Pensé que esta no sería una llamada de negocios.

—No lo es —insiste—. Es una llamada de por-favor-cuídate. Lidiaremos con los negocios cuando tengas permiso de salir.

Suspiro.

—Y eso depende de mi madre. Lo que significa que nunca me voy a ir. Me sentenciaron a cadena perpetua.

—Voy a hablar con la tía Lolly para que te den libertad condicional. Mientras tanto, tienes a tu nueva amiga modelo para hacerte compañía. ¿Conociste a su marido?

—No he tenido aún el placer.

—He escuchado que es raro —comenta Marnie.

—¿Raro cómo?

Permanece un momento callada para elegir sus palabras con cuidado.

—Intenso.

—¿Estamos hablando de una intensidad estilo Tom Cruise saltando en el sofá en el programa de Oprah? ¿O intenso como el Tom Cruise que cuelga de un avión?

—Sofá —afirma Marnie—. No, avión. ¿Cuál es la diferencia?

—Ninguna.

—Tom Royce es más el tipo que hace reuniones durante sus sesiones de CrossFit y nunca deja de trabajar. Tú no usas su aplicación, ¿o sí?

—No.

Evito todas las redes sociales, que básicamente son sitios de desechos peligrosos con diversos grados de toxicidad. Tengo ya demasiados problemas con los que lidiar. No necesito más estrés al ver los mensajes de odio de perfectos desconocidos en Twitter. Además, no puedo confiar en que me porte bien. No puedo imaginar las tonterías que publicaría con seis copas encima. Es mejor mantenerme alejada.

El proyecto de Tom Royce es básicamente una combinación de LinkedIn y Facebook llamado Mixer. Permite que profesionales de negocios se conecten al compartir sus bares y restaurantes favoritos, campos de golf y lugares para vacacionar. Su lema es «El trabajo y el placer sin duda se combinan».

No está en mi línea de trabajo. Dios sabe que lo he intentado.

—Bien —dice Marnie—. Eso no te haría ver bien.

—¿En serio? Creo que ayudaría a mi imagen.

La voz de Marnie baja una octava. Es su voz de preocupación, la que he escuchado tantas veces el año pasado.

—Por favor, no bromees, Casey. No de esto. Estoy preocupada por ti. Y no como tu representante, sino como tu amiga y tu familiar. Quizá no entienda por todo lo que estás pasando, pero no necesitas hacerlo sola.

—Lo estoy intentando —digo mientras miro el vaso de bourbon que abandoné para ir a rescatar a Katherine. Siento la urgencia de darle un trago, pero sé que Marnie escuchará si lo hago—. Solo necesito tiempo.

—Pues tómatelo —me anima Marnie—. No tienes problemas económicos y esta locura terminará por olvidarse. Pasa las siguientes semanas solamente concentrándote en ti.

—Lo haré.

—Bien, y llámame si necesitas algo. Lo que sea.

—Lo haré —repito.

Como la primera vez, no lo digo en serio. No hay nada que Marnie pueda hacer para cambiar la situación. La única persona que puede sacarme de este lío en el que me metí soy yo.

Algo que no estoy dispuesta a hacer por el momento.

Recibo otra llamada dos minutos después de colgar con Marnie. Es mi madre, que hace su verificación diaria de las 4:00 p. m.

En lugar de llamarme al celular, siempre llama al viejo teléfono de disco que está en el estudio de la casa, pues sabe que es mucho más probable que conteste para evitar su timbre molesto. Tiene razón. En los tres días desde que regresé he tratado de ignorar esos timbrazos insistentes, pero siempre me doy por vencida antes de que suene la quinta vez.

Hoy llego hasta el séptimo timbrazo antes de entrar al estudio y responder. Si no contesto ahora, sé que seguirá llamando hasta que lo haga.

—Solo quería saber cómo te estás adaptando —dice mi madre, que es exactamente lo que dijo ayer.

Y antier.

—Todo está bien —respondo, que es exactamente lo que dije ayer.

Y antier.

—¿Y la casa?

—También bien. Por eso usé la palabra todo.

Ignora mi sarcasmo. Si hay una persona en el mundo que permanece imperturbable con mi ironía es Lolly Fletcher. Tiene treinta y seis años de práctica.

—¿Y has estado bebiendo? —pregunta, el verdadero propósito de su llamada diaria.

—Claro que no.

Echo un vistazo a la cabeza de alce que me devuelve una mirada de vidrio desde su lugar en la pared. Aunque lleva muerto casi un siglo, no puedo evitar el sentimiento de que el alce me está juzgando por mentir.

—En verdad espero que sea cierto —dice mi madre—. Si lo es, por favor sigue así. De lo contrario, bueno, no tendré más opción que enviarte a un lugar más efectivo.

Rehabilitación.

A eso se refiere. Enviarme a algún centro en Malibú con la palabra «Promesa», «Serenidad» o «Esperanza» en el nombre. Ya he estado antes en lugares así y los odié. Por eso mi madre siempre lanza la idea cuando quiere que me comporte. Es la amenaza velada que no está dispuesta a revelar por completo.

—Sabes que no quiero hacerlo —agrega—. Solo provocaría otra racha de mala publicidad. Y no puedo soportar la idea de que abusen de ti todas esas personas crueles y chismosas, más de lo que ya han hecho.

Esa es una de las pocas cosas en que mi madre y yo estamos de acuerdo. Los chismosos son en verdad crueles. Y si bien llamar «abuso» es ir un poco lejos, sin duda son molestos. La razón por la que estoy recluida en el lago Greene y no en mi departamento del Upper West Side es para escapar de las miradas entrometidas de los paparazzi. Han sido implacables. Me esperaban fuera de mi edificio. Me seguían en Central Park, cubrían cada uno de mis movimientos y trataban siempre de sorprenderme con una copa en la mano.

Terminé tan harta de la vigilancia que me metí en el primer bar, me senté afuera con un Old Fashioned doble y lo bebí de un solo trago mientras una docena de cámaras me fotografiaban en ráfaga. La mañana siguiente, una imagen de ese momento apareció en la portada del *New York Post*.

«La borrachera de Casey», era el titular.

Esa tarde, mi madre apareció en mi puerta con su chofer, Ricardo, a los talones.

—Creo que deberías irte al lago un mes, ¿no te parece?

A pesar de que lo formuló como una pregunta, yo no tenía ninguna decisión al respecto. Su tono dejaba claro que iría, lo quisiera o no, que Ricardo me llevaría y que ni siquiera pensara en hacer una parada a la vinatería en el camino.

Y aquí estoy, en confinamiento solitario. Mi madre jura que es por mi propio bien, pero sé de qué se trata. Me está castigando. Y es que aunque la mitad de lo que pasó no fue culpa mía, la otra mitad sí dependió por completo de mí.

Hace unas semanas, una conocida que edita biografías de personas famosas se comunicó conmigo para proponerme que escribiera la mía.

—A la mayoría de las estrellas les parece muy catártico —dijo.

Le dije que sí, pero solo si podía titularla *Cómo ser carne de cañón de la prensa amarilla en siete pasos fáciles*. Pensó que estaba bromeando, y quizá era cierto, pero sigo convencida del título. Creo que la gente me entendería mejor si mostrara mi vida como si fueran instrucciones de Ikea.

El Paso Uno, por supuesto, es ser hija única de la Adorada Lolly Fletcher, ícono de Broadway, y de Gareth Greene, un productor más bien pusilánime.

Mi madre hizo su debut en Broadway a los diecinueve años. Desde entonces ha trabajado sin parar, la mayoría de las veces en el escenario, pero también en películas y televisión. YouTube está plagado de sus apariciones en *The Lawrence Welk Show, The Mike Douglas Show, Match Game* y varias docenas de premiaciones. Es pequeñita, apenas mide 1.52 con todo y tacones. En lugar de sonreír, titila. Un destello en todo su cuerpo que empieza en el arco de Cupido de sus labios, se extiende hacia arriba hasta sus ojos color avellana y luego irradia hacia afuera, hacia el público, para envolverlos en un brillo hipnótico de talento.

Y mi madre es talentosa, de eso no cabe duda. Era, y sigue siendo, una estrella de la vieja escuela. En su plenitud, Lolly Fletcher bailaba, actuaba y hacía bromas mejor que los mejores. Y tenía una voz potente para cantar que, de alguna manera, daba miedo en una persona tan pequeña.

Pero mi madre esconde un secretito: detrás de ese brillo, adentro de ese diminuto marco que es ella, tiene una columna vertebral de acero. Lolly Fletcher creció pobre en un pueblo de carbón de Pensilvania y muy pequeña decidió que sería famosa y que su voz sería la que le ayudaría lograrlo. Trabajó mucho: limpiaba estudios a cambio de lecciones de baile, tenía tres trabajos después de la escuela para pagar a un entrenador vocal, y entrenaba durante horas. En entrevistas, mi madre afirma que nunca ha fumado ni bebido alcohol en su vida, y le creo. Nada iba a obstaculizar su éxito.

Y cuando logró su cometido, trabajó muy duro para permanecer ahí. Ninguna representación malograda de Lolly Fletcher. El lema no oficial en nuestro hogar era «¿Para qué molestarse en hacer algo si no lo vas a dar todo?».

41

Mi madre sigue dando todo, cada maldito día.

Sus primeros dos espectáculos los montaron los hermanos Greene, una de las parejas de productores más importantes de la época. Stuart Greene era el encargado de Relaciones Públicas, exagerado y provocador. Gareth Greene era el burócrata pálido e imperturbable. Ambos quedaron de inmediato embelesados con la joven Lolly y mucha gente pensó que ella elegiría al de RP. En vez de eso escogió al contador, que le llevaba veinte años.

Muchos años más tarde, Stuart se casó con una chica de un coro y tuvo a Marnie. Tres años después de eso, mis padres me tuvieron a mí.

Fui una bebé de padres mayores. Mi madre tenía cuarenta y uno, lo que siempre me hizo sospechar que mi nacimiento fue una distracción, algo que la mantuvo ocupada durante un periodo de calma en su carrera, en la que era ya demasiado vieja para representar a Eliza Doolittle o a Maria von Trapp, pero aún un poco lejos de Mrs. Lovett y Mama Rose.

Pero la maternidad fue menos interesante para ella que actuar. En seis meses había vuelto a trabajar en un nuevo montaje de *El rey y yo*, mientras yo, literalmente, me convertía en una bebé de Broadway. Mi cuna estaba en su camerino y di mis primeros pasos en el escenario, disfrutando del brillo de las luces desde el fondo.

Por esta razón, mi madre supuso que seguiría sus pasos. De hecho, lo exigió. Hice mi debut en el escenario interpretando a la joven Cosette, cuando ella hizo *Los miserables* durante seis meses en Londres. Me dieron el papel no porque pudiera cantar o bailar, o que siquiera fuera remotamente talentosa, sino porque así lo estipulaba el contrato de Lolly Fletcher. Dos semanas después me reemplazaron porque yo insistía en que estaba muy enferma para seguir. Mi madre estaba furiosa.

Eso nos lleva al Paso Dos: rebelión.

Tras mi fiasco en *Los miserables*, mi sensato padre me protegió de las conspiraciones de estrellato que mi madre tenía para mí. Luego murió cuando yo tenía catorce años y me rebelé, que para una niña rica que vive en Manhattan significa drogas, e ir a clubes nocturnos donde las conseguía y *afters* donde se conseguían más.

Fumaba

Inhalaba.

Ponía pastillas de colores en mi lengua y dejaba que se disolvieran hasta que ya no podía sentir el interior de la boca.

Y funcionaba. Durante algunas horas maravillosas no me importaba que mi padre estuviera muerto ni que mi madre se interesara más por su carrera que por mí, ni que toda la gente a mi alrededor solo estuviera conmigo porque yo pagaba las drogas, ni que no tuviera amigos verdaderos más que a Marnie. Pero al final siempre volvía a la realidad y despertaba en el departamento de un desconocido al que no recordaba haber entrado. O en la parte trasera de un taxi, mientras el alba se asomaba entre los edificios y sobre el río Este. O en un vagón del metro, junto a un indigente que dormía en el asiento frente a mí, mientras vomitaba sobre una playera demasiado corta.

Mi madre hizo su mejor esfuerzo para lidiar conmigo. Se lo concedo. Solo que su mejor esfuerzo consistía en dar dinero para resolver cualquier problema. Hacía todo lo que los padres ricos hacían con sus hijos problemáticos. Internados, centros de rehabilitación y sesiones de terapia durante las que me roía las cutículas en lugar de hablar de mis sentimientos.

Luego, sucedió un milagro.

Mejoré.

Bueno, me aburrí, y eso llevó a mi mejora. Cuando cumplí diecinueve llevaba tanto tiempo haciendo de mi vida un desastre que empezó a ser aburrido. Quería intentar algo nuevo. Quería tratar de *no* ser un desastre. Dejé las drogas, los clubes nocturnos, los «amigos» que había hecho en el camino. Incluso asistí a la Universidad de Nueva York durante un semestre.

Y ya que estamos aquí, el Paso Tres —otro milagro—, ocurrió: empecé a actuar.

Nunca fue mi intención seguir los pasos de mi madre. Después de crecer en el mundo del espectáculo, no quería tener nada que ver con él. Pero esta es la cuestión: era el único mundo que conocía. Así que cuando una amiga de la universidad me presentó a su padre, director de cine, quien me preguntó si quería un papel menor en su siguiente proyecto, respondí: «¿Por qué no?».

La película era buena, ganó mucho dinero y yo me hice de un nombre propio. No Casey Greene, que es mi nombre real. Insistí en que me presentaran como Casey Fletcher porque, para ser honestos, si ustedes tuvieran la herencia que yo tengo, serían unos tontos en no presumirlo.

Obtuve otro papel en otra película. Luego otros después de ese. Para deleite de mi madre y para mi sorpresa, me convertí en mi peor pesadilla: una actriz trabajadora.

Pero aquí está lo otro: soy muy buena.

Por supuesto, no soy legendaria como mi madre, quien en verdad es excelente en su trabajo. Pero seguía bien al director, tenía una presencia decente y podía darle un giro fresco al diálogo más desgastado. Puesto que mi belleza no es la clásica de una dama, a menudo interpretaba a la mejor amiga fiel, la hermana tonta, la colega empática. Nunca voy a ser la estrella que es mi madre, no es mi meta. Pero tengo un *nombre*, la gente me conoce, les gusto a los directores, los agentes de reparto me dan grandes papeles en pequeñas películas y papeles pequeños en grandes películas, y fui la protagonista de una sitcom que duró solo trece episodios.

La importancia del papel no es lo que me atrae, sino el personaje en sí. Me gustan las partes complicadas e interesantes en las que puedo desaparecer.

Cuando actúo, deseo convertirme en una persona por completo distinta.

Por eso mi amor principal es el teatro. Es irónico, lo sé. Supongo que influyó crecer en ese ambiente. Los papeles son mejores, sin duda. La última película que me ofrecieron fue el papel de la mamá de un actor seis años más joven que yo en un refrito de *Transformers*. El personaje tenía catorce líneas. La última obra de teatro que me ofrecieron fue como protagonista de un *thriller* de Broadway, con diálogos en cada página.

Rechacé la película y acepté la obra de teatro. Prefiero esa chispa palpable entre el actor y el público que solo existe en el teatro. La siento cada vez que subo al escenario. Ocupamos el mismo espacio, respiramos el mismo aire, compartimos el mismo trayecto emocional. Y luego se acaba. Toda la experiencia es tan fugaz como el humo.

Un poco como mi carrera, que está prácticamente terminada, diga lo que diga Marnie.

Hablando de lo que no dura, bienvenidos al Paso Cuatro. Casarse con un guionista que también tiene un nombre, pero no lo suficientemente grande como para eclipsar el tuyo.

En mi caso, Len. Conocido profesionalmente como Leonard Bradley, quien ayudó a escribir algunas películas que seguramente han visto y muchas otras que no. Nos conocimos en una fiesta, luego volvimos a vernos en el plató de una película cuyo guion pulió un poco sin que le dieran el crédito. Las dos veces pensé que era adorable y divertido, quizá hasta sexy, debajo de su sudadera gris con capucha y su gorra. No lo consideré candidato para novio hasta nuestro tercer encuentro, cuando nos encontramos abordando el mismo vuelo de vuelta a Nueva York.

—Tenemos que dejar de vernos así —dijo.

—Tienes razón —respondí—. Ya sabes cómo hablan en este pueblo.

Nos las arreglamos para tener asientos adyacentes y pasamos todo el vuelo platicando. Cuando el avión aterrizó, hicimos planes para ir a cenar. En el área de reclamo de equipaje del aeropuerto JFK, ambos coqueteamos hasta sonrojarnos; no quería irme, y dije:

—Mi coche me espera fuera. Tengo que irme.

—Por supuesto. —Len calló un momento y agregó, tímido—: ¿Me puedes dar el primer beso?

Lo hice, y mi cabeza daba vueltas como las bandas del equipaje cargadas de maletas Samsonite.

Seis meses después nos casamos en la alcaldía, con Marnie y mi madre como testigos. Len no tenía familia, al menos nadie que quisiera invitar a su boda improvisada. Su madre era treinta años más joven que su padre, se embarazó a los dieciocho, cuando se casaron, y tenía veintitrés cuando los abandonó. Su padre se ensañaba con él. Poco después de que empezamos la relación, Len me contó cómo su padre le rompió el brazo cuando tenía seis años. Pasó los siguientes doce años en familias de acogida. La última vez que Len habló con su padre, quien había muerto ya desde hacía tiempo, fue justo antes de que se fuera a la Universidad de California de Los Ángeles, con beca completa.

Por su pasado, Len estaba decidido a no cometer los mismos errores que sus padres. Nunca se enojaba y pocas veces estaba triste. Cuando reía lo hacía con todo su cuerpo, como si fuera tan feliz que no pudiera contenerlo. Era un cocinero excelente, y un oyente incluso mejor; amaba tomar largos baños calientes, sobre todo conmigo en la tina. Nuestro matrimonio era una combinación tanto de grandes acciones —como cuando rentamos el cine completo para mi cumpleaños para que los dos pudiéramos tener una sesión privada de *La ventana indiscreta*— como de pequeños detalles. Siempre me abría la puerta y pedía la pizza con doble queso sin preguntarme, porque sabía que así me gustaba. Y me gustaba el silencio acogedor cuando ambos estábamos en la misma habitación, pero haciendo cosas diferentes.

Como resultado, nuestro matrimonio fue un periodo de cinco años en el que fui locamente feliz.

La parte de la felicidad es importante. Sin ella, no hay nada que extrañar cuando todo se va a la mierda.

Eso nos lleva al Paso Cinco: pasar el verano en el lago Greene.

La casa del lago siempre había sido un lugar especial para mi familia. Mi tatarabuelo la diseñó como un escape a los veranos abrasadores y malolientes de Nueva York; en alguna época fue la única residencia en esta modesta extensión de agua. Así obtuvo su nombre el lago. En sus orígenes, los indígenas que vivían en la zona lo llamaban lago Otshee, le cambiaron el nombre a lago Greene en honor al primer hombre blanco lo suficientemente intrépido como para construir aquí porque, en fin, esto es Estados Unidos.

Mi padre pasó todos los veranos en el lago que llevaba el nombre de su padre. Y su padre hizo lo mismo antes que él. Y yo hice lo mismo. De niña, me encantaba la vida en el lago. Era un alivio temporal muy necesario para la actitud teatral de mi madre. Algunos de mis recuerdos más valiosos son los días interminables que pasé atrapando luciérnagas, asando malvaviscos, nadando bajo el sol hasta que mi piel quedaba bronceada como cuero.

Ir al lago en el verano fue idea de Len, una que propuso tras un invierno helado y sensiblero durante el cual apenas nos vimos. Yo estaba ocupada en el *thriller* de Broadway que preferí a una película de los *Transformers*, y Len tuvo que regresar a Los Ángeles a teclear otro borrador para un guion de superhéroes que había aceptado porque, por error, pensó que sería dinero fácil.

—Necesitamos un descanso —dijo durante un almuerzo de Pascua—. Tomémonos el verano libre y pasémoslo en el lago Greene.

—¿Todo el verano?

—Sí. Creo que nos hará bien. —Len me sonrió por encima del bloody mary que estaba bebiendo—. Sin duda necesito un descanso.

Yo también lo necesitaba y eso hicimos. Dejé la obra de teatro durante cuatro meses, Len terminó el guion y nos fuimos a Vermont en el verano. Fue maravilloso. Durante el día, matábamos el tiempo leyendo, durmiendo siestas y haciendo el amor. En las noches cocinábamos largas cenas y nos sentábamos en el porche a tomar cocteles fuertes y escuchar los graznidos espectrales de los colimbos que se hacían eco en el lago.

Una tarde a finales de julio Len y yo llenamos una canasta con vino, quesos y fruta fresca que habíamos comprado esa mañana en un mercado de agricultores cercano. Fuimos al extremo sur del lago, donde el bosque termina en un risco escarpado. Tras subir a tropiezos hasta la cima, extendimos el mantel a cuadros, sacamos la comida y pasamos la tarde comiendo, bebiendo vino y mirando el agua abajo.

En un momento, Len volteó a verme, y dijo:

—Quedémonos aquí para siempre, Cee.

Cee.

Ese era el apodo que me había dado cuando consideró que «Case» era muy duro para un nombre cariñoso.

—Me hace pensar en un detective privado —me dijo un día—. Peor aún, en un abogado.

—O quizá no necesito un apodo —respondí—. Después de todo, mi nombre no es tan difícil.

—No puedo ser el único que tenga apodo. Eso me haría muy egoísta, ¿no crees?

En ese entonces llevábamos ya dos semanas saliendo juntos, y aunque los dos sentíamos que la relación se estaba poniendo seria muy rápido, ninguno estaba dispuesto a admitirlo. Por esa razón, Len estaba haciendo un gran esfuerzo esa noche. Quería sorprenderme con su ingenio. Y aunque su ingenio era un poco forzado, sin duda me deslumbró.

Y permanecí deslumbrada la mayor parte de nuestro matrimonio.

—Define «para siempre» —dije esa tarde de julio, hipnotizada por los rayos de sol que se reflejaban en el lago y por la brisa de verano que alborotaba mi cabello.

—Nunca irnos. Igual que el Viejo Testarudo de allá.

Len señaló el tronco petrificado de un árbol que sobresalía del agua, a unos cuarenta y cinco metros abajo, sobre la ribera. Era legendario en el lago Greene, sobre todo porque nadie sabía cómo ese pedazo de madera blanqueado por el sol sobresalía unos seis metros sobre la superficie, ni hasta dónde llegaba al fondo del lago. Todos lo llamábamos el Viejo Testarudo porque Eli, quien investigaba esas cosas, afirmaba que tenía cientos de años y que ahí estaría mucho después de que todos nosotros ya no estuviéramos.

—¿Eso es posible? —pregunté.

—Claro, tendríamos que seguir yendo mucho a la ciudad y a Los Ángeles para el trabajo, pero no hay una ley que nos obligue a vivir en Manhattan. Podríamos vivir aquí de tiempo completo, hacer de esta casa nuestro hogar principal.

Hogar.

Me gustaba cómo sonaba.

No importaba que la casa del lago perteneciera técnicamente a mi tía y a mi madre, ni que el este de Vermont estuviera bastante lejos de Manhattan, sin hablar de que estaba al otro lado del mundo de Los Ángeles, donde Len pasaba mucho tiempo. La idea era muy atractiva. Igual que Len, yo anhelaba una existencia alejada de nuestra vida en la costa este y oeste.

—Déjame pensarlo —dije.

Nunca tuve la oportunidad. Una semana más tarde, Len estaba muerto.

Por cierto, ese es el Paso Seis.

Que tu marido se muera mientras están de vacaciones.

La mañana que sucedió, los golpes que Eli daba en la puerta del frente me sacaron de la cama. Antes de abrir, eché un vistazo al reloj del recibidor. Las 7:00 a. m. Demasiado temprano para la visita de un vecino.

Algo estaba mal.

—Tu lancha se desamarró —anunció Eli—. Cuando desperté la vi a la deriva en el lago. Supongo que no la amarraron bien.

—¿Sigue ahí? —pregunté.

—No. La remolqué hasta mi muelle. Puedo llevarte a recogerla. —Eli me miró, advirtió que estaba en camisón, con una bata por encima y despeinada por la cama—. O puedo llevar a Len.

Len.

No estaba en la cama cuando desperté. Tampoco estaba en la casa. Eli y yo buscamos de arriba abajo, llamándolo por su nombre. Ninguna señal de él, se había ido.

—¿Crees que haya salido a correr o algo?

—Len no corre —dije—. Nada.

Ambos volteamos a ver el lago que destellaba más allá de las altas ventanas de la sala. El agua estaba tranquila y vacía. No pude evitar imaginar nuestra lancha ahí, a la deriva, sin rumbo. También vacía.

Eli también lo imaginó, porque lo siguiente que dijo fue:

—¿Sabes si Len tenía alguna razón para salir en la lancha esta mañana?

—Algunas… —Hice una pausa para tragar el bulto de preocupación que de pronto se me atoró en la garganta—. Algunas mañanas sale a pescar.

Eli lo sabía. Había visto a Len en el lago, con su tonto sombrero de pescador y fumando esos horribles puros que, decía, mantenían alejados a los mosquitos. A veces incluso iban juntos a pescar.

—¿Lo viste salir esta mañana? —Eli echó otro vistazo a mi atuendo y mis ojos hinchados de sueño, y entendió que él era la razón por la que me había levantado de la cama—. ¿O lo escuchaste?

Respondí negando con la cabeza, asustada.

—¿Y anoche no te dijo que pensaba salir a pescar?

—No —respondí—. Pero no siempre me avisa. Sobre todo si cree que me voy a quedar en cama un rato. A veces solo se va.

Eli volvió a mirar hacia el lago vacío. Cuando habló de nuevo, su voz vacilaba, cautelosa.

—Cuando fui por tu lancha vi una caña y una caja de anzuelos al interior. Len no las deja ahí siempre, ¿o sí?

—No —respondí—. Las guarda en…

En el sótano. Eso era lo que quería decir, pero en lugar de eso, fui hasta ahí, bajé los escalones desvencijados a lo que técnicamente es la planta baja de la casa del lago, pero que usamos como bodega porque está construida sobre el flanco de la colina que da al agua. Eli me siguió. Pasamos la habitación donde está la caldera y el calentador, la mesa de ping-pong que se usó por última vez en la década de los noventa, los esquís colgados de la pared y los patines de hielo en un rincón. Se detuvo cuando yo me paré.

El cuarto de servicio. El lugar por donde Len y yo entrábamos y salíamos después de nadar o pasear en la lancha, después de atravesar la vieja puerta azul que había sido parte de la casa desde sus inicios. Ahí hay un viejo fregadero, un anaquel largo de madera en el que colgaban chamarras, sudaderas y sombreros.

Excepto uno.

El sombrero de pescar de Len, suave y apestoso, de color verde militar, no estaba.

El estante donde debían estar su caja de anzuelos y la caña de pescar también estaba vacío, y la destartalada puerta azul que daba al exterior estaba entreabierta.

Dejé escapar un sollozo ahogado que incitó a Eli a alejarme de la puerta como si hubiera sido un cadáver mutilado. Me tomó por los hombros, me miró a los ojos y dijo:

—Creo que tenemos que llamar a la policía.

Eli hizo la llamada. Para ser honesta, hizo todo. Reunió a los Fitzgerald en su parte del lago, y a los Mitchell, que vivían de mi lado, para formar una expedición de búsqueda.

Y fue él quien al final encontró a Len, poco después de las diez de esa mañana.

Eli primero descubrió el gorro, que flotaba como un nenúfar a unos cuantos metros de la costa. Entró al agua para recuperarlo, y cuando volteó para regresar a tierra firme, vio a Len a varios metros de distancia, varado en la ribera como la víctima de un naufragio.

No conozco más detalles. Ni Eli ni la policía me dijeron exactamente dónde encontraron a mi esposo, y yo no pregunté. Era mejor no saberlo. Además, en realidad no importaba. Len seguía muerto.

Tras hacerme algunas preguntas, la policía dedujo todo con mucha rapidez. Len, quien siempre se levantaba temprano cuando estábamos en el lago, despertó, preparó café y decidió ir a pescar.

En algún momento se cayó por la borda, aunque las autoridades no pudieron decirme cómo, por qué o cuándo. En la autopsia encontraron alcohol en su cuerpo, habíamos bebido la noche anterior, y una gran cantidad de antihistamínicos que Len tomaba para las alergias, lo que sugería que se había tomado una dosis doble antes de salir esa mañana. Todo lo que el forense sabía era que había caído al agua y se había ahogado, dejando atrás la lancha, la caja de anzuelos, la caña de pescar y un termo con café todavía tibio.

A mí también me dejó atrás.

A los treinta y cinco años me había convertido en viuda.

Después de que algo así sucede, solo queda un paso final.

El Número Siete de la mala suerte.

Caerse a pedazos.

Mi abatimiento fue lento, gracias a todas las personas que me cuidaron. Eli permaneció a mi lado hasta que Ricardo llegó de Manhattan con mi madre y Marnie. Pasamos una noche en vela empacando mis cosas, y salimos temprano a la mañana siguiente.

Los seis meses posteriores estuve tan bien como puede estarlo alguien bajo esas circunstancias. Lloré su muerte tanto en público como en privado. Asistí obediente a dos actos conmemorativos, uno en Nueva York y otro en Los Ángeles, antes de regresar al lago Greene para echar las cenizas de Len al agua, bajo la mirada de un pequeño grupo de amigos y familiares.

No fue sino hasta después de los primeros seis meses que todo se fue cuesta abajo. Antes había estado rodeada de gente. Mi madre me visitaba todos los días o mandaba a Ricardo cuando ella tenía que trabajar. Marnie y otros amigos y colegas se aseguraban de llamarme, visitarme o comunicarse conmigo para ver cómo estaba. Pero tanta amabilidad no puede durar mucho tiempo. La gente sigue adelante, debe hacerlo.

Al final solo quedé yo, con miles de emociones y ninguna manera de atenuarlas sin algún tipo de ayuda. Cuando tenía catorce años y lloraba la pérdida de mi papá me refugié en las drogas. En lugar de repetirme, decidí que esta vez el alcohol era la respuesta.

Bourbon, principalmente. Pero también ginebra. Y vodka. Y vino de cualquier color. Una vez que olvidé surtirme antes de una tormenta de nieve, me bebí un brandy de pera directamente de la botella. No borró por completo el dolor, pero sin duda sí lo alivió. Beber hacía que mi viudez me pareciera distante, como si fuera una pesadilla que apenas recordaba, de la que había despertado hacía mucho tiempo.

Y estaba decidida a seguir bebiendo hasta que no quedara recuerdo alguno de esta pesadilla en particular.

En mayo me preguntaron si deseaba regresar a la obra de Broadway que dejé antes de irme a Vermont. *Una sombra de duda*, se llamaba. Trataba de una mujer que sospecha que su esposo está tratando de asesinarla. Alerta de espóiler: sí trataba de hacerlo.

Marnie me recomendó que lo rechazara porque pensaba que los productores solo querían aumentar las ventas aprovechando mi tragedia. Mi madre me aconsejó que aceptara, argumentando que el trabajo era lo mejor para mí.

Lo acepté.

Las madres saben, ¿cierto?

Lo irónico fue que mi actuación había mejorado mucho.

—La experiencia traumática liberó algo en ti —me dijo la directora, como si la muerte de mi esposo hubiera sido una elección creativa.

Le agradecí el halago y caminé directo al bar que estaba al otro lado de la calle.

Para ese entonces yo ya sabía que estaba bebiendo demasiado, pero me las arreglaba. Bebía dos copas en mi camerino, antes de la obra, solo para relajarme; y después de la función seguía con cualquier cantidad que deseara.

En cuestión de meses, mis dos copas antes de la obra se convirtieron en tres, y las de después duraban toda la noche. Pero era discreta, no dejaba que afectara mi trabajo.

Hasta que un día llegué al teatro ya borracha, para una matiné de miércoles.

La directora de escena me enfrentó en mi camerino, donde me maquillaba con manos temblorosas.

—No puedo permitir que sigas así —dijo.

—¿Así cómo? —pregunté fingiendo indignación.

Era la mejor actuación que haría en todo el día.

—Hasta atrás de borracha.

—He actuado este papel cientos de veces, literalmente —dije—. Carajo, puedo hacerlo.

Carajo, no pude hacerlo.

Eso quedó claro en el momento en que puse un pie en el escenario. Bueno, «en que puse un pie» no es la expresión exacta. «Entré tambaleándome» al escenario, moviéndome como si estuviera bajo la borrasca de un huracán. Después olvide mis líneas de entrada. Luego me tropecé con una silla. Luego me caí de la silla y me desplomé, completamente ebria, y así me quedé hasta que dos coprotagonistas me sacaron arrastrando por los brazos.

La obra se detuvo, llamaron a mi suplente y me despidieron de *Una sombra de duda* tan pronto como los productores consideraron que estaba lo suficientemente sobria como para entender lo que me decían.

Después fue la prensa amarilla y los paparazzi, y el que me hayan confinado en un lago remoto donde no puedo hacer el ridículo en público y donde mi madre puede mantenerme controlada.

—En serio no estás bebiendo, ¿verdad? —dice mi madre.

—En serio no estoy bebiendo. —Volteo a ver al alce en la pared, me llevo un dedo a los labios como si compartiéramos un secreto—. Pero ¿me culparías si lo hiciera?

Silencio de mi madre. Me conoce demasiado bien como para entender que eso es lo más cerca que estará de recibir una respuesta afirmativa.

—¿De dónde lo sacaste? —pregunta al final—. ¿De Ricardo? Le dije específicamente que no…

—No fue Ricardo —digo sin comentarle que en el camino desde Manhattan sí le supliqué que se parara en una vinatería. Le dije que, por cigarros, aunque no fumo. No lo pude engañar—. Ya estaba aquí. Len y yo llenamos la alacena el verano pasado.

Es la verdad. Más o menos. Sí trajimos mucho alcohol con nosotros, aunque la mayoría de esas botellas las habíamos vaciado desde hacía tiempo para cuando Len murió. Pero sin duda no voy a decirle a mi madre cómo obtuve el alcohol.

Ella suspira. Todas las esperanzas y sueños que tenía para mí morían en una exhalación larga y lánguida.

—No entiendo por qué sigues haciéndote eso —dice—. Sé que extrañas a Len, todos lo extrañamos. Sabes que nosotros también lo amábamos.

Lo sé. Len era siempre encantador y tuvo a Lolly Fletcher comiendo de la palma de su mano a los cinco minutos de conocerla. Con Marnie fue igual. Estaban locas por él, y aunque sé que su muerte también las devastó, su dolor no es nada comparado con el mío.

—No es lo mismo —digo—. A ti no te castigan por estar en duelo.

—Estabas tan fuera de control que tuve que hacer *algo*.

—Y me enviaste aquí —afirmo—. Aquí. Donde pasó todo. ¿Alguna vez te detuviste a pensar que quizá eso me jodería más?

—Pensé que podría ayudarte —insistió mi madre.

—¿Cómo?

—Hacerte enfrentar al fin lo que pasó. Porque hasta que no lo hagas, no podrás salir adelante.

—La cuestión, mamá, es que no quiero salir adelante —respondo.

Azoto el auricular en su base y arranco el cordón del enchufe de la pared. No más línea de teléfono fijo para ella. Tras aventar el teléfono en el cajón de un aparador que nadie usa, me observo en el reflejo del espejo con marco dorado que está sobre él.

Tengo la ropa empapada, mi cabello cae en hilillos y unas gotas de agua todavía se adhieren a mi rostro como verrugas. Al verme así, un caos como quiera que se le mire, recuerdo el porche y el vaso de bourbon que me espera ahí. El hielo ya se derritió y dejó cinco centímetros de líquido ámbar al fondo del vaso.

Lo tomo y bebo hasta la última gota.

A las 5:30 ya estaba bañada, vestida con ropa seca y de regreso en el porche, mirando el sol ponerse detrás de las montañas distantes al otro lado del lago. Junto a mí, un bourbon recién servido.

El cuarto del día.

O el quinto.

Tomo un sorbo y miro el lago. Directamente frente a mí, la casa de los Royce está iluminada como un escenario de teatro, cada habitación brilla. Al interior, dos siluetas se mueven, aunque no puedo verlas con claridad. Aquí, el lago tiene poco menos de medio kilómetro de ancho. Lo suficientemente cerca como para tener una idea general de lo que está pasando al interior, pero demasiado lejos para captar los detalles.

Al observar su actividad borrosa y distante, me pregunto si Tom y Katherine se sienten expuestos como yo me sentí cuando estuve dentro de su casa. Quizá no les molesta. Puesto que es una exmodelo, es probable que Katherine esté acostumbrada a que la observen. Podría decirse que alguien que compra una casa cuya construcción es mitad de vidrio sabe que ser visto es parte del trato. Incluso esa podría ser la razón por la que la compraron.

Es una estupidez, lo sé. La vista de la que gozan los residentes del lago Greene es una de las razones por las que las casas son tan caras. La otra es la privacidad. Probablemente esa es la verdadera razón por la que Tom y Katherine Royce compraron la casa al otro lado del lago.

Pero cuando veo los binoculares a unos metros de mí, justo donde los había dejado antes, no puedo evitar tomarlos. Me digo que es para limpiarlos, pero sé que es solo cuestión de tiempo para que me los lleve a los ojos y mire hacia la otra ribera, soy demasiado curiosa como para resistir echar un vistazo al interior de la vida de una ex supermodelo y su marido, el titán de la tecnología.

Los binoculares le pertenecían a Len, quien los compró durante una fase efímera de observación de aves y se gastó una pequeña fortuna en el proceso. Después de la compra, en su discurso para justificar el gasto, habló del maravilloso aumento, del amplio campo visual, de la estabilización de imagen y de la claridad fuera de serie.

—Estos binoculares son buenísimos —dijo—. Son tan buenos que si observas la luna llena puedes ver los cráteres.

—Pero son para pájaros —repliqué—. ¿Quién quiere ver pájaros tan de cerca?

Cuando, de manera inevitable, me los llevo a los ojos, no quedo impresionada. Están mal enfocados y durante unos segundos discordantes todo está borroso. Solo hay una visión turbia del agua y de las copas de los árboles. Sigo enfocando hasta que la imagen se hace más nítida. Los árboles se definen y la superficie del lago se aclara.

Ahora entiendo por qué Len estaba tan emocionado. Estos binoculares sí son buenísimos.

La imagen no se ve muy cercana. Definitivamente no es un *close-up* extremo, pero el detalle a esta distancia es sorprendente. Siento como si estuviera al otro lado de la calle, y no en la ribera opuesta del lago. Lo que era borroso a simple vista, ahora es más claro que el agua.

Incluido el interior de la casa de cristal de Tom y Katherine Royce.

Observo la planta baja, donde los detalles de la sala son visibles a través de las enormes ventanas. Paredes blanco hueso. Mobiliario moderno de mediados de siglo en tonos neutros. Salpicaduras de colores de las pinturas modernas gigantes. Es el sueño de un diseñador de interiores, y muy alejado de la casa rústica del lago de mi familia. Aquí, el piso de madera está rayado y los muebles raídos. Las paredes están adornadas con pinturas de paisajes, raquetas para caminar en la nieve entrecruzadas y publicidad vieja de jarabe de maple. Y el alce en el estudio, por supuesto.

En la sala mucho más refinada de los Royce, espío a Katherine que está reclinada sobre un sofá blanco, hojeando una revista. Ahora, seca y completamente vestida, me parece mucho más familiar que cuando estaba en la lancha. Cada detalle de la modelo que solía ser. Su cabello brilla, su piel resplandece. Incluso su ropa —una blusa de seda amarilla y pantalones oscuros Capri— parece lustrosa.

Veo su mano izquierda. Su alianza de matrimonio está de regreso en el dedo, junto con un anillo de compromiso adornado con un diamante que parece ridículamente enorme, incluso con los binoculares. Hace que mi propio anillo se contraiga de manera involuntaria. Los dos anillos que me dio Len están en un joyero en Manhattan. Dejé de usarlos tres días después de su muerte. Tenerlos puestos era demasiado doloroso.

Levanto los binoculares hacia el primer piso y la recámara principal. Está más oscura que el resto de la casa, iluminada solo por una lámpara de buró. Pero aun así puedo distinguir el espacio cavernoso con techos abovedados y una decoración que parece sacada de la suite de un hotel de lujo. Hace que me avergüence de mi recámara principal, con su estructura chirriante y la cómoda antigua cuyos cajones se atascan la mayoría de las veces.

A la izquierda de la recámara hay una habitación que parece ser una sala de ejercicio. Veo una pantalla plana en la pared, las barras de una bicicleta Peloton frente a ella y la parte superior de un estante para pesas. Después de esta hay una habitación con libreros y un escritorio con una lámpara y una impresora. Parece una oficina, dentro de la cual está Tom Royce. Está sentado frente al escritorio, frunciendo el ceño frente a la pantalla de una laptop abierta.

Cierra la laptop y se pone de pie, y por fin puedo verlo por completo. Mi primera impresión de Tom es que parece alguien que se casaría con una supermodelo. Es entendible por qué Katherine se sintió atraída por él. Es apuesto, claro, pero tiene una belleza acogedora que me recuerda a Harrison

Ford un año después de su mejor época. Es como diez años mayor que Katherine y transpira confianza, incluso cuando está solo. Se mantiene erguido, está vestido como si acabara de salir de las páginas de un catálogo: jeans oscuros y una camiseta gris debajo de un suéter abierto color crema, todo impecable. Su cabello es castaño oscuro y está un poco largo. Me imagino cuántos productos debe usar para mantenerlo echado hacia atrás como lo tiene.

Tom sale de la oficina y aparece poco después en la recámara. Unos segundos más tarde desaparece por otra puerta que hay en la recámara. El baño principal, según parece. Puedo ver parte de la pared blanca, el borde de un espejo, el brillo angelical de la iluminación perfecta del baño.

La puerta se cierra.

Directamente abajo, Katherine sigue leyendo.

Puesto que no quiero admitir que tomé los binoculares solo para espiar a los Royce, volteó la mirada hacia la casa de Eli, el conjunto de rocas y árboles de hojas perennes que divide a ambas casas pasa como un borrón.

Sorprendo a Eli cuando llega a su casa después de hacer unas compras, un asunto de todo un día en esta parte de Vermont. El lago Greene está a quince minutos del pueblo más cercano, por una autopista que corta hacia el suroeste a través del bosque. La autopista está a kilómetro y medio, y se llega por un camino de grava irregular que rodea el lago. Eli está en ese camino cuando lo veo, haciendo girar su fiel pickup roja fuera del sendero para entrar a su casa.

Lo veo salir de la camioneta y cargar los alimentos hasta el porche lateral y por la puerta que lleva a la cocina. Dentro de la casa, una luz se enciende en una de las ventanas traseras. A través de la ventana puedo ver el comedor, con su lámpara de latón y el viejo y enorme gabinete. Incluso puedo ver en el estante superior la colección de porcelana pintada que raramente usa.

Afuera, Eli regresa a la pickup y saca una caja de cartón de la parte de atrás. Supongo que son provisiones para mí que traerá más pronto que tarde.

Dirijo los binoculares de vuelta a la casa de los Royce. Katherine ahora está junto a la ventana de la sala. Una sorpresa. Su presencia inesperada junto al vidrio me llena de culpa y, por un momento, me pregunto si puede verme.

La respuesta es no.

No cuando está adentro con las luces prendidas. Quizá, si entrecerrara los ojos, podría distinguir la tela roja a cuadros de mi camisa de franela ahora que estoy sentada en la sombra del porche. Pero no hay manera de que pueda saber que la estoy observando.

Está a centímetros del vidrio, mirando hacia el lago; su rostro es una magnífica página en blanco. Unos segundos después, Katherine se adentra en la sala, hacia un bar lateral que está junto a la chimenea. Echa unos hielos en un vaso y lo llena a la mitad con algo que vierte de un decantador de cristal.

Levanto mi propio vaso en un brindis silencioso y bebo al mismo tiempo que ella.

Arriba de ella, Tom Royce sale del baño. Se sienta en el borde de la cama y examina las uñas de sus manos.

Qué aburrido.

66

Vuelvo a Katherine, quien ha regresado a la ventana con su copa en una mano y el teléfono en la otra. Antes de marcar, alza la cabeza hacia el techo, como si estuviera escuchando para saber si baja su esposo.

Él no está bajando. Una mirada rápida con los binoculares me muestra que sigue ocupado con sus uñas, usando una para sacar la mugre de debajo de otra.

Abajo, Katherine supone correctamente que la costa está despejada, teclea en el teléfono y se lo lleva al oído.

Paso la mirada de vuelta a la recámara, donde Tom ahora está de pie en medio de la habitación, tratando de escuchar a su esposa abajo.

Solo que Katherine no está hablando. Sostiene el teléfono mientras da golpecitos con un pie, en espera de que responda la persona a quien le llama.

Arriba, Tom cruza la recámara de puntitas y se asoma por la puerta abierta, de la que solo veo una parte. Desaparece por ella y deja la habitación vacía mientras yo trato de buscar el lugar donde volverá a aparecer en el primer piso. Paso de la sala de ejercicios a la oficina.

Tom no está en ninguna de ellas.

Regreso a la sala, donde Katherine ahora está hablando por teléfono. Sin embargo, no es una conversación. No hace pausas para dejar que la otra persona hable, por lo que pienso que está dejando un mensaje. Uno urgente, por lo que parece. Katherine está un poco encorvada y con la otra mano se cubre la boca al hablar; sus ojos miran de un lado a otro.

Al otro lado de la casa, un movimiento llama mi atención. Tom.

Ahora está en la planta baja.

Sale de la cocina y entra al comedor.

Lentamente.

Con precaución.

Sus zancadas largas y silenciosas me hacen pensar que trata que no lo escuche. Aprieta los labios y saca la barbilla, su expresión es inescrutable. Podría ser de curiosidad. O de preocupación.

Tom avanza hasta el otro extremo del comedor hasta que tanto él como Katherine aparecen en mis binoculares. Ella sigue hablando, al parecer sin darse cuenta de que su esposo está en la habitación de al lado. Cuando Tom da otro paso, Katherine advierte su presencia. Da un golpecito en la pantalla del teléfono, lo esconde a su espalda y gira para darle la cara.

A diferencia de su esposo, la expresión de Katherine es fácil de leer.

Está sorprendida.

Sobre todo cuando Tom se acerca a ella. No precisamente enojado. Es algo diferente. Para usar la descripción de Marnie, parece intenso.

Le dice algo a Katherine. Ella le responde. Mete el teléfono en el bolsillo trasero de su pantalón antes de alzar las manos en un gesto de inocencia.

—¿Disfrutando de la vista?

El sonido de la voz de otra persona, a esta hora, en este lugar, me sorprende tanto que casi dejo caer los binoculares por segunda vez ese día. Logro sostenerlos y alejarlos de mi cara y, todavía agitada, giro bruscamente para buscar el lugar de donde provino la voz.

Es un hombre que no me es familiar.

Un hombre muy apuesto.

Treinta y tantos, está de pie a la derecha del porche sobre la hierba que sirve como intersección entre la casa y el bosque disperso que está al lado. Apropiado, puesto que está vestido como un leñador. La versión de calendario de modelos: jeans ajustados, botas de trabajo, camisa de franela atada a la estrecha cintura, pecho ancho dibujado bajo su camiseta blanca. La luz a esa hora mágica se refleja en el lago y le da a su piel un brillo dorado. Es sexy y absurdo en igual medida.

Lo que hace la situación aún más extraña es que yo estoy vestida casi exactamente igual. Aunque llevo tenis Adidas en lugar de botas, y no parece que tengo pintados mis jeans. Pero es suficiente para que me dé cuenta lo desaliñada que me veo cuando estoy en el lago.

—¿Perdón? —digo.

—La vista —responde señalando los binoculares que aún tengo en las manos—. ¿Ves algo bueno?

De pronto, y con razón, me siento culpable, y dejo los binoculares sobre la mesita poco firme que está junto a la mecedora.

—Solo árboles.

El hombre asiente.

—El follaje es hermoso en esta época del año.

Me pongo de pie, avanzo al extremo del porche y lo miro. Él se ha acercado más a la casa y alza la mirada para verme, tiene un brillo en ella como si supiera exactamente lo que estaba haciendo.

69

—No quiero parecer grosera —digo—, pero ¿quién eres y de dónde vienes?

El hombre retrocede medio paso.

—¿Estás segura de que no quieres parecer grosera?

—Quizá lo fui —respondo—. Y no has respondido mis preguntas.

—Soy Boone. Boone Conrad.

Estuve a punto de poner los ojos en blanco. Ese no puede ser su nombre real.

—Y vengo de allá.

Con un movimiento de cabeza indica en dirección del bosque y la casa que apenas es visible a casi doscientos metros detrás de donde los árboles se hacen menos espesos. La casa de los Mitchell. Una cabaña de dos aguas construida en los setenta, enclavada en una pequeña curva de la ribera. En el verano, la única parte visible desde la casa de mi familia es el largo muelle que sale al lago.

—¿Eres invitado de los Mitchell? —pregunto.

—Soy más un empleado de mantenimiento temporal —responde Boone—. El señor y la señora Mitchell dijeron que podía quedarme un par de meses si arreglaba un poco el lugar durante mi estancia. Como somos vecinos, pensé venir y presentarme. Lo hubiera hecho antes, pero estaba muy ocupado restaurando su piso del comedor.

—Encantada de conocerte, Boone. Gracias por venir.

Permanece callado un momento.

—¿No te vas a presentar, Casey Fletcher?

No me sorprende que sepa quién soy. Muchas personas me reconocen, aunque a veces no saben bien por qué.

—Acabas de hacerlo por mí.

—Perdón —dice Boone—. Los Mitchell me dijeron que tu familia era dueña de la casa de junto. Solo que no pensé que estuvieras aquí.

—Yo tampoco.

—¿Cuánto tiempo te quedas?

—Depende de mi madre —respondo.

Una sonrisa maliciosa se dibuja en los labios de Boone.

—¿Haces todo lo que dice tu mamá?

—Todo menos esto —respondo levantando mi vaso—. ¿Cuánto tiempo vas a estar aquí?

—Unas semanas más, espero. Estoy aquí desde agosto.

—No sabía que los Mitchell necesitaran hacer tantos trabajos en su casa.

—La verdad no es tanto —explica Boone—. Solo me están haciendo un favor porque tuve una mala racha.

Una respuesta misteriosa. Me hace preguntarme de qué se trata. No veo alianza de matrimonio —al parecer es mi nueva obsesión—, así que no está casado. No ahora, por lo menos. Lo etiqueto como recién divorciado. La esposa se quedó con la casa. Necesitaba un lugar para vivir. David y Hope Mitchell, una pareja amigable pero aburrida de jubilados que hicieron dinero en la industria farmacéutica, se portan solidarios.

—¿Te gusta la vida en el lago?

—Es tranquila —dice Boone después de pensarlo unos segundos—. No me malinterpretes, me gusta la tranquilidad. Pero parece que aquí no pasa nada.

Las palabras de un hombre cuya esposa no fue encontrada muerta en la costa hace catorce meses.

—Lleva un poco de tiempo acostumbrarse —comento.

—¿También estás aquí sola?

—Sí.

—¿No sientes la soledad a veces?

—A veces.

—Bueno, si alguna vez te aburres o necesitas compañía, sabes dónde encontrarme.

Advierto su tono de voz, entre amistoso y coqueto. Me sorprende, pero es un comentario bienvenido para alguien como yo, que ha visto demasiadas películas navideñas en Hallmark Channel. Así empiezan todas. La mujer profesionista, cansada de la gran ciudad, conoce a un hombre fuerte local. Salen chispas, los corazones se derriten y ambos viven felices para siempre.

Las únicas diferencias aquí son que Boone no es un local, que mi corazón está bastante destrozado como para derretirse y que no existe el felices para siempre. Solo existe la felicidad por un periodo breve, antes de que todo se derrumbe.

Además, Boone es más atractivo que los hombres guapos e insípidos del Hallmark Channel. Carece de refinamiento, en el mejor de los sentidos. La barba incipiente es un poco rebelde y los músculos bajo su ropa demasiado grandes. Cuando agrega a su ofrecimiento de compañía una sonrisa soñadora y sexy me doy cuenta de que Boone puede significar problemas.

O quizá sea yo quien está buscando los problemas. De esos que no implican compromiso. Demonios, creo que me lo he ganado. Desde la muerte de Len solo he tenido intimidad con un hombre, un tramoyista barbón llamado Morris que trabajó en *Una sombra de duda*. En ese entonces éramos amigos de copas después del espectáculo, hasta que de pronto fuimos más que eso. No fue un romance. Ninguno de los dos estábamos interesado en el otro de esa forma. Sencillamente él era otro medio para ahuyentar la oscuridad. Yo era lo mismo para él. No he tenido noticias de Morris desde que me despidieron. Dudo tenerlas algún día.

Y ahora aquí está Boone Conrad, una gran mejora desde Morris y su cuerpo un poco fofo.

Hago una señal hacia la otra mecedora que está detrás de mí.

—Eres bienvenido si quieres acompañarme a tomar algo ahora.

—Me encantaría —dice Boone—. Por desgracia, no creo que mi padrino se ponga muy contento si lo hago.

—Ah. —Se me cae el corazón a los pies—. Eres…

Boone me interrumpe asintiendo, solemne.

—Sí.

—¿Cuánto tiempo llevas sobrio?

—Un año.

—Felicidades —logro decir.

Me siento horrible por preguntarle a un alcohólico si quiere una copa, aunque no hay manera en que hubiera podido saber que tenía un problema. Pero Boone sin duda sabe del mío. Me doy cuenta por la manera en que me mira, entrecerrando los ojos con preocupación.

—Es difícil —agrega—. Cada día es un reto. Soy la prueba viviente de que es posible vivir la vida sin un vaso de alcohol en la mano.

Sujeto con más fuerza mi vaso de bourbon.

—No mi vida.

Después de eso, no queda mucho que decir. Boone me da su consejo de doce pasos contra las adicciones, que supongo es la verdadera razón por la que está aquí. Le expreso mi clara falta de interés. Ahora ya no queda más que hacer que cada quien vaya por su lado.

—Tengo que irme —dice Boone mientras agita la mano en despedida y regresa al bosque. Antes de desaparecer, me lanza una mirada sobre su hombro y agrega—: De cualquier modo, mi ofrecimiento sigue en pie. Si alguna vez te sientes sola, ven a verme. Aunque en la casa no haya alcohol, puedo preparar chocolate caliente y hay muchos juegos de mesa. Debo advertirte que en el Monopoly soy implacable.

—Lo tendré en cuenta —respondo con la intención de decir «gracias, pero no, gracias».

A pesar del aspecto de Boone, no suena muy divertido. Soy pésima en el Monopoly y prefiero que mis bebidas sean más fuertes que un chocolate.

Boone vuelve a despedirse con un gesto de la mano y avanza entre los árboles para volver a casa de los Mitchell. Al verlo alejarse no siento el más mínimo remordimiento. Claro, quizá me pierda algunas noches en la cama de un tipo que está fuera de mi alcance. Si es que acaso esa fuera su intención. Pero no estoy dispuesta a aceptar lo que implica: en particular, recordarme que bebo demasiado.

Sí bebo demasiado. Pero por buenas razones.

Alguna vez leí una biografía de Joan Crawford en la que la citan con estas palabras: «El alcoholismo es un riesgo laboral cuando eres actor, viuda o estás sola. Y yo soy las tres».

Yo igual, Joan.

Pero yo no soy alcohólica. Puedo dejarlo en cualquier momento, solo que no quiero.

Para probarlo, dejo el bourbon sobre la mesa; mi mano sigue cerca del vaso, pero sin tocarlo. Luego espero para saber cuánto puedo aguantar sin darle un trago.

Pasan los segundos, cuento cada uno en mi mente igual que lo hacía de niña y Marnie quería que contara el tiempo que podía quedarse bajo el agua antes de salir a respirar.

«Un segundo. Dos segundos. Tres segundos».

Aguanto exactamente cuarenta y seis segundos antes de suspirar, tomar el vaso y beber. Mientras le doy el trago me asalta un pensamiento. Uno de esos que trato de evitar bebiendo.

Quizá no estoy buscando problemas.

Quizá *yo* soy el problema.

Cuando Eli llega a la casa, el sol ya se escondió en el horizonte. A través de los binoculares, que recogí poco después de que Boone se fuera, lo veo volver a su camioneta con una bolsa de comida, antes de regresar a su casa para recoger la caja de cartón. Cuando sube a la camioneta, sigo el brillo de los faros conforme conduce por el camino que rodea el lago.

Dejo los binoculares cuando los faros entran a la sección del sendero que no es visible desde el porche trasero y camino hasta la entrada principal de la casa. Llego justo en el momento en que Eli se estaciona frente al garaje y sale de la camioneta.

En la época en la que estaba en las listas de superventas, Eli era guapísimo, con sus sacos de tweed y sus jeans oscuros. Sin embargo, las últimas tres décadas ha estado en modo Hemingway: suéteres tejidos, pana y una barba blanca hirsuta. Cuando saca la caja de cartón de la parte trasera de la camioneta parece un Santa Claus rústico que trae regalos.

—Lo que me pediste —anuncia colocando la caja en mis brazos.

Al interior, tintineado como campanillas de viento enredadas, hay doce botellas de varios colores. El pinot noir rojo carmesí, el bourbon color miel, la ginebra de claridad prístina.

—Llévatelo con calma —dice Eli—. No haré otro viaje hasta la próxima semana. Y si le dices algo de esto a tu madre, se acabó. Lo último que necesito es una llamada enfurecida de Lolly Fletcher para decirme que soy una mala influencia.

—Pero sí eres una mala influencia.

Eli sonríe a pesar de él mismo.

—Mira quién lo dice.

Es claro que me conoce. Durante mi infancia, Eli era el tío no oficial de los veranos, presente en mi vida entre el Día de los Caídos y el Día del Trabajo, casi siempre olvidado el resto del año. Eso no cambió mucho en mi edad adulta, cuando visitaba el lago Greene con menor frecuencia. A veces pasaban años entre una visita y otra, pero cuando yo regresaba, Eli seguía ahí, con su cálida sonrisa, un abrazo apretado y cualquier favor que necesitara. En esas épocas consistía en enseñarme a hacer una fogata y asar correctamente los malvaviscos. Ahora se trata de viajes ilícitos a la vinatería.

Entramos a la casa, yo cargada con la caja de botellas y Eli con la bolsa de comida. En la cocina desempacamos todo y preparamos la cena. Es parte del trato que hicimos la primera noche que regresé aquí: yo preparo la cena siempre que me trae alcohol.

Me gusta el acuerdo, no solo por el alcohol. Eli es buena compañía, y es agradable tener a alguien para quién cocinar.

Cuando estoy sola hago cualquier cosa rápida y sencilla; la cena de esta noche, en cambio, consiste en salmón, calabaza bellota asada y arroz integral. Cuando desempacamos todo y dos copas de vino ya están servidas, precaliento el horno y me pongo a cocinar.

—Conocí al vecino de junto —digo al tiempo que saco el cuchillo más largo y más afilado del bloque de madera que está sobre la barra y empiezo a cortar la calabaza bellota—. ¿Por qué no me dijiste que alguien se estaba quedando en casa de los Mitchell?

—No pensé que te importara.

—Claro que me importa. Solo hay dos casas en este lado del lago. Si alguien más está en una de ellas, sobre todo un desconocido, me gustaría saberlo. ¿Alguien se está quedando en la casa de los Fitzgerald que debiera saber?

—La casa de los Fitzgerald está vacía, hasta donde sé —responde Eli—. En cuanto a Boone, pensé que sería mejor que ustedes dos no se conocieran.

—¿Por qué?

Creo que ya conozco la respuesta. Eli conoció a Boone, se enteró de que era un alcohólico en recuperación y decidió que lo más prudente sería mantenerme alejada de él.

—Porque su esposa murió —dice Eli, en su lugar.

La sorpresa paraliza el cuchillo que se hunde en la calabaza.

—¿Cuándo?

—Hace año y medio.

Como Boone me dijo que llevaba un año sobrio, supongo que los seis meses tras la muerte de su esposa fueron autodestructivas. No es exactamente la misma situación que la mía, pero sí muy parecida como para hacerme sentir como mierda por la manera en la que me comporté con él.

—¿Cómo? —pregunto.

—No le pregunté y él no me ofreció la explicación —explica Eli—. Pero supongo que sería mejor que ustedes dos no cruzaran sus caminos. Temía que suscitara malos recuerdos, para ambos.

—Los malos recuerdos ya están aquí —digo—. Están en todas partes.

—Entonces, quizá… —Eli hace una pausa breve. Como lo haría alguien justo antes de caminar sobre carbones ardientes—. Quizá pensé que no serías la mejor influencia para él.

Por fin lo dijo. La horrible verdad al fin. Aunque lo sospechaba, eso no significa que me gustara oírlo.

—Dice el hombre que acaba de traerme una caja de alcohol —digo.

—Porque tú me lo pediste —responde Eli resentido—. No te juzgo, Casey. Eres una adulta y tus decisiones no son asunto mío. Pero Boone Conrad ya lleva un año sobrio. Tú…

—No estoy sobria —interrumpo para que Eli no tenga que decirlo.

Asiente, tanto porque está de acuerdo como para agradecerme.

—Exactamente. Así que quizá es mejor que se mantengan alejados, por el bien de ambos.

Aunque me duela lo que dice, estoy de acuerdo con Eli. Yo tengo mis razones para beber y Boone las suyas para no hacerlo. Cualquiera que estas sean, estoy segura de que no son compatibles con las mías.

—Trato hecho —acepto—. Ahora, échame una mano. La cena no se va a cocinar sola.

El resto de la noche pasa entre pláticas sin importancia y sentimientos heridos que no se expresan.

Terminamos de preparar la cena.

—¿Cómo estuvo el verano? —pregunto mientras sirvo los platos.

—Tranquilo —responde Eli—. Nada que reportar. Ni aquí ni en toda la zona. Aunque aún no han encontrado a la chica que se ahogó en el lago Morey el verano pasado. Tampoco a la que desapareció hace dos años.

Apuro mi copa de vino y me sirvo otra.

—Es probable que la tormenta llegue hasta aquí —comenta Eli mientras comemos.

—¿Qué tormenta?

—El huracán que golpeó Carolina del Norte. ¿No ves las noticias?

No. No últimamente.

—¿Un huracán? ¿Aquí?

La última vez que algo así sucedió en el área fue el paso lento y largo del huracán Sandy por el noreste. El servicio eléctrico en el lago Greene se interrumpió durante dos semanas.

—Trish —dijo Eli—. Así se llama.

—Qué nombre tan alegre para un huracán.

—Ahora ya solo es tormenta tropical, pero sigue siendo muy fuerte. Parece que llegará al final de la semana.

Eli se sirve otra copa de vino. Yo ya llevo dos.

Después de cenar nos vamos al porche y nos echamos en las mecedoras con dos tazas de café humeante. Ya es por

81

completo de noche en el lago y la superficie negra-azulada del agua refleja el brillo de las estrellas.

—Dios mío, es hermoso —exclamo con voz soñadora porque ya estoy un poco borracha.

Solo un poco más que alegre. El dulce lugar entre el adormecimiento y la capacidad de funcionar.

Llegar a ese estado es fácil; permanecer en él requiere planeación y determinación.

Empieza como al mediodía, con mi primera bebida real del día. Las mañanas las reservo para café, que elimina las telarañas de la noche anterior, y agua. La hidratación es importante.

Para la copa inaugural del día me gusta beber dos shots de vodka, de un solo trago. Un puñetazo doble y fuerte para embotar los sentidos.

El resto de la tarde se lo dedico al bourbon, que vierto sobre hielo en dosis constantes. Para la cena recurro al vino; una o dos copas, o tres. Me tranquilizan y nublan mi mente: al borde del precipicio de la intoxicación total. Ahí es cuando el café vuelve a entrar en escena. Un cafecito fuerte me devuelve a la orilla sin quitarme por completo la borrachera. Por último, antes de irme a dormir, otro buen trago de lo que se me antoje.

Dos, si no puedo dormirme de inmediato.

Tres, si no puedo dormir en absoluto.

Aunque Eli todavía está sentado junto a mí, pienso en lo que beberé cuando se haya ido.

Al otro lado del lago, una luz se enciende en la puerta trasera de la casa de los Royce e inunda el patio con un brillo cálido. Me inclino hacia delante, entrecierro los ojos, y veo que dos personas salen de la casa y avanzan hacia el muelle de la propiedad. Poco después se enciende otra luz, esta vez es el faro de la proa de la lancha. El ronroneo sordo del motor fuera de borda hace eco en los árboles.

—Creo que estás a punto de tener más invitados —dice Eli.

Quizá tenga razón. El faro se hace más grande conforme la lancha cruza el lago hacia nuestra costa.

Dejo mi café.

—Cuantos más seamos, mejor —exclamo.

Los Royce llegan en una lancha de motor vintage con paneles de caoba que es tanto elegante como deportiva. Es el tipo de lancha que estoy segura de que maneja George Clooney cuando se queda en su *palazzo* en el lago Como. Cuando se acerca a la lancha descolorida y rayada de mi familia me hace sentir que soy el centro de atención, como cuando un Bentley Continental se estaciona junto a mi Ford Pinto.

Algo que los Royce también tienen. Un Bentley, no un Pinto. Eli me lo contó durante la cena.

Los recibo en el muelle, un poco más alegre de lo que había pensado que estaría. Para evitar tambalearme, planto ambos pies en el muelle y me enderezo. Cuando los saludo con la mano, lo hago con demasiado entusiasmo.

—¡Qué agradable sorpresa! —exclamo cuando Tom apaga el motor y dirige la lancha hacia el muelle.

—¡Traje tu cobija! —me dice Katherine.

Su esposo me enseña dos botellas de vino.

—¡Y yo traje Pauillac Bordeaux de 2005!

Para mí no significa nada, excepto que es caro y que definitivamente no esperaré a que Eli se marche para seguir bebiendo.

Katherine sale de la lancha de un salto mientras su esposo amarra la lancha al muelle. Me entrega la cobija como si fuera una almohada de satén con una tiara encima.

—Lavada y seca —dice poniéndola en mis manos—. Gracias por dejármela.

Me echo la cobija bajo un brazo y trato de estrechar su mano con el otro. Me sorprende con un abrazo, rematado con un beso en cada mejilla, como si fuéramos viejas amigas y no dos personas que se conocieron en medio del lago hace unas horas. Su cálido saludo me hace sentir culpable por haberlos espiado.

Cuando Tom se acerca a mí no puedo evitar pensar en su aspecto cuando escuchaba a escondidas a su esposa.

Pues eso es lo que *estaba* haciendo.

Escuchando a escondidas, espiándola de manera tan descarada como yo lo espié a él. Todo con esa expresión inescrutable en su rostro.

—Disculpa por venir sin anunciarnos —dice sin sonar para nada que lo lamenta.

A diferencia de su mujer, me estrecha la mano con tal fuerza y tal entusiasmo que casi me hace perder el equilibrio. Ahora entiendo lo que Marnie quería decir con «intenso». En lugar de ser amistoso, su apretón de manos es una muestra innecesaria de fuerza. Me mira fijamente cuando lo hace, sus ojos son tan oscuros que son casi negros.

Me pregunto cómo me ve con lo poco borracha como estoy. Quizá con ojos vidriosos. Mejillas encendidas. Con perlas de sudor formándose en el nacimiento de mi cabello.

—Gracias por haber rescatado hoy a Katherine. —La voz de Tom es profunda, quizá por eso sus palabras suenan falsas. Un barítono así no deja mucho espacio para los matices—. Odio pensar lo que pudo haber pasado si no hubieras estado ahí para salvarla.

Volteo hacia el porche, donde Eli está de pie frente al barandal. Arquea las cejas, y me reprocha en silencio no haberle mencionado el incidente durante la cena.

—No fue nada —digo—. Katherine se salvó sola. Yo solo proporcioné la lancha que la llevó a su casa.

—Mentirosa —exclama Katherine pasando un brazo alrededor de mi cintura. Avanzamos por el muelle como si, de pronto, yo fuera la invitada. Sobre su hombro, le dice a su marido—: Casey está siendo modesta. Ella se encargó de todo el rescate.

—Le dije que no nadara en el lago —dice Tom—. Es demasiado peligroso. Hay gente que se ha ahogado aquí.

Katherine me mira mortificada.

—Lo siento —me dice antes de voltear a ver a su esposo—. Dios mío, Tom, ¿siempre tienes que decir lo que no debes?

Le lleva un segundo más entender a qué se refiere. Cuando se da cuenta, palidece.

—Mierda —masculla—. Soy un idiota, Casey. De verdad. No estaba pensando.

—Está bien —digo forzando una sonrisa—. No dijiste nada que no fuera cierto.

—Gracias por ser tan comprensiva —interviene Katherine—. Tom estaría destrozado si te enojaras con él. Es tu fan.

—En verdad lo soy —dice Tom—. Te vimos en *Una sombra de duda*. Estuviste maravillosa, absolutamente fantástica.

Llegamos a las escaleras del porche y Katherine y yo las subimos juntas, Tom viene detrás de nosotras. Está tan cerca que siento su aliento en la nuca. De nuevo, pienso en él escabulléndose por el primer piso de su casa. Le echo un vistazo a Katherine y recuerdo su aspecto cuando descubrió que su esposo la espiaba desde un rincón del comedor.

Asombrada y luego asustada.

Ahora no parece asustada, lo que me hace empezar a dudar que lo estuviera antes. Es más probable que solo se sorprendiera y yo haya malinterpretado la situación por completo. No sería la primera vez.

En el porche, Eli saluda a los Royce con la familiaridad de los vecinos que han pasado todo un verano cerca.

—No pensé volverlos a ver sino hasta el siguiente verano —dice.

—Este fue un viaje improvisado —explica Tom—. Katie extrañaba el lago y quería ver la naturaleza.

—¿Cuánto tiempo piensan quedarse?

—No lo planeamos, pensamos en una semana, quizá dos. Pero eso fue antes de que Trish decidiera pasar por aquí.

—Sigo pensando que deberíamos quedarnos —interviene Katherine—. ¿Qué tan feo se pude poner?

Eli se pasa una mano por la barba canosa.

—Peor de lo que piensas. El lago parece tranquilo ahora, pero las apariencias pueden ser engañosas. Sobre todo durante una tormenta.

Su plática trivial me hace sentir ajena, aunque mi familia es la que lleva más tiempo viniendo al lago Greene. Pienso en qué hubiera pasado si Len no hubiera muerto y hubiéramos acabado viviendo aquí tiempo completo.

Quizá hubiéramos tenido muchas reuniones improvisadas como esta. Quizá no tendría que mirar de reojo, con tanto anhelo, las botellas de vino que Tom lleva en la mano.

—Voy por copas y un sacacorchos —digo.

Entro a la casa y encuentro el sacacorchos, que sigue en la mesa del comedor. Después voy al gabinete donde están los licores y saco cuatro copas de vino limpias.

En el porche sigue la plática trivial.

—¿Cómo los ha tratado la casa? —les pregunta Eli.

—Nos encanta —responde Tom—. Es perfecta. Pasamos los últimos veranos en la zona. Cada año rentamos una casa en un lago diferente. Cuando al final decidimos comprar, no pudimos creer en nuestra suerte cuando el agente de bienes raíces nos dijo que había una propiedad en venta en el lago Greene.

Regreso al porche con el sacacorchos y las copas en mano. Le doy una copa a cada uno salvo a Eli, quien la rechaza con un movimiento de cabeza y una mirada penetrante que sugiere que yo también debería negarme.

Finjo no entenderlo.

—También tienen una casa en la ciudad, ¿cierto? —le pregunto a Katherine.

—Un departamento en el Upper West Side.

—En la esquina de Central Park West y la 83 —agrega Tom, lo que provoca que su esposa ponga los ojos en blanco.

—Tom es maniático de la posición social —dice al tiempo que advierte los binoculares junto a la mecedora—. Oh, guau. Yo tenía unos idénticos a esos.

—¿En serio? —pregunta Tom frunciendo el ceño de su frente tersa—. ¿Cuándo?

—Hace mucho. —Katherine se vuelve a dirigir a mí—: ¿Observas pájaros?

—¿Tú lo haces? —le vuelve a preguntar Tom a su esposa.

—Lo hacía, antes de que nos conociéramos. Hace toda una vida.

—Nunca me dijiste que te gustaran los pájaros —agrega Tom.

Katherine voltea hacia el lago.

—Siempre me gustaron, solo que nunca te diste cuenta.

Del otro lado del porche, Eli me vuelve a lanzar esa mirada. Él también nota la tensión entre ellos. Es imposible no advertirla. Tom y Katherine parecen tan disímiles que chupan toda la energía del lugar y hacen que el porche parezca sofocante y abarrotado. O quizá solo soy yo, acalorada por mi estado de ebriedad. Como sea, siento la necesidad de estar al aire libre.

—Tengo una idea —propongo—. Tomemos el vino junto a una fogata.

Eli se frota las palmas de las manos y exclama:

—Una excelente sugerencia.

Salimos del porche, bajamos las escaleras hasta el pequeño jardín que está enclavado entre la ribera y el ángulo interior que forma la casa. En el centro hay un área para hacer fogatas rodeada de sillas de jardín donde pasé muchas noches de verano durante mi infancia. Eli, que conoce bien este lugar, recoge unos leños de la pila que está recargada contra el muro de la casa y empieza a encender el fuego.

Armada con el sacacorchos, extiendo los brazos para tomar las botellas de vino que Tom todavía tiene en las manos.

—Permíteme, por favor —me dice.

—Creo que Casey sabe cómo abrir una botella de vino —dice Katherine.

—No una de cinco mil dólares.

Katherine niega con la cabeza, me mira de nuevo avergonzada y dice:

—¿Ves? Posición social.

—No importa —digo, y cuando sé la locura de precio de las botellas ya no las quiero—. O podríamos abrir una de las mías. Deberías guardar esas para una ocasión especial.

—Salvaste la vida de mi esposa —dice Tom—. Para mí esa es una ocasión muy especial.

Se dirige a los escalones del porche y los usa como bar improvisado, con la espalda hacia nosotras.

—Hay que saber servirlo. Permitir que respire —explica.

Detrás, Eli ya encendió la fogata. Pequeñas llamas reptan por los leños antes de saltar a los más grandes. Muy pronto, la madera lanza crepitaciones satisfactorias y las chispas giran en el cielo nocturno. Todo esto me trae un aluvión de recuerdos. Len y yo la noche antes de que muriera, tomando vino junto al fuego y hablando del futuro sin saber que no había futuro.

No para nosotros.

Definitivamente, no para Len.

—¿Casey?

Es Tom, que me ofrece la copa de vino de cinco mil dólares. En circunstancias normales me sentiría nerviosa siquiera de probarlo, pero atenazada por mi triste recuerdo, bebo la mitad de la copa de un solo trago.

—Debes olerlo primero —dice Tom, molesto y ofendido—. Hazlo girar en la copa, acerca la nariz y aspira. Olerlo prepara a tu cerebro para lo que estás a punto de beber.

Hago lo que me dice, me llevo la copa a la nariz e inhalo hondo.

Huele como cualquier otro vaso de vino que haya probado. Nada especial.

Tom le pasa una copa a Katherine y nos ordena a las dos que le demos un pequeño trago y lo saboreemos. Lo pruebo, esperando que el sabor esté a la altura del precio. Es bueno, pero no como para cinco mil dólares.

En lugar de oler y saborear, Katherine se lleva la copa a los labios y la vacía de un solo trago.

—¡Ups! —exclama—. Creo que tengo que volver a empezar.

Tom considera decir algo en respuesta, lo piensa dos veces y toma la copa de Katherine.

—Por supuesto, querida —masculla entre dientes.

Regresa a las escaleras, nos da la espalda, flexiona el codo cuando inclina la botella al tiempo que mete la otra mano en el bolsillo. Le sirve a Katherine con generosidad y hace girar el vino en la copa para que ella no tenga que hacerlo.

—Saboréalo, recuerda —le dice—. En otras palabras, despacio.

—Estoy bien.

—Tu postura dice lo contrario.

Miro a Katherine, es cierto que está inclinada un poco hacia la izquierda.

—Cuéntenme más sobre lo que pasó hoy en el lago —dice Eli.

Katherine suspira y se acomoda en una de las sillas del jardín, sentada sobre sus piernas.

—Todavía no lo sé. Sé que el agua está fría en esta época del año, pero no es algo que no pueda manejar. Y sé que puedo cruzar el lago a nado, ida y vuelta, porque lo hice todo el verano. Pero hoy, a medio camino, de pronto todo se congeló. Fue como si todo mi cuerpo hubiera dejado de funcionar.

—¿Un calambre?

—Tal vez. Todo lo que sé es que me hubiera ahogado si Casey no me encuentra. Como esa chica que desapareció el verano pasado en el lago Morey. ¿Cómo se llamaba?

—Sue Ellen —responde Eli con solemnidad—. Sue Ellen Stryker.

—Tom y yo estábamos rentando una casa ahí ese verano —explica Katherine—. Fue horrible. ¿Alguna vez la encontraron?

—No —dice Eli negando con la cabeza.

Bebo un poco de vino y cierro los ojos cuando baja por mi garganta al tiempo que Katherine repite:

—Horrible.

—Nada únicamente por las noches —sentencia Eli—. Eso era lo que mi madre me decía.

Y también era lo que Eli nos decía a Marnie y a mí cada verano cuando éramos niñas. Un consejo que ignorábamos

91

cuando chapoteábamos y nadábamos durante horas bajo la intensa luz del sol. Después de que se ponía el sol, el lago nos daba miedo. Sus negras profundidades lo hacían más oscuro bajo el manto de la noche.

—Ella lo escuchó de su propia madre —continúa Eli—. Mi abuela era muy supersticiosa. Creció en Europa del Este y creía en fantasmas y maldiciones. La muerte la aterraba.

Me siento en la silla junto a él, mareada tanto por el vino como por el tema de la conversación.

—Eli, por favor. Después de lo que vivió Katherine hoy, no estoy segura de que nadie quiera escuchar eso ahora.

—No me importa —dice Katherine—. De hecho, me gusta contar historias de fantasmas frente a una fogata. Me recuerda los campamentos de verano. Yo era una chica del campamento Nightingale.

—Y yo tengo curiosidad de saber por qué nadar en la noche es mejor que en el día —interviene Tom.

Eli voltea a ver el lago.

—En la noche no puedes ver tu reflejo en el agua. Hace siglos, antes de que la gente supiera otra cosa, era creencia común que las superficies que reflejan imágenes podían atrapar las almas de los muertos.

Miro mi copa y compruebo que Eli se equivoca. Aunque es de noche, mi reflejo es claramente visible y se mece sobre la superficie del vino. Para hacerlo desaparecer, vacío la copa. Al demonio con eso de saborearlo.

Tom no se da cuenta, está demasiado intrigado por lo que Eli acaba de decir.

—He leído sobre eso. En la época victoriana la gente acostumbraba cubrir todos los espejos después de que alguien moría.

—Es cierto —agrega Eli—. Pero no solo les preocupaban los espejos, cualquier superficie reflejante era capaz de capturar un alma.

—¿Como un lago? —pregunta Katherine con una sonrisa sarcástica.

Eli se toca la punta de la nariz.

—Exacto.

Pienso en Len y me estremezco. De pronto me siento inquieta, me pongo de pie, voy hacia la botella de vino que está en los escalones del porche y me sirvo otra copa.

La vacío de tres tragos.

—Y la gente en la época victoriana y sus familiares supersticiosos en Europa del Este no eran los únicos que pensaban así —agrega Eli.

Vuelvo a tomar la botella. Está vacía, el último rastro de vino cae en mi copa como gotas de sangre.

Detrás de mí, Eli sigue hablando.

—Las tribus que vivieron en esta zona mucho antes de que llegaran los colonizadores europeos…

Tomo la segunda botella de vino, que aún está cerrada, lo cual me molesta tanto como lo que está diciendo Eli.

—… creían que esas almas atrapadas podían apoderarse de las almas de los vivos…

En lugar de pedirle a Tom que lo haga, levanto el sacacorchos y me preparo para meterlo en una botella de cinco mil dólares que no tendría por qué tocar.

—… y que si veías tu propio reflejo en este mismo lago después de que alguien acababa de morir en él…

El sacacorchos se me cae de la mano, se desliza por los escalones hasta un pedazo de hierba detrás de la escalera.

—… significaba que permitías que te poseyeran.

Regreso la botella al suelo con un golpe y los escalones del porche tiemblan.

—¿Puedes callarte y dejar de hablar del lago?

No quiero parecer enojada. De hecho, ni siquiera quería hablar. Es solo que las palabras salen de mi boca, alimentadas por una mezcla exaltada de alcohol e incomodidad. Tras ellas, todos guardan silencio. Todo lo que puedo escuchar es el crepitar permanente del fuego y a un búho que ulula en los árboles, en algún lugar de la ribera.

—Lo siento —se disculpa Eli, amable, consciente de su falta de tacto inhabitual—. Tenías razón, a nadie le interesan estas tonterías.

—No es eso, es que…

Me callo porque no estoy segura de lo que estoy tratando de decir.

Me doy cuenta de que estoy borracha. Borracha, borracha. Sentirme alegre es solo un recuerdo. Empiezo a ladearme como Katherine, el lago se va de lado. Trato de detenerlo aferrándome con demasiada fuerza a los escalones del porche.

—No me siento muy bien.

Al principio creo que soy yo la que habla. Otro estallido inesperado, aunque no estoy consciente de que mi boca se abra, mis labios se muevan o mi lengua se agite.

Pero luego llegan más palabras.

—Nada bien.

Y me doy cuenta de que no las digo yo, sino Katherine.

—¿Qué pasa? —pregunta Tom.

—Estoy mareada.

Katherine se pone de pie y se tambalea como un pino doblado por el viento.

—Muy mareada.

Se tropieza alejándose de la fogata, hacia el lago.

La copa de vino se le cae de las manos y se hace trizas en el suelo.

—Oh —exclama distraída.

De pronto, sin previo aviso, se desploma sobre la hierba.

Medianoche.

Estoy sola en el porche, envuelta en la misma cobija que Katherine me devolvió antes. Estoy casi sobria, por eso tengo una cerveza en la mano. Necesito algo que me ayude a dormir, de lo contrario nunca lo haré. Incluso con unos tragos encima, rara vez duermo toda la noche.

No aquí. No desde que Len murió.

Boone tenía razón cuando dijo que el lago era demasiado tranquilo. Lo es. En particular a esta hora, cuando lo único que rompe el silencio de la noche son los graznidos ocasionales de los colimbos o algún animal nocturno que se escabulle bajo los matorrales a lo largo de la ribera.

Atrapada en ese silencio, miro el lago.

Tomo un trago de cerveza.

Trato de no pensar en mi marido muerto, aunque es difícil después de lo que pasó esta noche.

Hace horas que todos se fueron, la fiesta acabó de inmediato después de que Katherine se desmayara sobre el pasto. Los Royce fueron los primeros en irse; Tom mascullaba disculpas mientras sostenía por el muelle a una Katherine mareada. Aunque recuperó la conciencia unos segundos después, yo seguía preocupada. Sugerí que la dejáramos descansar y le diéramos un poco de café, pero Tom insistió en llevarla a su casa de inmediato.

—Esta vez sí te pusiste en ridículo —le dijo entre dientes antes de encender la lancha y marcharse.

Cuando escuché ese comentario privado sentí pena por Katherine, quien obviamente estaba mucho más borracha de lo que yo había pensado. Luego me sentí culpable por compadecerme, porque significaba que sentía lástima por ella, algo que es resultado de juzgar a alguien. Y yo no tenía ningún derecho de juzgar a Katherine Royce por beber de más.

El lado positivo era que Tom se había ido con tanta prisa que olvidó su otra botella de vino de cinco mil dólares. La encontré en las escaleras del porche y la metí al gabinete donde guardo el alcohol. Camarón que se duerme…

Eli se quedó un poco más, alimentando el fuego y recogiendo los pedazos de vidrio de la copa que cayeron en el pasto.

—Déjalo —le dije—. Mañana recojo el resto, cuando haya luz.

—¿Vas a estar bien? —preguntó Eli mientras rodeábamos la casa hasta su camioneta.

—Estaré bien —respondí—. En este momento estoy mucho mejor que Katherine.

98

—Hablaba de lo otro. —Hizo una pausa, mirando la grava del camino bajo sus pies—. Lamento haber hablado del lago como lo hice. Solo trataba de entretenerlos. Nunca quise alterarte.

Abrazo a Eli.

—Lo hiciste, pero solo por un momento.

Lo creía entonces. No tanto ahora que los recuerdos de Len pasan por mi mente con tanta suavidad como los colimbos sobre el lago. Cuando mi madre me confinó aquí, no protesté. Tenía razón. Necesito tranquilizarme unas semanas. Además, pensé que podía controlarlo. Había pasado más de un año viviendo en un departamento que había compartido con Len, no creí que la casa del lago pudiera ser peor.

Pero lo es.

Porque es el lugar donde murió Len.

Es donde yo me convertí en viuda, y todo esto —la casa, el lago, la maldita cabeza de alce en el estudio— me recuerda ese hecho. Y seguirá haciéndolo mientras esté viva.

O sobria.

Le doy otro trago a la cerveza y examino la costa al otro lado del lago. Desde la casa de los Fitzgerald, pasando por la de los Royce y hasta la de Eli, todo está oscuro. Una neblina espesa se eleva del lago y avanza lánguida en ondulaciones hacia la tierra. Cada una se asienta en la costa y rodea los pilotes de soporte de los muelles.

Observo la neblina, hipnotizada, cuando un sonido rompe el silencio de la noche.

El crujido de una puerta, seguido por pisadas en el piso de madera.

Vienen de mi lado derecho, es decir, de la casa de los Mitchell.

Unos segundos después aparece Boone Conrad, una silueta delgada que se abre paso hacia el final del muelle de los Mitchell.

Los binoculares siguen en la mesita junto a mi silla. Los levanto y veo más de cerca a Boone. Llega al extremo del muelle y se queda ahí parado, solo cubierto por una toalla, lo cual confirma la primera impresión que tuve de él.

Boone Conrad tiene un cuerpo de escándalo.

Aunque Eli sugirió que me mantuviera alejada de Boone, algo que entiendo por completo, no dijo nada sobre no poder mirarlo. Eso es lo que hago con una punzada de culpa mientras lo observo por los binoculares.

La punzada se convierte en un dolor agudo, y algo más, cuando Boone deja caer la toalla sobre el muelle y deja ver que no lleva nada abajo.

Bajo los binoculares.

Los vuelvo a levantar.

Considero la moralidad de ver a una persona sin que lo sepa o sin su consentimiento, sobre todo cuando está desnuda.

«Esto está mal», pienso sin dejar de mirarlo. «Muy mal».

Boone permanece en el muelle, disfrutando de la luz de la luna. Su cuerpo pálido parece brillar. Luego mira sobre su hombro, casi como si quisiera asegurarse de que lo estoy mirando. Lo hago, pero él no puede saberlo. Está demasiado lejos, y como aquí todas las luces están apagadas, eso me oculta en la oscuridad. Sin embargo, una sonrisa socarrona

100

se dibuja en el rostro de Boone, una sonrisa que me excita y me avergüenza en la misma medida.

Después, satisfecho de que quienquiera que lo estuviera viendo hubiera tenido un buen espectáculo, se echa al agua de un clavado. Aunque esté helado, es probable que el lago se sienta como un baño de tina, comparado con el aire frío de la noche. Aunque no sea así, a Boone no le importa. Su cabeza aparece sobre la superficie del agua, como a tres metros del muelle. La agita para sacudirse el agua del pelo enmarañado y empieza a nadar sin ningún objetivo, como imagino que hacía Katherine cuando se quedó sin fuerza en medio del lago. Boone nada como yo lo hacía de niña. De manera juguetona. Nada sin rumbo. Se sumerge y sale a la superficie para flotar de espaldas, con los ojos hacia el cielo estrellado.

Parece, si no feliz, al menos en paz.

«Tiene suerte», pienso levantando la botella de cerveza hasta mis labios para dar un largo trago.

En el agua, algo atrapa la atención de Boone. Su cabeza da un giro abrupto al otro extremo de la costa, donde se enciende una luz en la casa de los Royce.

Planta baja.

La cocina.

Alejo los binoculares de Boone a tiempo para ver a Katherine vestida en pijama de satén, tambaleándose hacia la cocina como si no tuviera idea de dónde está.

Comprendo el sentimiento. Las manos que recorren las paredes, los pisos que dan vueltas mientras tratas de alcanzar una silla que está a solo medio metro, pero sientes que está a cinco.

Veo a Katherine abrir las alacenas de la cocina en busca de algo y me siento invadida por una sensación de familiaridad. Esa soy yo en muchas, muchas noches. Una persona diferente. Una cocina diferente. La misma vacilación embriagada.

Katherine encuentra lo que buscaba, un vaso, y se dirige al fregadero. Asiento, satisfecha de ver que ella también conoce la importancia de la hidratación después de una noche de copas.

Llena el vaso y apenas le da un trago cuando su atención se desvía a la ventana del fregadero. Katherine mira al frente y, durante una fracción de segundo, pienso que me mira directamente, aunque eso es imposible. Como Boone, ella no puede verme. No desde el otro lado del lago.

Sin embargo, Katherine mantiene la mirada fija en mi dirección. Solo cuando toca su rostro, cuando sus dedos se deslizan de su mejilla a la barbilla, es que entiendo qué pasa.

No me mira a mí. Está examinando su reflejo en la ventana.

Katherine permanece así un momento, embriagada y fascinada por lo que ve, antes de volver a su vaso de agua. Lo vacía de un trago y vuelve a llenarlo. Después de unos tragos más deja el vaso en la barra y sale de la cocina, es evidente que su paso es más estable.

La luz de la cocina se apaga.

Vuelvo al muelle de los Mitchell con la esperanza de echar otro vistazo a Boone. Para mi decepción, ya no está ahí. Mientras estaba ocupada observando a Katherine, salió del agua, tomó la toalla y volvió a la casa.

¡Vaya mierda!

102

Ahora solo soy yo, la oscuridad y los malos pensamientos que se extienden como la neblina sobre el lago.

Aprieto la cobija sobre mis hombros, me acabo la cerveza y me levanto en busca de otra.

Lo peor de beber mucho, aparte, ya saben, de beber mucho, es la mañana siguiente, cuando todo lo que te tragaste la noche anterior regresa para atormentarte.

El retumbar constante de los dolores de cabeza.

El estómago revuelto.

La vejiga que explota.

Despierto con los tres síntomas, además de una sensibilidad a la luz del sol que raya en lo vampírico. No importa que la larga hilera de ventanas de las habitaciones dé al oeste, ignorada por el sol hasta el atardecer. La luz que entra por ellas sigue siendo suficiente para hacerme gesticular de dolor en el momento en el que abro los ojos.

Giro sobre mi cuerpo, miro el reloj de alarma del buró con los ojos entrecerrados.

Son las 9:00 a. m.

Es tarde para la vida del lago. Muy temprano para mí.

Quiero dormirme otra vez, pero el dolor de cabeza, el estómago revuelto y la enorme necesidad de orinar me sacan de la cama, me llevan al baño y después a la cocina. Mientras se prepara el café, me tomo un Advil con un vaso de agua de la llave y reviso mi teléfono. Hay un mensaje de texto, una broma, de Marnie: ese horrible cartel del gatito que cuelga de una rama y dice «¡Aguanta!».

Le respondo con un emoji vomitón.

También tengo otro texto, de un número desconocido. Lo abro y me sorprende ver que es de Katherine Royce.

«Discúlpame por lo de anoche. K.».

Entonces sí se acuerda de lo que pasó en la fogata. Me pregunto si también recuerda que se tambaleó hasta la cocina a medianoche. Quizá no.

«No te preocupes», respondo. «¿Quién nunca se ha desmayado en el jardín de un desconocido?».

Su respuesta llega al instante.

«Fue mi primera vez».

«Bienvenida al club».

En mi teléfono aparecen tres puntos suspensivos, desaparecen y vuelven a aparecer. Señal de que está dudando qué escribir. La respuesta de Katherine, cuando al final llega, es sucinta: «Me siento una mierda». Para hacer énfasis, incluye el emoji de una caca con ojos.

«¿Necesitas un café?», escribo.

La sugerencia se gana un emoji con ojos de corazón y un «¡¡¡SÍÍÍ!!!», en mayúsculas.

«Vente».

Katherine llega en la lancha de paneles de madera, y cuando se acerca al muelle parece una estrella de cine de la década de los cincuenta en el Festival de Cine de Venecia. Un vestido de verano azul aciano. Lentes de sol rojos. Una pañoleta amarilla de seda atada bajo la barbilla.

Siento una punzada de envidia mientras la ayudo a salir de la lancha hasta el muelle. Aunque Katherine Royce se sienta como mierda, se ve mucho mejor que yo cuando estoy en mi mejor día.

Sin embargo, antes de que me sienta demasiado celosa, se quita los lentes oscuros y tengo que evitar hacer una mueca de dolor. *Se ve muy mal.* Tiene los ojos inyectados de sangre y debajo de ellos cuelgan círculos morado oscuro como si fueran guirnaldas.

—Lo sé —dice—. Fue una mala noche.

—Me ha pasado a mí también, las fotografías están publicadas en la prensa amarillista.

Toma mi brazo y avanzamos por el muelle, frente a la fogata, y subimos al porche. Katherine se sienta en la mecedora mientras yo entro a la casa por dos tazas de café.

—¿Cómo lo tomas? —pregunto por las puertas francesas que están abiertas.

—En general con crema y azúcar —responde Katherine—. Pero hoy creo que lo tomaré negro. Entre más fuerte, mejor.

Salgo con el café y me siento en la mecedora junto a ella.

—Gracias —dice Katherine mientras le da un sorbo y hace un gesto por lo amargo.

—¿Muy fuerte?

—Está perfecto. —Le da otro sorbo y chasquea los labios—. En fin, lamento lo de anoche.

—¿Qué parte?

—¿Todo? Quiero decir, Tom es Tom. Siempre mete la pata, pero la cuestión es que lo hace sin querer. Le hace falta ese filtro que todos los otros tenemos. Dice lo que piensa, aunque ponga a todos incómodos. En cuanto a mí... —Katherine señala con la cabeza hacia el área de abajo, donde se cayó como un costal de harina doce horas antes—. No sé qué paso.

—Creo que se llama beber mucho y muy rápido —digo—. Soy experta en eso.

—No fue el alcohol, diga lo que diga Tom. En todo caso, él es quien bebe demasiado. —Hace una pausa y mira hacia el otro lado del lago, a su propia casa, con sus paredes de vidrio opacas por el reflejo del cielo matinal—. Últimamente no soy yo misma. Hace días que no me siento bien. Me siento rara, débil. ¿Ese agotamiento que sentí ayer mientras nadaba? No es la primera vez que me sucede. Siempre siento como lo que me pasó anoche. El corazón me empieza a latir rápido, tan rápido como si tomara pastillas ilegales para hacer dieta. Simplemente me supera y, antes de que me dé cuenta, estoy desmayada en el piso.

—¿Recuerdas cuando volviste a casa?

—Apenas. Recuerdo que tuve náuseas en la lancha y que Tom me metió a la cama, y después que me desperté en el sofá de la sala.

Ninguna mención del tambaleo por la cocina. Supongo que tenía razón cuando pensé que no se acordaría.

—No hiciste el ridículo, si eso es lo que te preocupa —digo—. Y tampoco estoy molesta con Tom. Lo que dije anoche fue en serio. Mi esposo se murió en el lago. Es algo que pasó, y no veo por qué hay que negarlo.

Omito la parte en la que paso la mayor parte del día haciendo exactamente eso. Tratar de olvidar se ha convertido en mi trabajo de tiempo completo.

Katherine no dice nada y no necesito que lo haga. Estoy contenta solo con estar en su compañía, tomando café y meciéndonos en las sillas que crujen bajo nuestro peso. También ayuda que esta mañana de otoño sea hermosa, llena de sol, y que las hojas de los árboles sean de colores brillantes. El aire está fresco, y eso es agradable. Equilibra todo. Una brisa refrescante bajo la luz dorada.

Len tenía una frase para los días como este: «Vermont perfecto». Cuando la tierra, el agua y el sol conspiran para dejarte sin aliento.

—Debe ser difícil para ti ver siempre este lago —dice al fin Katherine—. ¿Estás bien aquí sola?

La pregunta me toma por sorpresa, sobre todo porque a nadie más se le ha ocurrido hacerla. Mi madre nunca lo consideró siquiera cuando me desterró a la casa del lago. Que se le ocurriera a Katherine, quien apenas me conoce, dice mucho de ambas mujeres.

—Lo estoy —respondo—. Casi siempre.

—Pero ¿no te molesta estar aquí?

—No tanto como pensé.

Es la respuesta más honesta que puedo dar. Lo primero que hice cuando Ricardo se fue y me dejó aquí varada fue salir a este porche y mirar el lago. Pensé que tendría un montón de emociones. Dolor y miedo y rabia. En vez de eso, todo lo que sentí fue una lúgubre resignación.

Algo horrible sucedió en esas aguas.

No puedo cambiarlo, por más que lo desee.

Todo lo que puedo hacer es tratar de olvidarlo.

De ahí que pase el tiempo mirando el lago. Mi teoría es que si lo veo lo suficiente, los malos recuerdos relacionados con el lago Greene acabarán por disminuir hasta desaparecer.

—Quizá porque es tan hermoso —sugiere Katherine—. Fue idea de Tom comprar aquí. Yo estaba satisfecha con rentar un lugar diferente cada verano. Tom se mantuvo firme en que quería ser propietario. Por si aún no te has dado cuenta, a mi marido le encanta poseer cosas. Pero en este caso, tiene razón. El lago es maravilloso. La casa también. Es extraño, cuando no estoy aquí no extraño mucho el lugar. Pero cuando estoy, no quiero irme nunca. Supongo que eso pasa con todas las casas de vacaciones.

Pienso en Len y en nuestro día de campo a finales de julio. «Quedémonos aquí para siempre, Cee».

—¿Entonces te vas a quedar más de una o dos semanas?

Katherine se encoge de hombros.

—Tal vez. Ya veremos. A Tom le preocupa el clima, pero creo que será divertido estar aquí durante la tormenta. Incluso romántico.

—Espera a que pases el sexto día sin electricidad. El romance será lo último que pase por tu cabeza.

—No me molesta lo difícil. —Al ver mi expresión de sorpresa, Katherine agrega—: ¡En serio! Soy más resistente de lo que parezco. Una vez, tres amigas modelos y yo pasamos una semana haciendo canotaje en el Gran Cañón. Sin electricidad. Sin ningún servicio de celular, por supuesto. Hacíamos los rápidos en el día, y por la noche dormíamos en tiendas de campaña, cocinábamos sobre una hoguera y hacíamos pipí en la hierba. Fue maravilloso.

—No sabía que las modelos pudieran ser tan cercanas.

—La idea de que son unas perras y de que se pelean entre bastidores es solo un mito. Cuando doce chicas comparten un camerino te ves obligada a llevarte bien.

—¿Sigues siendo amiga de alguna de ellas?

Katherine niega lentamente con la cabeza.

—Ellas siguen en el negocio, yo no. Eso hace difícil seguir en contacto. La mayoría de mis amigas con quienes tengo contacto es a través de Instagram. Eso es lo raro de ser famoso. Todos saben quién eres…

—Pero a veces te sientes completamente sola.

—Sí —dice Katherine—. Eso.

Desvía la mirada como si le avergonzara que la comprendieran tan bien. Su mirada se posa en los binoculares que están en la mesita entre nuestras mecedoras. Tamborilea los dedos sobre ellos y dice:

—¿Alguna vez has visto algo interesante con esto?

—En realidad no —miento, evitando sonrojarme de culpa cuando pienso en que anoche observé a Boone, en lo bien que se veía desnudo bajo la luz de la luna, y en cómo, si yo hubiera sido más atrevida, más segura de mí misma, me habría reunido con él en el lago.

—Entonces, ¿no has visto mi casa?

—Nunca.

Otra mentira. Como le estoy mintiendo a Katherine, nada menos que en su cara, la culpa me remuerde.

—Ah, sin duda, yo observaría mi casa. ¿Con esas enormes ventanas? ¿Cómo resistirse?

Katherine toma los binoculares y con ellos observa su casa al otro lado de la costa.

—Dios mío, qué ostentosa. ¿Quién necesita una casa tan grande? Y nada menos que para pasar las vacaciones.

—Si puedes permitírtelo, no veo por qué no disfrutarlo.

—Esa es la cuestión —dice Katherine bajando los binoculares—. No podemos permitírnoslo. Bueno, Tom no puede. Yo pago todo. La casa. El departamento. El vino de cinco mil dólares y el Bentley, que sí es muy agradable. Deberíamos sacarlo alguna vez, solo tú y yo.

—¿Tom no tiene dinero propio?

—Todo el dinero de Tom está invertido en Mixer, que hasta ahora no es rentable, y probablemente nunca lo será. Esa es la felicidad de estar casada con un dizque titán de la tecnología. Juega su papel y lo representa a la perfección, pero en realidad… —Katherine interrumpe su diatriba y toma un sorbo de café, y luego se disculpa—: Debes pensar que soy insoportable. Aquí estoy, quejándome de mi marido, cuando tú…

—Está bien —respondo para interrumpir su frase antes de que la acabe—. La mayoría de los matrimonios tienen sus problemas.

—¿La mayoría? ¿Tu matrimonio siempre fue perfecto?

—No siempre —le digo mirando al lago, y viendo cómo la luz de la mañana parece danzar sobre la superficie—. Pero así lo sentía yo. Hasta el final.

Una pausa.

—Pero claro, no estuvimos casados mucho tiempo como para que Len se hartara de mí y empezara el inevitable divorcio.

Katherine me voltea a ver, y esos ojos grandes que tiene buscan mi rostro para ver si hablo en serio.

—¿Siempre haces eso? —pregunta.

—¿Hacer qué?

—Bromear para evitar hablar de tus verdaderos sentimientos.

—Solo el noventa por ciento de las veces —respondo.

—Lo acabas de hacer otra vez.

Incómoda, me remuevo en la silla. Katherine tiene razón, por supuesto. Acaba de señalar uno de mis peores rasgos. Aparte de Marnie y de mi madre, es la única persona que lo ha hecho. Ni siquiera Len, quien siempre lo padeció, me llamó la atención por eso alguna vez.

—Bromeo porque es más fácil fingir que no siento lo que siento, a sentirlo de verdad —explico.

Katherine asiente, aparta la mirada y observa de nuevo su casa de cristal al borde del lago. La fachada que da al agua sigue reflejando el cielo, aunque el sol ya está alto. Un círculo brillante se dibuja justo sobre su recámara, tan brillante que podría enceguecer si se le mira por mucho tiempo.

—Quizá debería intentar hacerlo yo —dice—. ¿Sí ayuda?

—Sí. Sobre todo si bebes lo suficiente.

Katherine responde con una risita seca.

—Eso sí lo he intentado.

Miro con atención el café de mi taza y lamento no haberle agregado un poco de bourbon. Pienso en levantarme para hacerlo. Pienso en preguntarle a Katherine si también quiere un poco. Estoy a punto de hacerlo cuando advierto una silueta gris que sale al jardín de la casa de Katherine.

Ella también la ve y dice:

—Ese es Tom, preguntándose dónde estoy.

—¿No le dijiste que venías?

—Me gusta dejarlo con la duda. —Se levanta, se estira un poco y se acerca para darme el segundo abrazo sorpresa en dos días—. Gracias por el café. Deberíamos hacerlo mañana otra vez.

—¿Mi casa o tu casa? —pregunto tratando de imitar a Mae West, aunque suena más como Bea Arthur.

—Aquí, definitivamente. En nuestra casa solo hay descafeinado. Tom dice que la cafeína mitiga la energía natural del cuerpo. Solo eso ya es causal de divorcio. —Hace una pausa, no hay duda de que observa la sorpresa en mi rostro—. Era una broma, Casey. Para ocultar cómo me siento en verdad.

—¿Te está funcionando?

Katherine lo piensa un poco.

—Quizá. Pero sigo prefiriendo la honestidad y, en este caso, la verdad es que Tom me necesita demasiado como para darme el divorcio. Me mataría antes de permitir que lo dejara.

Se despide con un movimiento del índice y baja los escalones a saltitos. Me quedo detrás del barandal del porche y la veo caminar por el muelle, subirse a la lancha y empezar a cruzar hasta el otro lado del lago.

Cuando está a medio camino, algo que está cerca en el suelo llama mi atención. Una mancha brillante entre la alta hierba junto al muro de piedra que corre a lo largo de la costa.

Vidrio.

Refleja el sol con la misma luminosidad que la casa de Katherine.

Bajo los escalones, lo recojo, y descubro que es un pedazo de la copa de vino que ella rompió anoche. Cuando lo

114

sostengo contra la luz puedo ver gotas de vino seco sobre su superficie, y también una ligera capa que parece sal seca.

Busco en el suelo pedazos de vidrio similares. No veo ninguno y entro a la casa para tirar el vidrio en el bote de basura de la cocina. Cuando tintinea al fondo me asalta una idea.

No sobre la copa rota.

Sobre Katherine.

Me mandó un mensaje esta mañana, pero no tengo idea de cómo obtuvo mi número.

El resto del día sigue su curso normal.

Vodka. Derecho.

Otro vodka. También derecho.

Llorar bajo la regadera.

Sándwich de queso a la plancha para el almuerzo.

Bourbon.

Bourbon.

Bourbon.

Mi madre llama a la hora acostumbrada, a mi celular y no al teléfono fijo que sigue en el cajón en el estudio. Dejo que la llamada entre al buzón y borro su mensaje sin escucharlo.

Luego me tomo otro bourbon.

La cena es un filete con ensalada como guarnición para poder fingir que mi cuerpo no es un páramo nutritivo absoluto.

Y vino.

Café para recobrar un poco la sobriedad.

Helado, nada más porque sí.

Han pasado unos pocos minutos después de medianoche y bebo un whisky barato que sirvo de una botella cerrada que encontré al fondo del gabinete para licores. Quizá ha estado ahí durante décadas. Pero cumple su función y suaviza las elevaciones y los valles de la intoxicación en la que he estado en el curso del día. Ahora estoy envuelta en una calma soñadora que hace que todo haya valido la pena.

Estoy en el porche, acurrucada bajo un suéter pesado, la cobija de la lancha de nuevo envuelve mis hombros. No hay tanta neblina como anoche. El lago Greene y sus alrededores están enclavados en una frescura plateada que brinda una vista clara del otro lado del cuerpo de agua. Observo cada una de las casas.

La de los Fitzgerald. Oscura y vacía.

La de los Royce. No vacía, pero igual de oscura.

La de Eli. Una sola luz brilla en el tercer piso.

Volteo a ver mi lado del lago. La casa de los Mitchel, también a oscuras, apenas se vislumbra entre los árboles. Supongo que eso significa que Boone no nadará a medianoche.

Qué lástima.

Empiezo a considerar la idea de irme a dormir cuando se enciende una luz en casa de los Royce. Al verla, extiendo el brazo de inmediato para tomar los binoculares, pero me detengo antes de que mis dedos se apoderen de ellos.

No debería hacer esto.

No *necesito* hacerlo.

Lo que debería hacer es tomar un poco de agua, irme a la cama e ignorar lo que hacen mis vecinos. No es una tarea difícil. Sin embargo, ese rectángulo de luz al otro lado del lago me atrae como si fuera una soga atada a la cintura.

Trato de resistirme, paso la mano por encima de los binoculares mientras cuento los segundos, igual que hice ayer con mi bourbon. Esta vez no llego ni de lejos a cuarenta y seis antes de tomarlos. De hecho, apenas llego a once.

Porque la resistencia también tiene sus desventajas. Me hace desear algo aún más: ver a los Royce, servirme otro trago. Sé cómo funciona la negación. Te retienes, y te retienes, y te retienes hasta que ese dique mental se rompe y todas las urgencias malas se desparraman, a menudo ocasionando daños en el proceso.

No es que este comportamiento lastime a alguien. Nadie más que yo lo sabrá.

Binoculares en mano, enfoco hacia la ventana iluminada en la negra noche. Es en el primer piso, viene de la oficina donde vi a Tom ayer. Sin embargo, ahora es Katherine quien está frente al escritorio junto a la ventana, encendiendo la laptop.

Envuelta en una bata blanca, tiene un aspecto peor que el de esta mañana. Una imitación pálida de su aspecto habitual. El brillo de la pantalla de la computadora no ayuda, pues le da a su rostro un tono azulado enfermizo.

Veo que Katherine escribe algo y luego entrecierra los ojos hacia la pantalla. Su ceño se frunce más conforme se inclina hacia adelante, absorta en lo que sea que esté mirando.

Y entonces algo la sorprende.

Es evidente incluso a esta distancia.

Queda boquiabierta y se lleva una mano al labio inferior. Sus ojos ya no están entrecerrados, sino abiertos como platos.

Katherine parpadea. Rápido. Dos segundos completos de párpados que aletean.

Luego hace una pausa.

Exhala.

Voltea lentamente hacia la puerta de la oficina, que está abierta de par en par.

Escucha con la cabeza inclinada hacia un lado, alerta.

Luego, al parecer satisfecha de que no será interrumpida, Katherine regresa a la laptop en un frenesí de actividad. Teclea, mueve el cursor y echa de cuando en cuando una mirada a la puerta abierta.

Yo hago lo mismo y dirijo los binoculares hacia la derecha, a la recámara principal. Está por completo a oscuras.

Vuelvo a mirar hacia la oficina, donde Katherine pasa el siguiente minuto tecleando, leyendo y tecleando un poco más. La sorpresa en su rostro ha disminuido un poco y se ha transformado en algo que me parece determinación.

Busca algo. No sé cómo lo sé, pero lo sé. No es la expresión de alguien que se desplace nada más entre los correos electrónicos en medio de la noche. Es el aspecto de alguien que tiene una misión.

Al otro lado de la casa se enciende otra luz.

La recámara.

Las ventanas están cubiertas por largas cortinas blancas. A través de ellas puedo ver el brillo difuso de una lámpara de buró y la silueta de Tom Royce, sentado en la cama. Aparta las cobijas que tiene encima y, vestido solo con el pantalón de la pijama, da unos pasos rígidos por la habitación.

Por la abertura de la puerta puedo ver que Tom se detiene, tal como lo hizo en el comedor cuando lo vi ayer.

Está escuchando otra vez, preguntándose qué hace su esposa.

Dos habitaciones más allá, Katherine sigue tecleando, leyendo, tecleando. Los observo a ambos de manera alternada, como si estuviera viendo un partido de tenis.

Tom sigue escuchando en el umbral de la recámara.

El rostro de Katherine sigue iluminado por el brillo de la pantalla de la laptop.

Tom sale de la habitación.

Katherine se inclina un poco hacia el frente para ver mejor la pantalla.

Tom reaparece en la puerta detrás de ella.

Dice algo y alerta a Katherine de su presencia.

Ella da un brinco al escuchar su voz, cierra la laptop de un golpe y gira para quedar frente a él. Aunque solo puedo ver su espalda, es claro que está hablando. Sus ademanes son amplios, expresivos. Una pantomima de inocencia.

Tom responde algo, lanza una risita, se rasca la nuca. No parece enojado, ni siquiera receloso, lo que significa que Katherine debió decir lo correcto.

Se levanta y le da un beso a Tom como lo haría una esposa de un programa de comedia. Se pone de puntas para plantar un besito rápido, con una pierna doblada hacia atrás de manera coqueta.

Tom apaga el interruptor que está junto a la puerta y la oficina se convierte en un rectángulo de negrura.

Dos segundos después están en la recámara. Tom se sube a la cama y gira hasta su lado, dando la espalda a la ventana. Katherine desaparece en el baño. Otro destello de luz perfecta, seguido de la puerta que se cierra.

En la cama, Tom vuelve a girar. Lo último que veo es su brazo extendido hacia la lámpara del buró. La apaga y la casa queda sumergida en la oscuridad.

Bajo los binoculares, desconcertada por lo que acabo de ver, aunque no podría decir por qué. Quiero pensar que se debe a que he estado viendo sin filtro la vida de otros. O quizá sea solo la culpa por convencerme de que estaba bien observar otra vez algo que jamás debí ver. En consecuencia, estoy convirtiendo lo que vi en algo mayor de lo que en realidad es. La proverbial tormenta en el vaso de agua.

Sin embargo, no puedo sacarme de la cabeza la manera en la que Katherine reaccionó en el momento en el que Tom entró al cuarto.

Brincó en su silla.

El pánico se apoderó de su rostro.

Entre más lo pienso, más segura estoy de que la sorprendió viendo algo que ella no quería que Tom viera. La manera en la que azotó la tapa de la computadora lo dejaba suficientemente claro, y luego ese beso tan cursi.

Todo eso me lleva a una conclusión.

Tom Royce tiene un secreto.

Y creo que Katherine acaba de descubrir cuál es.

Una de la mañana.

Porche, mecedora, alcohol, etcétera.

Me quedo medio dormida en la silla, entre sueño y vigi-
lia porque cabeceo hasta que mi cabeza cae y me despierto, como hacía mi padre cuando yo era niña. Lo veía cuando ambos estábamos sentados frente a la televisión, esperando
que mi madre regresara de su obra. Primero se le cerraban los
ojos, luego se quedaba quieto y quizá roncaba un poco. Por
último, su cabeza se inclinaba hacia adelante y lo despertaba
de un sobresalto. Yo reía, él mascullaba algo y todo volvía a
empezar de nuevo.

Ahora soy yo quien lo hace, los rasgos del padre los he-
redó la hija. Después de otro cabeceo que me despierta, me
digo que es hora de ir a la cama.

En ese momento se enciende una luz en la casa de los
Royce, al otro lado del lago.

La cocina.

De pronto estoy completamente despierta y busco los binoculares sin pensar siquiera en resistirme esta vez. Sencillamente los tomo, me los llevo a los ojos y veo a Katherine que entra a la cocina. Ya no lleva la bata que tenía antes, ahora lleva jeans y un suéter blanco grande.

Tom está justo detrás de ella, aún en pantalones de pijama, hablando.

No.

Gritando.

Abre mucho la boca, un óvalo enfurecido que se expande y se contrae conforme le grita a su esposa en medio de la cocina. Ella da media vuelta y le grita a su vez.

Me inclino hacia adelante, de forma ridícula, como si fuera a escuchar lo que están diciendo si me acercara un poco. No hay voces. No hay música. Ningún sonido salvo el ruido del viento entre las hojas y el chapoteo del agua sobre la ribera.

Katherine entra al comedor oscuro, no es más que una débil sombra que pasa frente a las ventanas de piso a techo. Tom la sigue a unos pasos hasta que ella desaparece en la sala.

Por un momento no hay nada más. Solo el brillo constante de la luz de la cocina que ilumina una habitación vacía. Luego alguien enciende una lámpara de la sala. Tom. Lo veo en el sofá blanco, alejando la mano de la lámpara recién encendida. Katherine está parada junto a la ventana, le da la espalda a su esposo y mira directamente al otro lado del lago, hacia mi casa.

Como si supiera que la observo.

Como si estuviera segura de ello.

Me hundo más en la mecedora. De nuevo, es ridículo.

No puede verme.

Por supuesto que no puede.

En todo caso, sospecho que está viendo el reflejo de su esposo en el vidrio. Sentado al borde del sofá, Tom se inclina hacia adelante y se lleva las manos a la cabeza. Alza la mirada, parece que le suplica. Sus gestos son desesperados, casi frenéticos. Me enfoco en sus labios y casi puedo distinguir lo que dice: «¿Cómo?». O quizá: «¿Quién?».

Katherine no contesta. Al menos no algo que yo pueda ver. Lejos del sofá y con la luz de la lámpara a su espalda, su rostro está en las sombras. Pero no se mueve. Eso sí puedo verlo. Está de pie, como un maniquí en aparador, con los brazos a los costados.

Detrás de ella, Tom se levanta del sillón. Sus movimientos suplicantes se transforman de nuevo en gritos conforme avanza hacia ella. Cuando Katherine se niega a responder, la jala del brazo y la aleja de la ventana.

Por un segundo, su mirada permanece fija en la ventana, aunque Tom la obliga a alejarse.

En ese momento es cuando nos miramos a los ojos.

De alguna manera.

Aunque ella no puede verme y mis ojos están escondidos detrás de los binoculares y estamos a una distancia de casi medio kilómetro, nuestras miradas se encuentran.

Solo un momento.

Pero en esa fracción de segundo puedo ver el miedo y la confusión en sus ojos.

Menos de un segundo después, la cabeza de Katherine gira con el resto de su cuerpo. Da vuelta para mirar a su esposo, quien sigue jalándola hacia el sofá. Ella alza el brazo libre, sus dedos se doblan para formar un puño y, una vez formado, golpea a Tom en la mandíbula.

El golpe es fuerte, tan fuerte que lo escucho desde el otro lado del lago, aunque lo más probable es que haya sido que dejé escapar una exclamación de asombro.

Tom, más sorprendido que lastimado, suelta el brazo de Katherine y se tambalea hacia atrás hasta caer en el sofá. Parece que ella dice algo. Finalmente. Sin gritarle. Sin suplicarle tampoco. Solo pronuncia una frase con lo que parece una calma imponente.

Ella sale de la habitación. Tom se queda adentro.

Dirijo los binoculares al primer piso, que sigue a oscuras. Si Katherine fue ahí, no la veo.

Regreso la mirada a la sala, donde Tom se vuelve a sentar en el sofá. Lo veo inclinarse hacia adelante, llevarse las manos a la cabeza y pienso que debería llamar a la policía y reportar una disputa de violencia doméstica.

Si bien no puedo conocer el contexto de lo que vi, no hay duda de que ocurrió algún tipo de abuso conyugal. Aunque Katherine fue quien lo golpeó, lo hizo porque Tom la había jaloneado. Y cuando nuestros ojos se encontraron brevemente, no fue malicia o venganza lo que vi.

Fue miedo.

Miedo evidente, devorador.

En mi opinión, Tom se lo buscó.

Me hace preguntarme cuántas veces antes ha sucedido algo así.

Me preocupa que vuelva a pasar.

Lo único de lo que estoy segura es de que me arrepiento de haber tomado los binoculares y espiar a los Royce. Sabía que no era correcto. También sabía que si seguía mirando llegaría un momento en el que terminaría viendo algo que no quería ver.

Porque no solo estaba espiando a una persona.

Estaba observando a una pareja, que es mucho más complejo y difícil de manejar.

«¿Qué es el matrimonio sino una serie de decepciones mutuas?».

Es una de las líneas de *Una sombra de duda*. Antes de que me despidieran, la decía ocho veces a la semana y siempre obtenía una risa incómoda del público que reconocía la verdad detrás de ella. Ningún matrimonio es por completo honesto. Cada uno se construye sobre algún tipo de decepción, aunque sea algo pequeño y anodino. El marido finge que le gusta el sofá que su esposa eligió. La esposa que ve el programa favorito de su marido, aunque en el fondo le choca.

Y a veces es mayor.

Infidelidad. Adicción. Secretos.

Esos pueden quedar escondidos para siempre. En algún momento la verdad aflora y todas esas decepciones tan cuidadosamente contenidas se desploman como fichas de dominó. ¿Es eso lo que acabo de ver en la casa de los Royce? ¿Un matrimonio bajo presión que acaba de implosionar?

En la sala, Tom se levanta y va al bar que está contra la pared. Saca una botella con un líquido ámbar y vierte un poco en un vaso.

Arribade él se enciende una luz en la recámara principal, en la que Katherine se mueve detrás de las cortinas diáfanas.

Cuando la veo saco mi teléfono, sin pensar en lo que voy a decir. Simplemente la llamo.

Katherine responde con un susurro ronco.

—¿Hola?

—Soy Casey —digo—. ¿Está todo bien?

No hay respuesta de su lado. Ni un suspiro. Ni un susurro. Solo un momento de silencio antes de que responda.

—¿Por qué no estaría bien?

—Pensé que…

Apenas puedo retener las palabras que se deslizan por mi lengua: «… que vi».

—Pensé que escuché algo en tu casa —digo—. Y solo quería saber si estás bien.

—Estoy bien. Sí.

Me quedo paralizada.

Katherine sabe que la he estado observando.

Supongo que no debería sorprenderme. Ella estuvo en esta misma mecedora, mirando hacia su casa con los mismos binoculares que ahora están junto a mí.

«Sin duda, yo observaría mi casa», había dicho indicando con sutileza que sabía que yo también lo hacía.

Pero no hay nada sutil en todo esto. Ahora me está diciendo sin tapujos que la observe.

Las cortinas transparentes de la recámara principal se abren y me apresuro a tomar los binoculares. En la ventana, Katherine agita la mano. Como está mayormente envuelta en la sombra, no puedo ver su rostro.

No sé si sonríe.

O si el miedo que advertí antes en sus ojos sigue ahí.

Todo lo que puedo ver es su silueta que me saluda con la mano hasta que eso, también, se detiene. La mano de Katherine cae a su costado y después de permanecer ahí un segundo más, retrocede y sale de la recámara, apagando el interruptor a su paso.

Justo debajo, Tom ya terminó su bebida. Se queda un momento parado mirando el vaso vacío, como si estuviera considerando servirse otro.

Luego echa el brazo hacia atrás y avienta el vaso

Se azota contra la pared y se hace añicos.

Tom regresa al sofá hecho una furia, extiende el brazo hacia la lámpara y, con un movimiento de los dedos, la incómoda oscuridad vuelve a la casa al otro lado del lago.

Un sonido que cruza el lago me despierta de un sobresalto. Con los ojos aún cerrados escucho el final del ruido. El eco de un eco que se evapora rápido conforme pasaba zumbando en lo profundo del bosque detrás de mi casa.

Permanezco paralizada como medio minuto, esperando que el sonido regrese. Pero cualquier cosa que haya sido, ya no está más. El lago está en silencio, pesado como una cobija de lana e igual de sofocante.

Abro bien los ojos y veo el cielo gris rosado y un lago que empieza a destellar con la luz del alba.

Pasé toda la noche en el porche.

Dios mío.

Mi cabeza retumba de dolor y mi cuerpo cruje al mismo ritmo. Cuando me enderezo, mis articulaciones rechinan más fuerte que la mecedora en la que estoy sentada. Tan pronto me enderezo, el mareo se apodera de mí. Giros diabólicos que hacen como si el mundo se inclinara sobre su eje y me obligara a sujetarme de los reposabrazos de la mecedora para recuperar el equilibrio.

Miro al piso esperando que eso me calme. A mis pies gira un poco sobre el suelo del porche la botella de whisky, casi vacía.

«Dios mío».

Al verla siento unas náuseas tan violentas que eclipsan mi dolor, y mi confusión y mi mareo. De alguna manera logro ponerme de pie y entro apresurada a la casa directo al baño que está justo después del recibidor.

Llego al baño, pero no al escusado. Todo el veneno que me revuelve el estómago se vacía de pronto en el lavabo. Abro toda la llave del agua para enjuagarlo y salgo a trompicones del cuarto, hacia la escalera que está al otro extremo de la sala. Solo puedo llegar al piso de arriba gateando por la escalera. Una vez ahí, avanzo por el pasillo a gatas hasta llegar a la recámara principal, donde logro subirme a la cama.

Caigo de espaldas y mis ojos se cierran por propia voluntad. No tengo nada que decir sobre el asunto. Lo último que recuerdo antes de quedarme inconsciente es un recuerdo del sonido que me despertó. Con él, la comprensión.

Ahora sé qué escuché.

Fue un grito.

AHORA

—Dime lo que le hiciste a Katherine —le digo de nuevo, mientras retuerzo la toalla que acaba de estar en su boca. Está empapada de saliva. Una humedad caliente y asquerosa que me hace tirar la toalla al piso—. Dime y esto acabará.

No lo hace, por supuesto.

No hay razón para que lo haga.

No a mí. No después de todo lo que he hecho y de lo que le sigo haciendo.

Tenerlo cautivo

Mentirle a Wilma.

Tendré muchas cosas que explicar más tarde. Sin embargo, ahora, mi único objetivo es salvar a Katherine. Si es que eso es posible. No tengo manera de saberlo hasta que él me lo diga.

—¿Qué le pasó? —pregunto un minuto después, y el único sonido que escucho es la lluvia en el techo.

Inclina la cabeza hacia un lado, de manera engreída, es insoportable.

—Supones que lo sé.

Imito su expresión, hasta la sonrisa apretada que muestra todo, menos simpatía.

—No es una suposición. Ahora dime qué le hiciste.

—No.

—Pero sí hiciste algo.

—Quiero hacerte yo una pregunta —dice—. ¿Por qué te preocupa tanto Katherine? Apenas la conociste.

Su uso del tiempo pasado me produce escalofrío. Estoy segura de que esa era su intención.

—Eso no importa —respondo—. Dime dónde está.

—En un lugar donde nunca la encontrarás.

El miedo permanece. Se la añade algo nuevo: rabia. Empieza a subir por mi pecho, caliente y turbulenta como agua hirviendo. Salgo de la habitación y bajo las escaleras mientras el parpadeo de las luces me molesta.

En la cocina, me acerco al bloque de madera donde están los cuchillos sobre la barra y saco el más grande. Luego regreso a las escalares, regreso al cuarto, regreso a la cama donde dormía de niña. Es difícil imaginar que aquella niñita sea la misma persona que ahora se intoxica con bourbon y blande un cuchillo. Si no hubiera experimentado en carne propia los años entre esos dos momentos, no lo creería.

Con manos temblorosas, acerco la punta del cuchillo a su costado. Una advertencia.

—Dime dónde está.

En lugar de acobardarse por el miedo, ríe. Una risa real, honesta. Me asusta aún más que esta situación le parezca divertida.

134

—No tienes la más mínima idea de lo que estás haciendo —dice.

No respondo.

Porque tiene razón.

No la tengo.

Pero eso no va a evitar que lo haga de todas formas.

ANTES

Vuelvo despertar poco después de las nueve, mi cabeza sigue martilleando, pero el mareo y las náuseas, gracias a Dios, han desaparecido. Aun así, me siento como si estuviera muerta. Huelo como si estuviera muerta. Y estoy segura de que también me veo como tal.

Mi madre estaría horrorizada.

Yo estoy horrorizada.

Cuando me enderezo entre una maraña de cobijas, lo primero que advierto es el sonido apagado del agua que corre en el piso de abajo. El lavabo del baño.

Nunca lo cerré.

Salgo de la cama de un salto, bajo a trompicones la escalera, veo que la llave sigue abierta al máximo. Dos tercios del lavabo están llenos de agua y sospecho que la excelente tubería es lo único que evita que se desborde. Cierro la llave y algunos recuerdos de anoche vuelven como destellos.

El whisky.

Los binoculares.

La pelea y la llamada y el saludo de Katherine en la ventana.

Y el grito.

Es lo último que recuerdo, pero lo más importante. Y lo más sospechoso. ¿En realidad escuché un grito al alba? ¿O era solo parte de un sueño etílico que tuve mientras estaba inconsciente en el porche?

Aunque esperaba que fuera esto último, sospecho que fue lo primero. Supongo que en un sueño hubiera escuchado el grito con mayor claridad. Un grito vívido que llenara mi cabeza. Pero lo que escuché esta mañana era otra cosa.

La secuela de un grito.

Un sonido tanto vago como impreciso.

Pero si en verdad *hubo* un grito, que es la teoría que permanece en mi cerebro con resaca, me pareció que era de Katherine. Bueno, de una mujer. Hasta donde sé, es la única otra mujer que está en el lago ahora.

Paso los siguientes minutos buscando mi teléfono, que al final encuentro en el porche, sobre la mesita junto a los binoculares. Tras toda una noche afuera, no le queda casi nada de batería. Antes de llevarlo a la casa a cargar, reviso si tengo alguna llamada o mensaje de Katherine.

Nada.

Decido escribirle y formulo mi mensaje con cuidado al tiempo que una taza de café fuerte me devuelve a la vida y el cargador hace lo mismo con mi teléfono.

«Acabo de hacer café. Ven si quieres un poco. Creo que debemos hablar de anoche».

Lo envío antes de pensar en borrarlo.

Mientras espero una respuesta, bebo mi café y pienso en el grito.

Si en verdad fue un grito.

He pasado la mitad de mi vida en este lago, sé que pudo haber sido cualquier otra cosa. Muchos animales llegan a merodear a la ribera o incluso en el agua. Búhos que chillan y aves acuáticas escandalosas. Una vez, cuando Marnie y yo éramos niñas, un zorro en algún lugar de la costa que defendía su madriguera de otro animal, aulló casi toda la noche. Literalmente gritaba. Escuchar esos aullidos que hacían eco sobre el agua fue estremecedor, incluso después de que Eli nos explicó en detalle qué estaba pasando.

Pero estoy acostumbrada a esos ruidos y puedo dormir toda la noche con ellos. Sobre todo después de pasar una noche bebiendo. Esto fue algo tan diferente como para despertarme incluso con la mayor parte de la botella en la sangre.

Ahora estoy un setenta y cinco por ciento segura de que lo que escuché fue el grito de una mujer. Y aunque no es una certeza total, sí es suficiente para mantenerme preocupada mientras reviso de nuevo mi teléfono.

Aún nada de Katherine.

En lugar de seguir esperando un texto de respuesta, decido llamarla. El teléfono suena tres veces y me envía a buzón.

«Hola, estás llamando a Katherine. No estoy disponible para tomar tu llamada o quizá solo te ignoro. Si dejas tu nombre y tu teléfono, y yo te devuelvo la llamada, lo sabrás».

Espero el timbre y dejo un mensaje.

—Hola, soy Casey. —Hago una pausa y pienso qué decir—. Solo quería saber si estás bien. Sé que dijiste que sí anoche, pero esta mañana, creo que escuché…

Vuelvo a callar, dudo que suene bien si digo lo que creo que escuché. No quiero sonar exagerada o, peor, por completo delirante.

—En fin, llámame. O no dudes en venir. Será agradable platicar.

Cuelgo, meto el teléfono en mi bolsillo y empiezo el día.

Vodka. Derecho.

Otro vodka. También derecho.

Regadera, sin el llanto, pero con una nueva ansiedad no deseada.

Un sándwich de queso a la parrilla de almuerzo.

Cuando el reloj de pie de la sala da la una y Katherine no ha contestado, llamo de nuevo y me manda otra vez a su buzón.

«Hola, estás llamando a Katherine».

Cuelgo sin dejar un mensaje, me sirvo un bourbon y lo llevo al porche. La botella de whiskey de la noche anterior sigue ahí, un trago del líquido aún chapotea al interior. La aparto de una patada, me desplomo sobre la mecedora y reviso mi teléfono diez veces en tres minutos.

Todavía nada.

Levanto los binoculares y miro hacia la casa de los Royce, esperando una señal de Katherine, pero no veo nada. Es la hora en la que el sol empieza a reflejarse en las paredes de cristal y el reflejo del cielo esconde lo que hay detrás de ellas, como un par de párpados cerrados.

Mientras observo la casa, pienso en la naturaleza inusual de lo que vi anoche. Algo importante sucedió dentro de la casa. No es de mi incumbencia, pero de cierta manera me preocupa. Aunque hace poco que la conozco, considero a Katherine mi amiga, o al menos alguien que podría ser mi amiga. Y cuando llegas a los treinta años no es fácil hacer nuevos amigos.

En el lago, una lancha conocida flota a la distancia. Dirijo los binoculares hacia ella y veo a Eli sentado en la proa con una caña de pescar en la mano. Si alguien más en el lago escuchó lo mismo que yo, tiene que ser él. Sé que le gusta levantarse al alba, así que es posible que se haya despertado en ese momento. Y si yo lo escuché, él podría aclararme qué fue y calmar mis inquietudes.

Llamo a su celular, suponiendo que lo lleva con él.

Mientras el teléfono suena, sigo mirándolo por los binoculares. Una expresión de molestia cruza su rostro, al tiempo que toca el bolsillo de enfrente de su chaleco de pesca, una señal definitiva de que ahí lo tiene. Recarga la caña contra la parte lateral del bote, mira su teléfono y luego a mi casa. Al verme en el porche con el teléfono en la mano, me hace una seña y responde.

—Si me hablas para saber si ya pesqué algo, la respuesta es no.

—Tengo una pregunta diferente —digo, y agrego una advertencia—: Una poco habitual. ¿De casualidad escuchaste un sonido extraño afuera esta mañana?

—¿A qué hora?

—Al alba.

—No estaba despierto —responde Eli—. Decidí dormir un poco más. ¿Supongo que tú escuchaste algo?

—Eso creo. No estoy segura. Esperaba que tú me dieras más información.

Eli no me pregunta por qué estaba despierta al alba. Sospecho que ya lo sabe.

—¿De qué tipo de ruido estás hablando?

—Un grito.

Al decirlo en voz alta me doy cuenta de lo extraño que suena. Las probabilidades de que alguien, ya no digamos Katherine Royce, gritara al alba eran muy pocas, aunque no era imposible.

En este lago pueden pasar cosas malas.

Lo sé por experiencia.

—¿Un grito? —pregunta Eli. ¿Estás segura de que no era un zorro o algo parecido?

¿Segura? En realidad, no. Incluso durante esta conversación, mi nivel de certeza ha disminuido del setenta y cinco a aproximadamente el cincuenta por ciento.

—Me pareció que era una persona —digo.

—¿Por qué alguien gritaría a esa hora?

—Eli, ¿por qué alguien gritaría? Pues porque ella podría estar en peligro.

—¿Ella? ¿Crees que escuchaste a Katherine Royce?

—No puedo pensar en otra persona —respondo—. ¿La has visto hoy?

—No —dice Eli—. Pero como te digo, no he estado exactamente al pendiente. ¿Te preocupa que le haya pasado algo?

Le respondo que no, aunque la verdad es lo contrario. Que Katherine no haya respondido a mi mensaje ni a mis llamadas me tiene inquieta, aunque es completamente probable que haya una muy buena razón para ello. Podría estar dormida, o su teléfono podría estar en silencio o en otra recámara.

—Estoy segura de que todo está bien —digo, más para convencerme a mí misma que a Eli.

—¿Quieres que pase a su casa a ver?

Como Eli es el vigilante del vecindario aquí en el lago, sé que le dará gusto hacerlo. Pero es algo que me preocupa a mí, no a él. Es momento de visitar a los Royce y, con suerte, calmar todas mis inquietudes.

—Yo iré —digo—. Me hará bien salir de la casa.

Tom Royce está en el muelle cuando llego a su casa. Es evidente que me vio llegar porque está de pie como un hombre que espera compañía. Incluso está vestido para recibir visitas informales. Jeans negros, tenis blancos, suéter de cachemir del mismo color que el costosísimo vino que llevó a la casa hace dos noches. Me ofrece un saludo exageradamente amistoso cuando amarro la lancha y subo al muelle.

—Hola, vecina. ¿Qué te trae aquí esta tarde?

—Vine a ver si Katherine quería venir a la casa para una plática entre chicas y tomarnos un coctel vespertino en el porche.

Había preparado esta excusa en el trayecto de mi muelle al suyo, esperando que no pareciera que mi reacción era exagerada. Algo que sospecho que estoy haciendo por completo. Katherine está bien y yo solo estoy preocupada por algo que vi y algo que escuché, y por lo que le sucedió a mi marido hace más de un año. Y nada de esto está relacionado.

145

—Me temo que no está aquí —dice Tom.

—¿Cuándo regresa?

—Probablemente hasta el siguiente verano.

La respuesta es tan inesperada como si me hubiera azotado una puerta en la cara.

—¿Se fue?

—Regresó al departamento en la ciudad —explica Tom—. Se fue temprano esta mañana.

Me acerco a él unos pasos y advierto una mancha roja en su mejilla izquierda, donde Katherine lo golpeó. Si lo pienso bien, después de todo quizá su partida no es una sorpresa. Incluso puedo imaginar los eventos que la llevaron a esa decisión.

Primero el pleito, que terminó en el puñetazo en la cara de Tom. Luego, es probable que cuando la llamé ya hubiera tomado la decisión de irse. Si pienso en su breve aparición en la ventana de la recámara, ahora veo ese saludo extraño bajo una luz distinta. Es por completo posible que haya sido una señal de despedida.

Después de eso pudo haber empacado rápidamente en la oscuridad de su cuarto. Por último, cuando estaba a punto de irse, la pelea se volvió a exacerbar. Ambos trataron de imponerse al final. Durante esa confrontación final, Katherine gritó. Quizá de frustración. Quizá de rabia. O simplemente liberó todas las emociones que tenía adentro.

O, pienso con un escalofrío, quizá Tom le hizo algo que la obligara a gritar.

—¿A qué hora esta mañana? —pregunto mirándolo con sospecha.

—Temprano. Me habló hace poco para decirme que había llegado bien.

Hasta este momento, eso se ajusta a mi teoría de que Katherine se marchó. Lo que no encaja es el Bentley de Tom, que sigue estacionado debajo del pórtico que sobresale al otro lado de la casa. Es gris pizarra, liso y brillante como una foca mojada.

—¿Cómo se fue?

—En un servicio de coches, por supuesto.

Eso no explica por qué Katherine no me ha llamado o enviado un mensaje. Después de anoche, y tras hacer planes informales para vernos de nuevo para el café esta mañana, me parece extraño que ella misma no me hubiera explicado que regresó a Nueva York.

—He tratado de comunicarme con ella varias veces hoy —digo—. No contesta el teléfono.

—Nunca revisa su teléfono cuando está de viaje. Lo deja en su bolso, en silencio.

La respuesta de Tom, como todas hasta ahora, tiene sentido, pero si se piensa bien, carecen de sentido en absoluto. Hace seis días, cuando Ricardo me trajo a la casa del lago, el puro aburrimiento me mantuvo pegada al teléfono. Claro que la mayor parte del tiempo la pasé buscando en Google las vinaterías de la región que hacían entregas a domicilio.

—Pero acabas de decir que te llamó del departamento.

—Creo que quiere que la dejen en paz —dice Tom.

Supongo que lo que quiere decir es que lo dejen en paz a él. No estoy dispuesta a hacerlo ahora. Entre más habla, más sospechoso me parece. Miro fijamente la marca roja en la

147

mejilla de Tom y pienso en el momento exacto en que la obtuvo.

Cuando jaloneó a Katherine para alejarla de la ventana.

Y ella se defendió dándole el puñetazo.

¿Era esa la primera vez que sucedía algo así? ¿Había pasado muchas veces antes? De ser así, es posible que Tom hiciera algo más cuando amanecía en el lago.

—¿Por qué se fue Katherine? —pregunto con la clara intención de entrometerme y con la esperanza de que me diga más que lo que ha dicho hasta ahora.

Tom entrecierra los ojos, se rasca la nuca y luego cruza los brazos sobre su pecho.

—Dijo que no quería estar aquí cuando llegara el huracán Trish. Estaba preocupada. La casa es grande, los vientos fuertes, y todo este vidrio.

Es lo contrario de lo que Katherine me dijo ayer. Según ella, era Tom quien estaba preocupado por la tormenta. Pero es muy posible que cuando le hablé de no tener electricidad durante días haya hecho que cambiara de parecer. Como también es posible que no esté tan acostumbrada a vivir sin comodidades, como dijo.

Pero ¿por qué ella se fue y Tom se quedó?

—¿Por qué no te fuiste con ella? —pregunto.

—Porque a mí no me preocupa la tormenta —responde Tom—. Además, pensé que era mejor quedarme en caso de que algo le pasara al lugar.

Una respuesta racional. Una que *casi* suena como si fuera la verdad. Estaría inclinada a creerle, de no ser por dos cosas.

148

Número uno: Tom y Katherine se pelearon anoche. Sin duda eso tuvo algo que ver con que ella se fuera de forma tan repentina.

Número dos: No explica lo que escuché esta mañana. Y puesto que Tom no va a mencionarlo, me toca a mí.

—Creo que esta mañana escuche un ruido —digo—. Venía de este lado del lago.

—¿Un ruido?

—Sí, un grito.

Callo, esperando ver la reacción de Tom. No hay ninguna. Su rostro permanece inescrutable como una máscara, hasta que pregunta:

—¿A qué hora?

—Justo antes del alba.

—Yo dormí hasta bien entrada la mañana —dice Tom.

—Pero ¿no fue esa la hora a la que se fue Katherine?

Se queda un segundo paralizado, y al principio creo que lo atrapé en una mentira. Pero se recobra al instante.

—Dije que se había ido temprano. No al alba. Y no me gusta que insinúes que estoy mintiendo.

—Y yo no tendría que insinuarlo si me hubieras dicho a qué hora.

—A las ocho.

Aunque Tom lanza esa respuesta como si se le acabara de ocurrir, la cronología concuerda. Lleva un poco menos de cinco horas llegar hasta Manhattan y eso hace más concebible que Katherine ya haya llegado, incluso si se detuvo en el camino.

Tom se lleva una mano a la mejilla y soba la parte donde su esposa lo golpeó.

—No entiendo por qué tienes tanta curiosidad sobre Katherine. No sabía que ustedes dos fueran amigas.

—Nos llevamos bien —respondo.

—Yo me llevo bien con muchas personas y eso no me da derecho a interrogar a sus parejas si se fueron a algún lugar sin avisarme.

Ah, el viejo truco de minimizar la preocupación de una mujer al hacerla pensar que está obsesionada y un poco histérica. Esperaba algo más original de Tom.

—Solo estoy preocupada —digo.

Al darse cuenta de que se está sobando la mejilla, Tom deja caer la mano y dice:

—No deberías estarlo, porque a Katherine no le preocupas tú. Eso es algo que debes entender de mi esposa, se aburre con mucha facilidad. Un día quiere dejar la ciudad y venir al lago durante dos semanas, y un par de días después decide que quiere regresar a la ciudad. Con las personas le pasa lo mismo. Son como ropa para ella. Algo que puede probarse y usar durante un tiempo y después cambiar por completo de estilo.

Katherine nunca me dio esa impresión. Tanto ella como la breve conexión que tuvimos parecían genuinas, lo que me hace pensar con mayor razón que Tom está mintiendo. No solo sobre esto, sino en todo. Decido ponerlo en evidencia.

—Hablé con Katherine anoche —digo—. Después de la una de la mañana. Me dijo que tuvieron una pelea.

Una mentira pequeña, aunque Tom no lo sabe. Al principio pienso que me va a decir otra mentira en respuesta, algo maquina detrás de su mirada. Se mueven los engranes en

150

busca de una excusa. Al no encontrar ninguna, finalmente dice:

—Sí, nos peleamos. Escaló. Los dos hicimos y dijimos cosas que no debimos. Cuando desperté esta mañana, Katherine ya se había ido. Por eso te respondí de manera vaga. ¿Contenta? ¿O quieres hacer más preguntas personales sobre nuestro matrimonio?

Parece que por fin Tom dice la verdad. Por supuesto que es probable que eso pasara. Tuvieron una pelea, Katherine se fue y ahora está en Nueva York, llamando al abogado de divorcios más caro del mundo.

Tampoco es asunto mío, algo que nunca consideré seriamente hasta este momento. Ahora que lo pienso, me encuentro atrapada entre la justificación y la vergüenza. Tom se equivocó al insinuar que yo era obsesiva e histérica. Soy algo peor. Una vecina metiche. Un papel que nunca antes había interpretado, ni en el escenario ni en la pantalla. En la vida real, no es bueno. De hecho, es por completo hipócrita. Yo, más que nadie, sé lo que se siente que exhiban tus problemas privados al escrutinio público. Solo porque yo lo he padecido no significa que esté bien que lo haga con Tom Royce.

—No —digo—. Lamento mucho haberte molestado.

Camino por el muelle de vuelta a la lancha, me meto en ella, y ya tengo en mente una lista de cosas por hacer cuando regrese a mi casa del lago.

Primero, tirar a la basura los binoculares de Len. Segundo, encontrar una manera de ocuparme que no implique espiar a mis vecinos. Tercero, dejar en paz a Tom y olvidarme de Katherine Royce.

Resulta que es mucho más sencillo planearlo que hacerlo. Cuando empujo la lancha para alejarla del muelle, por el rabillo del ojo veo que Tom me observa. Está bajo una luz que hace que la marca en su rostro sea mucho más clara. Se la vuelve a tocar y sus dedos se mueven en círculo sobre ese recuerdo de furia roja de que Katherine estuvo ahí alguna vez, pero que ahora ya se ha ido.

Al verlo, se me viene a la memoria algo que Katherine dijo sobre Tom ayer.

«Tom me necesita demasiado como para darme el divorcio. Me mataría antes de permitir que lo dejara».

Le envío un mensaje a Katherine tan pronto como regreso a la casa del lago.

«Escuché que regresaste a la Gran Manzana. Si hubiera sabido que planeabas escaparte, me hubiera ido contigo».

Me planto en el porche y miro mi teléfono, como si al verlo por más tiempo hiciera que me diera una respuesta. Hasta ahora no funciona. La única llamada que recibo es la verificación diaria de mi madre, a quien mando directo al buzón antes de entrar a la casa a servirme un vaso de bourbon.

Mi segundo del día.

El tercero, quizá.

Le doy un buen trago, regreso al porche, reviso los mensajes anteriores que le envié a Katherine. No ha leído ninguno.

Preocupante.

Si Katherine le llamó a Tom cuando llegó a su casa en Nueva York, entonces sin duda vio que la llamé y le envié mensajes.

A menos que Tom estuviera mintiendo sobre eso.

Sí, dijo la verdad sobre la pelea, pero solo después de que yo lo provoqué. Y sobre otro asunto, el grito, que sigo estando cincuenta por ciento segura de haber escuchado, siguió siendo vago de manera irritante. Solo mencionó que se había despertado entrada la mañana. En realidad, nunca negó haberlo escuchado.

Además, están esas dos frases que dijo Katherine mientras estaba sentada en esta misma mecedora que yo ocupo ahora. En el momento fue fácil ignorarlas, pero ahora son cada vez más ominosas. Se niegan a salir de mi mente, se repiten en mi cabeza como un guion que he ensayado muchas veces.

«Tom me necesita demasiado como para darme el divorcio. Me mataría antes de permitir que lo dejara».

Normalmente lo tomaría como una broma, pero ese es mi mecanismo de defensa. Usar el humor como escudo, fingir que mi dolor no duele, por lo que sospecho que hay algo de verdad en lo que dijo. En particular después de lo que me contó ayer sobre que todo el dinero de Tom está invertido en Mixer y que ella paga todo.

También está la pelea, que pudo haber sido por dinero, pero sospecho que fue más que eso. La manera en la que Tom le rogaba a Katherine estaba grabada en mi memoria, cuando repetía esa palabra que no pude leer en su boca. «¿Cómo?». «¿Quién?». Y todo eso llegó al clímax cuando él la jaloneó para alejarla de la ventana y ella lo golpeó.

Sin embargo, justo antes fue el momento quimérico en el que Katherine y yo nos miramos a los ojos. Por la llamada de después sé que de alguna manera ella sabía que la estaba observando. Ahora me pregunto si, en ese breve instante en que su mirada se encontró con la mía, Katherine trataba de decirme algo.

Quizá estaba pidiendo ayuda.

A pesar de mi promesa de tirar los binoculares a la basura, aquí siguen, descansando junto a mi vaso de bourbon. Los levanto y miro la casa de los Royce, al otro lado del río. Aunque Tom ya no está afuera, la presencia del Bentley me informa que sigue ahí.

La gran mayoría de lo que me dijo tiene sentido, y debería ser una señal de que puedo creerle. Pero algunos cabos sueltos no me lo permiten. No podré confiar por completo en Tom hasta que Katherine se comunique conmigo o que obtenga una prueba de otra fuente.

Recuerdo que Tom mencionó exactamente dónde vivían en la ciudad. Un edificio lujoso no muy lejos del mío, aunque el de ellos está frente a Central Park. Lo conozco bien, está en el Upper West Side, a unas cuadras al norte de donde alguna vez estuvo el edificio Bartholomew.

Puesto que no puedo ir en persona, pienso en la siguiente mejor persona para hacer la tarea.

—¿Quieres que haga qué? —pregunta Marnie cuando la llamo para pedírselo.

—Que vayas a su edificio y pidas hablar con Katherine Royce.

—¿Katherine? Pensé que estaba en el lago Greene.

—Ya no.

Le hago un resumen de estos últimos días. La infelicidad de Katherine. La actitud extraña de Tom. Yo viendo todo con

155

los binoculares. La pelea y el grito y la partida repentina de Katherine.

Tengo que reconocerle a Marnie que se esperó hasta que acabara para hacer la pregunta.

—¿Por qué los has estado espiando?

No tengo una respuesta adecuada. Curiosidad, aburrimiento, soy una entrometida, todas las anteriores.

—Creo que es porque estás triste y sola —dice Marnie tratando de ofrecer una respuesta—. Es comprensible, tomando en cuenta todo por lo que has pasado. Y tienes ganas de tomar un descanso para no sentir todo eso.

—¿Me puedes culpar?

—No. Pero esa no es la manera de distraerte. Ahora te has obsesionado con la supermodelo que vive al otro lado del lago.

—No estoy obsesionada.

—¿Entonces?

—Estoy preocupada —respondo—. Es natural que me preocupe por alguien cuya vida acabo de salvar. Ya conoces el dicho. Si salvas una vida eres responsable de ella para siempre.

—En primer lugar, nunca he escuchado ese dicho. En segundo, se parece mucho a la definición de estar obsesionado.

—Quizá sí —digo—. Pero no es eso lo que importa ahora.

—Lamento diferir. Casey, este comportamiento no es sano, no es *moral*.

Molesta, resoplo tan fuerte que parece que el viento cruje en el teléfono.

—Si quisiera un sermón, llamaría a mi madre.

—Llámala —dice Marnie—. *Por favor*. Ahora me molesta a mí porque dice que la ignoras.

—Así es. Si vas a comprobar si Katherine está ahí, llamaré a mi madre para que te deje en paz.

Marnie finge pensarlo, aunque ya sé que aceptará.

—Está bien —dice—. Pero antes de ir, una última pregunta. ¿Ya revisaste las redes sociales?

—No estoy en las redes sociales.

—¡A Dios gracias! —exclama Marnie—. Pero supongo que Katherine sí. Busca alguna de sus cuentas. Twitter, Instagram, la que su esposo literalmente inventó y de la que es dueño. Sin duda ella estará ahí. Quizá te dé una idea de dónde se encuentra y qué está haciendo.

La idea es tan buena que me molesta no haberlo pensado antes. Después de todo, seguir a alguien en las redes sociales es una forma más aceptable de espiarla.

—Lo haré, mientras tú vas a casa de Katherine. Ahora.

Después de algunas maldiciones entre dientes y la promesa de que partirá al instante, Marnie termina la llamada. Mientras espero noticias, hago lo que me dijo y reviso las redes sociales de Katherine.

La primera es Instagram, donde Katherine tiene más de cuatro millones de seguidores.

Por supuesto.

Las imágenes que publicó son una agradable combinación de interiores bañados de la luz de sol, viejas fotos de sus días de modelo y *selfies* informales de su rostro embarrado de crema o comiendo dulces. Entre ellas hay publicaciones en las que solicita de manera amable y sincera apoyo para las obras de beneficencia para las que trabaja.

Aunque todo está muy bien pensado, Katherine se sigue presentando como una mujer inteligente que desea ser conocida como algo más que una cara bonita. Una representación precisa de la Katherine que yo he llegado a conocer. Hay incluso una foto reciente que tomó en el lago Greene, en la que está recargada al borde del muelle en un traje de baño verde azulado, el agua detrás de ella y, más allá, el mismo porche en el que estoy sentada ahora.

Observo la fecha y veo que la publicó hace dos días, justo antes de que casi se ahogara en el lago.

Su foto más reciente es la de una cocina blanca por completo, inmaculada, con una tetera de acero inoxidable sobre la estufa, un calendario Piet Mondrian en la pared y azucenas en un jarrón junto a la ventana. Afuera, Central Park se extiende abajo en todo su esplendor bucólico. El pie de foto es breve y dulce: «Hogar, dulce hogar».

Busco cuándo la publicó. Hace una hora.

A fin de cuentas, Tom no mentía. Katherine había regresado a su departamento, un hecho que parece haber sorprendido a sus amigos famosos, que dejaron comentarios.

«¡¿Regresaste a la ciudad?! ¡Yupi!», escribió uno.

Otro escribió: «¡Eso fue rápido!».

Incluso Tom hizo su aportación: «¡Mantén la chimenea prendida, bebé!».

Exhalo y dejo salir toda la tensión que no sabía que estaba reteniendo.

Katherine está bien.

Perfecto.

No obstante, una punzada de rechazo modera mi sensación de alivio. Quizá esa fue otra de las verdades de Tom, que Katherine se aburre fácilmente. Ahora que sé con certeza que ha utilizado su teléfono, es claro que Katherine vio mis llamadas y mensajes. Me está evitando, igual que yo evito a mi madre. Me doy cuenta de que soy el tipo de persona del que se quejó Katherine en su mensaje de voz. A los que se les ignora.

Después de anoche, en realidad no puedo culparla. Sabe que he estado observando su casa. Marnie tenía razón cuando dijo que no es un comportamiento sano. De hecho, es por completo inquietante. ¿Quién pasa tanto tiempo espiando a sus vecinos? Los perdedores, esos. Los perdedores solitarios que beben demasiado y no tienen nada mejor que hacer.

Okey, quizá Marnie tiene razón y *estoy* un poco obsesionada con Katherine. Es cierto que parte de esa obsesión es válida, puesto que le salvé la vida y es natural que me preocupe por su bienestar. Pero la verdad es más dura que eso. Me obsesioné con Katherine para evitar enfrentar mis propios problemas, que son muchos.

Molesta —con Katherine, con Marnie y conmigo misma—, tomo los binoculares, los meto a la casa y los tiro a la basura. Algo que debí haber hecho hace días.

Regreso al porche y a mi cobija de seguridad, que es el bourbon, y bebo a traguitos hasta que Marnie me llama media hora después, con los sonidos familiares del tráfico y los cláxones de Manhattan al fondo.

—Ya sé lo que me vas a decir —le digo—. Katherine está ahí. Tenías razón, fui una estúpida.

—No fue eso lo que me dijo el portero —responde Marnie.

—¿Hablaste con él?

—Le dije que era una vieja amiga de Katherine, que estaba en el vecindario y que pasaba para preguntarle si quería que almorzáramos juntas. Creo que no me creyó, pero eso no importa porque me dijo que los Royce están de vacaciones en su casa de Vermont.

—¿Esas fueron sus palabras exactas? —pregunto—. ¿Los Royce, no solo el señor Royce?

—Plural. Incluso fingí el «¡Ah! ¡Pensé que había visto a Katherine ayer al otro lado de la calle!». Me dijo que me equivocaba y que la señora Royce no había ido al departamento durante varios días.

Un frío violento recorre mi cuerpo, como si de pronto me hubieran empujado al lago y estuviera perdida en su oscuridad helada.

Yo tenía razón.

Tom mintió.

—Ahora sí estoy preocupada —digo—. ¿Por qué Tom me mentiría así?

—Porque lo que sea que esté pasando no es asunto tuyo —dice Marnie—. Tú misma dijiste que Katherine parecía infeliz. Quizá lo es y lo abandonó. No lo sabes, pero quizá en la barra de la cocina hay una carta de despedida.

—Aun así, no tiene sentido. Hice lo que sugeriste y la busqué en Instagram. Acaba de publicar una foto de ella adentro de su departamento.

Marnie reflexiona un momento.

—¿Cómo sabes que es su departamento?

—No lo sé —respondo.

Lo supuse porque Katherine lo decía en el pie de foto y porque tenía una vista a Central Park que parecía correcta desde donde está ubicado el departamento de los Royce.

—¿Ves? —dice Marnie—. Tal vez Katherine le dijo a Tom que iba a ir al departamento, pero en realidad se fue con una amiga o un familiar. Quizá él no tenga idea dónde está y le avergonzaba admitirlo.

Sería una teoría sólida si no hubiera leído el comentario de Tom en la publicación.

«¡Mantén la chimenea prendida, bebé!».

—Eso significa que sí es su departamento —le digo a Marnie, tras explicarle lo que vi.

—Bien —propone Marnie—. Digamos que sí es su departamento. Eso quiere decir que, o Katherine está ahí y el portero mintió, o que ella publicó una foto que tenía guardada en su teléfono para que su marido no supiera que no está en la casa. Como sea, nada de esto significa que Katherine esté en peligro.

—Pero escuché a Katherine gritar esta mañana —insisto.

—¿Estás segura de que fue eso lo que oíste?

—No era un animal.

—No estoy sugiriendo que lo fuera —dice Marnie—. Solo digo que quizá ni siquiera oíste nada.

—¿Crees que lo imaginé?

El delicado silencio que obtengo me advierte que Marnie está a punto de lanzarme la bomba de la verdad.

Una grande. Atómica.

—¿Cuánto bebiste anoche? —pregunta.

Echo de inmediato un vistazo a la botella de whisky que está casi vacía y que sigue tirada en el piso del porche.

—Mucho.

—¿Cuánto es mucho?

Lo pienso, contando los vasos con los dedos, al menos los que recuerdo.

—Siete. Quizá ocho.

Marnie deja escapar una tosecita para esconder su sorpresa.

—¿Y no crees que eso es demasiado?

Su tono sincero está plagado de reproche. Suena como mi madre.

—Esto no tiene que ver con lo que bebo. Tienes que creerme. Algo en toda esta situación no está bien.

—Posiblemente sea cierto. —Es irritante que su voz permanezca tranquila, como alguien que le habla a un niño de kínder que está haciendo una rabieta—. Pero eso no significa que Tom Royce matara a su esposa.

—No dije que lo hiciera.

—Pero eso es lo que piensas, ¿o no?

No exactamente, pero algo muy parecido. Si duda me pasó por la mente que Tom le hizo algo a Katherine para lastimarla, todavía no estoy lista para dar el salto mental al asesinato.

—Sé honesta —insiste Marnie—. ¿Qué crees que le pasó?

—No estoy segura de que le haya pasado algo —respondo—. Pero algo no está bien en todo esto. Katherine estaba aquí y de pronto ya no está. Y no creo que su esposo esté diciendo la verdad.

—O te dijo lo que cree que es la verdad.

—No me lo trago. Cuando hablé con él me dio una explicación simple sobre algo que, al menos por lo que vi, parece una situación muy complicada.

—¿Lo que viste? — Marnie repite mis palabras y no hay duda de que las hace sonar como si fuera una acosadora—. ¿Así pasas todo tu tiempo? ¿Observándolos?

—Solo porque percibí problemas desde el momento en que empecé a observarlos.

—Ojalá pudieras escucharte ahora mismo —dice Marnie, y su tono tranquilo cambia por algo aún peor: tristeza—. Admitir que espías a tus vecinos y decir que Tom Royce esconde algo…

—Tú también lo pensarías si hubieras visto lo que vi.

—Ese es el tema precisamente, no deberías haber visto. Nada de lo que está pasando en esa casa es asunto tuyo.

No puedo discutir con Marnie sobre eso. Es cierto que no tenía derecho a espiarlos como lo he hecho. Sin embargo, si al hacerlo me topo con una situación posiblemente peligrosa, ¿no es mi responsabilidad tratar de hacer algo al respecto?

—Solo quiero ayudar a Katherine —explico.

—Lo sé, pero si Katherine Royce quisiera tu ayuda, te la pediría —dice Marnie.

—Creo que lo hizo. Anoche, ya tarde, cuando los vi pelear.

Marnie lanza un pequeño suspiro triste que yo ignoro.

—Nuestros ojos se encontraron, solo un segundo. Ella me miraba y yo la miraba a ella. Y creo que en ese momento trataba de decirme algo —agrego.

Marnie suspira otra vez, más fuerte, más triste.

163

—Sé que estás pasando por un momento difícil. Sé que tienes problemas, pero por favor, no arrastres a otras personas contigo.

—¿Como a ti? —espeto.

—Sí, como a mí, y como a Tom y Katherine Royce. Y a cualquier otra persona que esté ahora en el lago.

Aunque Marnie trata de ser empática, sé de qué se trata. Ella también está cansada de mis tonterías. Lo único que en verdad me sorprende es que se tardara tanto. A menos que yo esté dispuesta a perderla para siempre, que no lo estoy, no puedo presionarla más.

—Tienes razón —respondo, tratando de sonar arrepentida—. Perdón.

—No necesito que me pidas perdón —agrega—. Necesito que te mejores.

Marnie termina la llamada antes de que pueda decir nada más. Una advertencia callada de que, si bien todo está perdonado, no está olvidado. De ahora en adelante, cuando se trate de Katherine y Tom Royce tendré que dejarla fuera.

No hay problema. Quizá tiene razón y lo único que está pasando es que el matrimonio de los Royce se está viniendo abajo. Sinceramente espero que eso sea lo peor. Por desgracia, mi instinto me dice que no es así de simple.

Vuelvo al Instagram de Katherine y examino esa fotografía de ella en su departamento y pienso en la teoría de Marnie: que publicó una foto vieja para engañar a su esposo. Tiene sentido, sobre todo cuando miro de nuevo la vista de Central Park al otro lado de la ventana del departamento. El follaje es verde, muy diferente a la vegetación de rojos y naranjas abrasadores que rodea el lago Greene.

Abro la foto para agrandarla hasta que llena la pantalla del teléfono. Observo el manchón granuloso del calendario de Mondrian en la pared. Y ahí, justo debajo de la imagen de la obra más famosa del artista, *Composición en rojo, amarillo y azul*, aparece el mes que representa.

Septiembre.

Marnie tenía razón. Katherine publicó una foto vieja. Aun frente a la prueba de que era una mentira, lo más probable para engañar a su marido, me doy cuenta de que no puedo dejar de preocuparme y, sí, de obsesionarme, por dónde está Katherine o qué le pasó.

No es asunto mío, es hora de aceptarlo.

Deslizo el dedo sobre la pantalla y la foto se encoge a su tamaño original.

Es en ese momento cuando lo veo.

La tetera sobre la estufa, tan pulida como la superficie de un espejo, refleja al fotógrafo en su superficie.

Curiosa, vuelvo a agrandar la imagen hasta que la tetera se hace lo más grande posible sin deformar la imagen. Aunque el reflejo del fotógrafo es borroso debido a la amplificación y está distorsionado por lo cóncavo de la tetera, puedo distinguir quién es.

Tom Royce.

No hay duda. Cabello oscuro, un poco largo en la parte de atrás y mucho gel en el frente.

Katherine nunca tomó esta foto.

Eso significa que no estaba guardada en su teléfono, sino en el de su marido.

La única explicación en la que puedo pensar es que Marnie tenía razón sobre el engaño, pero que se equivocaba en quién lo hacía y por qué.

Tom publicó esta foto en la cuenta de Instagram de su esposa.

Y la persona a la que engañaba era a mí.

La parte más difícil de interpretar *Una sombra de duda* ocho veces a la semana era el primer acto, en el que mi personaje tenía que avanzar en una línea muy fina entre estar demasiado preocupada y no lo suficientemente recelosa. Pasé semanas ensayando para tratar de encontrar el equilibrio perfecto entre los dos estados, y nunca logré hacerlo por completo bien.

Hasta ahora.

Ahora que me encuentro precisamente entre esos dos estados, y me pregunto hacia cuál inclinarme. Es fácil porque ahora lo estoy viviendo. No necesito actuar.

Deseo hablar con Marnie para que me aconseje, pero sé lo que dirá. Que Katherine está bien, que debería olvidar el asunto y que no es mi problema.

Es posible que todo eso sea cierto, pero también puede ser que todo esté muy mal. No puedo estar segura hasta que comprenda mejor la situación. Por eso vuelvo a las redes sociales. Dejo atrás Instagram y entro al invento de Tom Royce: Mixer.

Primero tengo que descargar la aplicación en mi teléfono para crear un perfil. Es un proceso desvergonzadamente invasivo: piden mi nombre completo, fecha de nacimiento, número de teléfono celular y ubicación, la que se determina por geolocalización. Hago varios intentos para no poner mis verdaderos datos y escribo Manhattan como mi ubicación. Sin embargo, la aplicación la cambia siempre al lago Greene.

Y yo que pensaba que la meticha era yo.

Solo hasta que creo mi perfil tengo acceso a Mixer. Habrá que darle crédito a Tom y a su equipo de desarrollo, la aplicación está bien diseñada. Es limpia, atractiva y fácil de usar. En cuestión de segundos aprendo que hay muchas maneras de encontrar contactos: por compañía, por ubicación, al escribir los nombres de tus bares y restaurantes favoritos para ver quién más los ha registrado.

Elijo la búsqueda por ubicación, que me permite ver a todos los usuarios dentro de un radio de kilómetro y medio. En este momento hay otros cuatro usuarios en el lago Greene, cada uno marcado con un triángulo rojo sobre una vista satelital del área.

El primero es Tom Royce. Ninguna sorpresa.

Eli y Boone Conrad también tienen perfiles, lo que sería una sorpresa si no sospechara que ambos se inscribieron solo como cortesía con su vecino. Igual que yo, ninguno de los dos completó su perfil más allá de la información estrictamente necesaria. Eli no ha marcado ningún lugar favorito o que haya visitado recientemente, y el único lugar que Boone registró en su perfil es un bar de jugos a dos pueblos de aquí.

La verdadera sorpresa es la cuarta persona que aparece como presente en el lago Greene.

Katherine Royce.

Observo el triángulo que marca su ubicación.

Justo enfrente de mi propio triángulo rojo.

Al verlo, mi corazón da un vuelco. Aunque no tengo idea de qué tan precisa es la aplicación, puedo suponer que es bastante buena porque no pude cambiar mi ubicación a pesar de varios intentos; es muy probable que Katherine tampoco pueda hacerlo.

Si ese es el caso, significa que se fue del lago Greene sin llevarse su celular… o que nunca se fue.

Me levanto, meto el teléfono en mi bolsillo y entro a la casa, directo a la cocina. Busco los binoculares en el bote de basura. Soplo sobre las lentes para quitar las migajas de la comida y regreso al porche con ellos. De pie frente al barandal observo la casa de vidrio de los Royce y me pregunto si, a fin de cuentas, Katherine está ahí. Es imposible saberlo. Aunque el sol está a punto de ponerse detrás de las montañas en ese lado del lago, el brillante reflejo en el agua oculta cualquier cosa que pueda pasar al interior.

Pero sí puedo examinar las áreas en las que sé que se encuentra cada habitación, esperando que alguna luz dentro de la casa me permita ver algo. No hay nada. Todo lo que se encuentra más allá de las oscuras ventanas es invisible.

Luego examino los alrededores de la casa y empiezo por la fachada que da a la casa de Eli, después recorro con la mirada el patio trasero, hasta el muelle, y después la fachada que da a la casa de los Fitzgerald. Nada que ver ahí tampoco, ni siquiera el elegante Bentley de Tom.

De nuevo me doy cuenta de que estoy espiando la casa de los Royce con un par de binoculares lo suficientemente poderosos como para ver los cráteres de la luna. Es exagerado.

Y obsesivo.

Sencillamente una locura.

Bajo los binoculares, sonrojada por la vergüenza de que quizá me estoy comportando de manera ridícula. Marnie me diría que no hay ningún «quizá». Yo me sentiría igual si no fuera por lo que me puso los pelos de punta en primer lugar.

El grito.

De no ser por eso, no estaría tan preocupada.

Aunque solo haya sido mi imaginación, no puedo dejar de pensaren él.

Me desplomo en la mecedora, imitando la postura dolorosa en la que me desperté. Cierro los ojos con fuerza, tratando de recordar el sonido exacto que escuché, esperando que me revele algo en mi memoria. Aunque me estremecí cuando Marnie lo mencionó, tenía razón cuando dijo que anoche bebí demasiado. Lo hice, y con buena razón, igual que todas las noches. Pero en mi estupor etílico es por completo posible que haya imaginado el grito. Después de todo, si Eli no lo escuchó y Tom no lo escuchó, es razonable pensar que yo tampoco lo oí en verdad.

Por otro lado, el hecho de que nadie más afirme haberlo oído no significa que no haya sucedido. Cuando un árbol cae en un bosque, para referirse a esa idea gastada, no deja de hacer ruido. Y como me recuerda Mixer cuando reviso mi teléfono por enésima vez, hay otra persona en este lago a quien todavía no le pregunto. En este momento puedo ver su pequeño triángulo rojo en la pantalla, localizado a unos cuantos metros del mío.

Sí, sé que le prometí a Eli permanecer alejada de él. Pero algunas veces, como la de ahora, es necesario romper las promesas. Sobre todo, cuando Boone Conrad podría tener la respuesta a mi pregunta más apremiante.

Me pongo de pie, guardo el teléfono y bajo a saltos los escalones del porche. En lugar de ir al frente de la casa y recorrer de un camino principal al otro, tomo el sendero que usó Boone el otro día y atravieso el bosque por el atajo entre las dos casas. Es un camino hermoso, sobre todo cuando el sol se pone y lanza un brillo dorado en este extremo del lago. Es tan brillante que debo entrecerrar los ojos mientras camino. Agradezco la sensación que me recuerda estar en el escenario, atrapada bajo el destello cálido del reflector.

Amo esa sensación.

La extraño.

Si Marnie estuviera aquí me diría que es solo cuestión de tiempo antes de que vuelva a pisar las tablas. Sinceramente lo dudo.

Enfrente, entre los árboles cada vez más ralos, se erige la enorme casa de dos aguas de los Mitchell. Igual que la de los Royce, tiene grandes ventanales que dan al lago y que ahora reflejan los tonos llameantes de la puesta de sol. Eso, aunado a la forma de la casa, me recuerda el dibujo de una fogata que hace un niño. Un triángulo naranja encaramado sobre un montón de leña apilada.

Conforme avanzo por el límite del bosque hacia el pequeño jardín cubierto de hojas, veo a Boone en el extremo del muelle. Vestido con unos jeans y una camiseta blanca, está parado frente al lago y con una mano se cubre los ojos del sol poniente. De inmediato comprendo que él también está mirando la casa de los Royce.

Boone parece saber que estoy ahí, porque cuando me ve cruzar el jardín una expresión extraña se dibuja en su rostro. Una parte es confusión, dos partes, preocupación, y solo un ligero indicio de alivio por si acaso.

—Tú también lo oíste, ¿verdad? —dice antes de que yo pueda pronunciar una sola palabra.

—¿Oír qué?

—El grito. —Gira la cabeza hasta tener otra vez enfrente la casa de los Royce—. De ahí.

—¿Has visto algo más? —pregunta Boone.

—Solo lo que ya te conté.

Estamos en el porche trasero de la casa del lago de mi familia, y observo cómo Boone observa la casa de los Royce con los binoculares. Está detrás del barandal del porche y se inclina sobre él lo más que puede; me preocupa que la madera acabe por romperse y él se caiga. Es muy grande, y solo me doy cuenta de eso cuando estoy frente a él. Como la primera vez que lo conocí yo estaba más arriba, no advertí lo alto que es. Ahora lo sé. Es tan alto que me sobrepasa bastante cuando estoy de pie junto a él.

—Me dijiste que estás aquí desde agosto —digo—. ¿Alguna vez te reuniste con Tom y Katherine?

—Una o dos veces. No los conozco bien.

—¿Notaste algo extraño?

—No —responde Boone—. Pero bueno, yo no los espiaba con esto.

173

Se aleja los binoculares de los ojos lo suficiente para sonreírme y darme a entender que está bromeando. Pero en su comentario detecto una insinuación de que me está juzgando, lo cual sugiere que no está del todo de acuerdo en lo que he estado haciendo.

Yo tampoco lo estoy, ahora que me encuentro a medio metro del hombre al que espié cuando estaba desnudo. En ningún momento Boone ha sospechado que lo vi nadar desnudo la otra noche. Por mi parte, no muestro ningún indicio de que lo haya estado espiando. Se hace un silencio incómodo en el que me pregunto si él está pensando que yo estoy pensando en eso.

Al otro lado del lago, la casa de los Royce permanece a oscuras, aunque ya ha caído el gris algodonoso del crepúsculo. Tom no ha regresado, como lo demuestra el espacio vacío bajo el pórtico donde debería estar el Bentley.

—¿Crees que va a regresar? —pregunto—. ¿O de plano se dio a la huida?

Boone vuelve a mirar por los binoculares.

—Creo que volverá. Todavía hay muebles en el patio. Si se hubiera ido para el invierno, hubiera metido todo.

—A menos que tuviera que irse a toda prisa.

Boone me pasa los binoculares y se sienta en una de las mecedoras, que cruje bajo su peso.

—No estoy preparado para pensar lo peor.

Yo me sentía igual una hora antes, cuando no estaba segura de que el grito fuera real y había razones lógicas de por qué Katherine no estaba donde Tom dice que estaba. Ahora que Boone confirmó lo que escuché, y que el marcador de ubicación de Katherine en Mixer sigue estático en su casa mientras su esposo lleva mucho tiempo fuera, estoy lista para dar rienda suelta a mis sospechas.

—¿Dónde estabas cuando escuchaste el grito? —le pregunto a Boone.

—En la cocina, preparando café.

—¿Siempre te levantas tan temprano?

—Más bien tengo el sueño ligero. —Boone se encoge de hombros y en ese pequeño gesto triste en el que alza sus anchos hombros percibo una aceptación cansada que es común entre las personas que padecen alguna aflicción. Parecía decir «Es una mierda, pero ¿qué puedo hacer?»—. La puerta al muelle estaba abierta. Me gusta escuchar a los pájaros en el lago.

—Porque de lo contario es muy silencioso.

—Exacto —dice Boone, encantado de que haya recordado algo de nuestra primera conversación—. Estaba a punto de servirme café cuando lo escuché. Me pareció que provenía del otro lado del lago.

—¿Cómo lo distinguiste?

—Porque hubiera sonado diferente de este lado, más fuerte. En el momento en que lo oí supe que venía de allá —explica señalando la otra costa, justo entre la casa de Eli y la de los Royce—. La distancia suficiente para que yo escuchara el eco.

—¿Viste algo? —pregunto.

Boone niega con la cabeza.

—Salí a ver, pero no había nada. El lago estaba tranquilo, el otro lado de la ribera parecía vacía, como cualquier otra mañana.

—Solo que con un grito —agrego—. Estás de acuerdo conmigo en que parecía el de una mujer, ¿verdad?

—Más que eso, estoy de acuerdo en que parecía el de Katherine Royce.

Me alejo del barandal y me dejo caer en la mecedora junto a Boone.

—¿Crees que deberíamos llamar a la policía?

—¿Y decirles qué?

—Que nuestra vecina está desaparecida y estamos preocupados por ella.

En la mesita que está entre nosotros hay dos vasos de ginger ale. No sería mi primera elección de bebida, pero me hubiera sentido mal de tomarme un bourbon frente a Boone. El ginger ale, que ha estado en el refrigerador desde la última vez que vine aquí, no tiene una sola burbuja de gas. Al parecer eso no le molesta a Boone, porque le da un trago y dice:

—No podemos hacer eso, no todavía. Primero, no sabemos si Katherine está en verdad desaparecida. Si vamos a la policía, lo primero que harán es hablar con Tom…

—Quien podría ser la razón de que Katherine esté desaparecida.

—Tal vez —dice Boone—. Tal vez no. Pero cuando la policía hable con él es probable que les diga lo mismo que te dijo a ti y les enseñe la publicación de Instagram que tú me enseñaste para demostrarlo. Eso hará que se alejen. No para siempre, sobre todo si más personas que conocen a Katherine denuncian que no han sabido nada de ella, pero lo suficiente como para que Tom tenga tiempo para huir.

Volteo a ver al otro lado del lago, al lugar vacío donde debería estar estacionado el coche de Tom.

—Si no es que ya empezó a huir.

Boone deja escapar un gruñido de que está de acuerdo conmigo.

—Y esa es la gran incógnita en este momento. Creo que deberíamos esperar para ver si él regresa.

—¿Y si no?

—Conozco a alguien a quien podemos llamar. Es detective de la policía estatal y, de cualquier forma, sería ella la que haría la investigación. Si es que hay algo que investigar. Le diremos cuál es la situación y pediremos su opinión. Por ahora, lo mejor es que seamos lo más discretos posible. Créeme, Casey, no nos conviene hacer acusaciones, involucrar a la policía y a los de rescate, y luego descubrir que estuvimos equivocados todo el tiempo. A los polis no les gusta eso.

—¿Por qué sabes tanto de los polis?

—Fui uno.

Me toma por sorpresa, aunque no debería. Boone posee la dureza familiar, amable y cansada, de los policías. Y los músculos. Muchos músculos. No le pregunto por qué dejó de ser policía y él no lo explica. Como sé que está en AA, puedo completar la idea yo misma.

—Entonces, esperaremos —digo.

Es lo que hacemos, sentados en relativo silencio conforme la noche cubre el valle.

—¿No hubieras deseado que trajera el Monopoly? —pregunta Boone cuando el reloj da las siete.

—¿Es de mala educación decir que no?

Boone deja escapar una risita triste.

—Mucho. Pero tu honestidad es refrescante.

A las 7:30, después de escuchar el estómago de Boone gruñir demasiadas veces, entro a la cocina a hacer unos sándwiches. Mis manos tiemblan cuando embarro la mayonesa en el pan. Temblor por abstinencia. Mi cuerpo quiere beber vino y no un ginger ale sin gas. Echo un vistazo al gabinete donde están los licores en el comedor al lado, y mi cuerpo se paraliza de añoranza. Siento un nudo en el pecho, una comezón interior que me está volviendo loca porque no me puedo rascar. Respiro profundo, termino los sándwiches y salgo.

En el porche, Boone tiene otra vez los binoculares en la mano, aunque no hay ninguna luz al interior de la casa de Tom y Katherine. Ni siquiera la casa sería visible de no ser por la luz de la luna que se refleja en el lago.

—¿Regresó? —pregunto.

—Todavía no. —Boone deja los binoculares en la mesita y acepta el plato desechable con el sándwich de pavo en pan blanco y una porción de papas fritas a un lado. No fue mi mejor momento culinario—. Solo admiraba lo buenos que son estos binoculares.

—Mi esposo los compró para ver pájaros.

—Lamento lo que le pasó —dice Boone en un susurro—. Debí decírtelo el otro día.

—Y yo supe de tu esposa.

—Supongo que Eli te lo contó.

—Lo hizo. Lamento que hayas tenido que pasar por eso.

—Igualmente. —Hace una pausa antes de agregar—: Aquí estoy si alguna vez quieres hablar de eso.

—No quiero.

Boone asiente.

—Entiendo. Yo tampoco quería, no durante mucho tiempo. Pero algo que aprendí el año pasado es que hablar de las cosas ayuda. Hace más fácil lidiar con ellas.

—Lo tendré en mente.

—Se cayó por las escaleras. —Boone calla un momento para que yo digiera la información—. Así murió mi esposa. Por si te lo preguntabas.

Me lo preguntaba, pero no tenía el valor para cuestionarlo directamente. A pesar de mi hábito actual de espiar a mis vecinos, en general sigo respetando la privacidad de otros. Pero parece que Boone está de humor para dar información, así que asiento y lo dejo continuar.

—Nadie sabe a ciencia cierta cómo pasó. Yo estaba en el trabajo y cuando regresé de mi turno, entré a la casa y la encontré desplomada al pie de las escaleras. Hice todo lo que se suponía que debía hacer: llamé al 911, le di reanimación cardiopulmonar, pero en el momento en el que la vi supe que se había ido. El médico examinador dijo que llevaba muerta la mayor parte del día. Debió suceder justo después de que me fuera a trabajar. Se tropezó o perdió el equilibrio. Un accidente horrible. —Boone calla y mira la comida que aún no ha tocado en su plato—. A veces pienso que lo repentino es lo más difícil de superar. Ahí estaba un minuto, y al siguiente ya no estaba. Y nunca pude despedirme. Sencillamente se desvaneció. Como en esa serie de televisión.

—*Los sobrantes* —digo, sin mencionar que me habían ofrecido un papel en ella, pero lo rechacé porque el tema me pareció muy deprimente.

—Sí, esa. Cuando es tan súbito como pasó, te hace arrepentirte de todos esos momentos que no supiste valorar. No recuerdo lo último que le dije y eso me mata. A veces, incluso ahora, permanezco despierto en la noche tratando de pensar qué fue lo que le dije, esperando que fuera algo agradable.

—Boone me voltea a ver—. ¿Tú recuerdas lo último que le dijiste a tu esposo?

—No —le digo.

Dejo mi plato sobre la mesita, me disculpo y entro a la casa. Segundos después estoy en el comedor, arrodillada frente al gabinete para licores y una botella de bourbon en la mano. Mientras las últimas palabras que le dije a Len se arremolinan en mi cabeza, inolvidables por más que lo intente, me llevo la botella a la boca y le doy varios tragos.

Está hecho.

Me siento mucho mejor.

Cuando vuelvo a salir, veo que Boone le ha dado algunas mordidas a su sándwich. Al menos uno de nosotros tiene ganas de comer.

—Yo no tengo mucha hambre —digo, preguntándome si él puede oler el bourbon en mi aliento—. Si quieres, cómete el mío.

Boone empieza a responder algo, pero se interrumpe cuando algo al otro lado del lago llama su atención. Giro en esa dirección y veo un par de faros que entran al estacionamiento de la casa de los Royce.

Tom regresó.

Tomo los binoculares y observo cómo estaciona el Bentley debajo del pórtico, del lado de la casa, antes de apagar los faros. Sale del coche cargando una gran bolsa de plástico de la única ferretería en un radio de veinticinco kilómetros.

Boone me da una palmadita en el hombro.

—Déjame ver.

Le paso los binoculares y él observa con ellos cómo Tom entra a la casa. En la planta baja se enciende la luz de la cocina. Poco después siguen las luces del comedor, conforme Tom se abre paso por la casa.

—¿Qué hace? —le pregunto a Boone.

—Está abriendo la bolsa.

—¿Qué tiene adentro?

Boone suspira, molesto.

—Todavía no sé.

La incógnita dura solo un segundo antes de que Boone lance un silbido. Me pasa los binoculares y dice:

—Tienes que ver esto.

Levanto los binoculares y veo a Tom Royce de pie frente a la mesa del comedor. Extendido frente a él está todo lo que compró en la ferretería.

Una lona de plástico doblada en un triángulo perfecto.

Un rollo de cuerda.

Y una sierra de arco tan afilada que destella bajo la luz del comedor.

—Creo que es hora de llamar a mi amiga detective —dice Boone.

La detective Wilma Anson no es nada de lo que hubiera esperado. En mi mente la había imaginado como alguien similar a la detective que protagonicé en un arco narrativo de tres episodios de *La ley y el orden: Unidad de Víctimas Especiales*. Dura, que no acepta tonterías, vestida en el mismo tipo de traje sastre profesional demasiado estilizado que usaba mi personaje. Sin embargo, la mujer que estaba en el umbral de mi casa lleva pants morados de yoga, una sudadera gruesa, una banda rosa en la cabeza para mantener a raya sus rizos oscuros y una banda elástica de tela amarilla en la muñeca. Wilma se da cuenta de que miro la banda al tiempo que estrecho su mano.

—Es de mi hija —dice—. Ahora está en clase de karate. Tengo exactamente veinte minutos y luego tengo que ir a recogerla.

Al menos su respuesta sensata sí cumple mis expectativas.

Su comportamiento es más suave con Boone, pero solo un poco. Después de darle un abrazo rápido, ve el gabinete para licores dos habitaciones más allá.

—¿Estás bien con eso ahí? —le pregunta.

—Estoy bien, Wilma.

—¿Seguro?

—Seguro.

—Te creo —dice Wilma—. Pero mejor llámame si piensas en lo más mínimo tocar una de esas botellas.

En ese momento tengo cierta idea de su relación. Lo más probable es que fueran viejos colegas que conocen sus fortalezas y debilidades. Él es alcohólico, ella su apoyo. Y yo solo soy la mala influencia que apareció porque algo sospechoso está pasando al otro lado del lago.

—Enséñenme la casa —dice Wilma.

Boone y yo la guiamos hasta el porche, donde se acerca al barandal y observa el cielo oscuro y el lago aún más oscuro como si lo evaluara con curiosidad. Directamente frente a nosotros, la casa de los Royce tiene las luces prendidas en la cocina y la recámara principal, pero a esta distancia, y sin los binoculares, es imposible saber exactamente dónde está Tom.

Wilma señala la casa con un gesto de la mano.

—¿Ahí es donde vive tu amiga?

—Sí —respondo—. Tom y Katherine Royce.

—Sé quiénes son los Royce —dice Wilma—. Así como sé quién eres tú.

Por el tono, supongo que Wilma ha visto los titulares de la prensa amarilla, terribles pero ciertos, sobre mí. También es obvio que me desaprueba.

—Dime por qué crees que la señora Royce está en peligro.

Permanezco un momento en silencio. No estoy segura por dónde empezar, aunque debí esperar esa pregunta. Claro que una policía detective va a preguntarme por qué pienso que mi vecino le hizo algo a su esposa desaparecida. Soy consciente de la mirada de Wilma Anson. Sus rasgos están nublados por la molestia y me preocupa que se vaya si no digo algo en los siguientes dos segundos.

—Escuchamos un grito esta mañana —interviene Boone en mi rescate—. El grito de una mujer que provenía de ese lado del lago.

—Y yo vi cosas —agrego—. Cosas preocupantes.

—¿En su casa?

—Sí.

—¿Con qué frecuencia vas ahí?

—No he estado ahí desde que ellos la compraron.

Wilma voltea hacia el lago otra vez y entrecierra los ojos.

—¿Viste cosas preocupantes desde aquí?

Asiento, y con un movimiento de cabeza señalo los binoculares que están sobre la mesa entre las dos mecedoras, donde han estado durante días. Wilma mira de un lado a otro, entre la mesa y yo.

—Entiendo. ¿Puedo?

—Date gusto.

La detective levanta los binoculares hasta sus ojos, enfoca y recorre la costa opuesta del lago. Cuando los baja me dirige una mirada severa.

—Hay leyes en contra de espiar a las personas, lo sabes.

—No estaba espiando —digo—. Estaba observando, sin intenciones.

—Claro —dice Wilma sin siquiera molestarse en fingir que piensa que le digo la verdad—. ¿Qué tan bien los conocen?

—No muy bien —dice Boone—. Los vi un par de veces en el lago.

—Yo solo vi a Tom Royce dos veces —respondo—. Pero Katherine y yo nos hemos cruzado varias veces. Ha venido aquí dos veces y hablamos después de que la salvé de ahogarse en el lago.

Sé que está mal, pero me agrada que esa última parte de mi frase sorprenda a la imperturbable Wilma Anson.

—¿Cuándo fue eso? —pregunta.

—Antier —contesto, aunque me parece que fue hace mucho más tiempo.

Siento como si el tiempo se hubiera alargado desde que regresé al lago, días alimentados de alcohol e interminables noches de insomnio.

—Este incidente en el lago, ¿tienes algún motivo para creer que su marido tiene algo que ver con eso?

—Ninguno. Katherine me dijo que estaba nadando, que el agua estaba muy fría y que le dieron calambres.

—Cuando hablaste con ella, ¿Katherine te dio a entender que pensaba que su marido quería hacerle daño? ¿Mencionó que tuviera miedo?

—Dijo que no era feliz.

Wilma alza la mano para interrumpirme.

—Eso es diferente al miedo.

—También me dijo que tenían problemas financieros. Me comentó que ella pagaba todo y que Tom jamás aceptaría el divorcio porque necesitaba demasiado su dinero. Me dijo que probablemente la mataría antes de dejar que se fuera.

—¿Crees que hablaba en serio? —pregunta Wilma.

—En realidad, no. En ese momento pensé que era una broma.

—¿Tú bromearías sobre algo así?

—No —dice Boone.

—Sí —digo yo.

Wilma vuelve a mirar por los binoculares y me doy cuenta de que se dirige a las ventanas iluminadas en la casa de los Royce.

—¿Has visto algo sospechoso al interior? Ya sabes, mientras observabas sin intenciones.

—Los vi pelear. Anoche, muy tarde. Él la jaló del brazo y ella lo golpeó.

—Entonces quizá es lo mejor que ahora no estén juntos —dice Wilma.

—De acuerdo —agrego—. Pero la pregunta es adónde se fue Katherine. Su esposo dice que ella volvió al departamento en la ciudad. Yo llamé a una amiga mía para que fuera a asegurarse. El portero dijo que ella no ha estado ahí desde hace días. Uno de los dos miente, y no creo que sea el portero.

—O quizá fue tu amiga la que mintió —dice Wilma—. Tal vez no fue ni habló con el portero.

Niego con la cabeza. Marnie no haría eso, sin importar lo harta que esté de mí.

—También está esto. —Le enseño a Wilma mi teléfono con la página de Instagram abierta y visible—. Supuestamente, Katherine publicó esta imagen desde su departamento hoy. Pero esta foto no la tomaron hoy. Mira las hojas de los árboles y el calendario en la pared. Es probable que la tomaran hace semanas.

—Solo porque alguien publica una foto vieja no significa que no está donde dice que está —explica Wilma.

—Cierto, pero Katherine ni siquiera sacó la foto. Su esposo lo hizo. Si miras de cerca puedes ver su reflejo en la tetera.

Dejo que Wilma observe bien la imagen antes de cambiar de Instagram a Mixer. Luego señalo el triángulo rojo de Katherine, ubicado justo al que representa a su esposo.

—¿Por qué Katherine publicaría una foto vieja que ni siquiera ella tomó? Sobre todo si, según este programa de geolocalización en la aplicación de su marido, su teléfono sigue dentro de la casa.

Wilma toma mi teléfono y estudia el mapa marcado con triángulos rojos.

—Estas son como mil invasiones a la privacidad en una sola.

—Es posible —respondo—. Pero ¿no crees que es extraño que Katherine se fuera sin su teléfono?

—Extraño, sí. Imposible, no. No quiere decir que Tom Royce le haya hecho algo a su esposa.

—¡Pero está ocultando dónde está ella! —Me doy cuenta de que mi voz es un poco fuerte, un poquito enfática. Frente al escepticismo de Wilma, soy yo ahora quien está impaciente. Tampoco ayuda que me eché otros dos tragos de bourbon mientras Boone fue al baño antes de que llegara Wilma—. Si Katherine no está aquí, pero su teléfono sí, significa que Tom publicó esa foto, y lo más probable es que haya sido con el afán de que la gente pensara que Katherine está en un lugar donde no está.

—También compró cuerda, una lona y una sierra —agrega Boone.

—Eso no es ilegal —dice Wilma.

—Pero es sospechoso si tu esposa desapareció de repente —intervengo.

—No, si ella se fue por propia voluntad después de una discusión acalorada con su esposo.

Miro a Wilma con curiosidad.

—Detective, ¿estás casada?

—Diecisiete buenos años.

—¿Y alguna vez has discutido acaloradamente con tu esposo?

—Demasiadas para contarlas —responde—. Es terco como una mula.

—Después de esas discusiones, ¿alguna vez has salido a comprar las cosas que necesitarías para ocultar su cadáver?

Wilma se aleja del barandal, se acerca a las mecedoras, y me da los binoculares en el camino. Se sienta y juguetea con la banda elástica que lleva en la muñeca de una manera tan compulsiva que me hace pensar que no pertenece a su hija para nada.

—¿En serio piensan que Tom Royce está cortando a su esposa en trocitos ahora? —pregunta.

—Quizá —contesto, un poco horrorizada porque no solo lo estoy pensando, sino que ahora lo considero mucho más probable que el hecho de que Katherine huyera después de un pleito con su esposo.

Wilma suspira.

—No estoy segura de qué quieren que haga.

—Confirmar que Tom Royce miente —digo.

—No es tan sencillo.

—Trabajas con la policía estatal. ¿No puedes rastrear el teléfono de Katherine para saber si llamó a alguien hoy? ¿O ver su cuenta bancaria o de crédito?

La impaciencia hace que la voz de Wilma se agudice.

—Podríamos hacer todo eso si se reportara a las autoridades locales que Katherine está desaparecida. Pero voy a ser honesta con ustedes, si lo hacen, no les van a creer. En general, a la gente desaparecida la reporta alguien cercano, como un cónyuge. A menos que conozcan a otros miembros de la familia de Katherine que también estén preocupados por ella.

Boone me mira y niega con la cabeza para confirmar que ninguno de los dos tenemos la menor idea de la familia cercana de Katherine.

—Eso pensé —dice Wilma.

—Supongo que registrar la casa es impensable —digo.

—Sin duda lo es —responde Wilma—. Necesitaríamos una orden judicial y, para obtenerla, necesitaríamos una clara indicación de un delito, que no existe. Que Tom Royce compre cuerda y una sierra no es la prueba irrefutable que ustedes creen.

—¿Y el grito? —pregunta Boone—. Los dos lo oímos.

—¿Ya pensaron que quizá Katherine tuvo un accidente? —Wilma voltea a verme—. Me dijiste que casi se ahoga el otro día. Puede ser que sucediera de nuevo.

—Entonces, ¿por qué Tom no lo reportó? —pregunto.

—Cuando tu esposo desapareció, ¿por qué no lo reportaste?

Había supuesto que Wilma conocía toda la historia. Incluso pudo ser una de las policías con quienes hablé después, aunque no lo recuerdo. Lo que sí sé es que, al comentarlo ahora, puede ser una perra desgraciada cuando quiere serlo.

—Encontraron su cuerpo antes de que pudiera hacerlo —digo con la mandíbula tan apretada que los dientes me duelen—. Porque todo el mundo fue a buscarlo de inmediato. A diferencia de Tom Royce. Eso me hace pensar que Katherine no le preocupa porque sabe dónde está y qué le pasó.

Wilma sostiene mi mirada, y lo que sus grandes ojos color avellana reflejan es disculpa y admiración. Creo que me gané su respeto y, posiblemente, su confianza, porque voltea la mirada y dice:

—Ese punto es válido.

—Demonios, que si no lo es —digo.

Con esto consigo otra mirada de Wilma, aunque esta vez parece decir «No seas tan arrogante».

—Esto es lo que voy a hacer —exclama y se pone de pie, se estira y hace girar una última vez la banda en su muñeca—. Voy a investigar para saber si alguien más ha escuchado algo de Katherine. Con suerte alguien sabe algo y esto es solo un gran malentendido.

—¿Qué debemos hacer? —pregunto.

—Nada. Eso es lo que deben hacer. Solo esperen noticias mías. —Wilma avanza para salirse del porche y señala los binoculares en el camino—. Y por Dios, deja de espiar a tus vecinos. Ve la tele o algo.

Cuando Wilma se va, llevándose a Boone con ella, trato de seguir el consejo de la detective y ver televisión. En el estudio, sentada a la sombra de la cabeza del alce sobre la pared, veo en el canal meteorológico el mapa del progreso de la tormenta. Aunque ya no es un huracán, Trish sigue causando estragos en el noreste. Ahora está sobre Pensilvania y a punto de llevar fuertes vientos y lluvias récord a Nueva York.

Luego sigue Vermont.

Pasado mañana.

Otra cosa más de qué preocuparse.

Cambio el canal y me enfrento a una imagen inesperada.

Soy yo.

Hace diecisiete años.

Caminando por un campus universitario cubierto de las hojas de otoño y lanzando miradas traviesas al chico increíblemente guapo que está junto a mí.

La película con la cual debuté.

Era un drama vagamente autobiográfico de un chico en el último año de universidad, en Harvard, que trata de averiguar qué desea hacer de su vida. Yo protagonizaba a una alumna atrevida que lo hace considerar que deje a su novia de toda la vida. El papel era pequeño, pero sustancioso, y era sorprendente que no tuviera el cliché de la chica mala intrigante. Mi personaje se presentaba solo como una alternativa atractiva que el héroe podía elegir.

Al ver la película por primera vez en más de una década, recuerdo toda la producción con absoluta claridad. Lo intimidada que me sentí por la logística de filmar en escenarios naturales. Lo nerviosa que estaba por hacerlo bien, recordar mi libreto o mirar directamente a la cámara por error. Cómo, cuando el director dijo «acción» por primera vez, yo me paralicé por completo y lo obligué a hablar conmigo en privado, de modo muy, muy amable, para decirme «sé tú misma».

Eso hice.

O eso pensé que hacía. Sin embargo, ahora que veo mi actuación, sé que estaba actuando, aunque no lo sentí en ese momento. En la vida real nunca hubiera sido tan encantadora, tan atrevida, tan alegre.

Incapaz de mirar la imagen más joven de mí misma un segundo más, apago el televisor. En la pantalla oscura se refleja mi yo actual, una transformación estremecedora. Estoy tan alejada de esa joven animada que acabo de ver en la tele, que bien podríamos ser dos personas desconocidas.

«Sé tú misma».

Ya no sé siquiera quién soy.

No estoy segura de que me gustaría esa persona si pudiera hacerlo.

Salgo del estudio, voy a la cocina y me sirvo un bourbon. Doble, para compensar lo que no bebí mientras Boone estuvo aquí. Lo saco al porche, donde me mezo, bebo y observo la casa al otro lado del agua como si yo fuera Jay Gatsby añorando a Daisy Buchanan. En mi caso, no hay luz verde al final del muelle. De hecho, no hay ninguna luz. Las ventanas están oscuras cuando vuelvo al porche, aunque una rápida ojeada con los binoculares al Bentley de Tom me dice que él sigue ahí.

Sigo mirando, en espera de que vuelva a encender una luz en algún lugar y me proporcione una idea más clara de lo que pueda estar haciendo. Después de todo, eso es lo que quiere Wilma. Algo sólido que confirme nuestras sospechas. Aunque yo también quiero eso, me da náuseas pensar en lo que podría ser, exactamente, ese algo sólido. ¿Sangre que gotea de la sierra que Tom acaba de comprar? ¿El cadáver de Katherine varado en la costa, como el de Len?

Ahí voy de nuevo, pensando en que Katherine está muerta. Odio que mi mente no deje de desviarse en esa dirección. Preferiría ser como Wilma, estar segura de que hay una explicación lógica detrás de todo esto y que al final todo estará bien. Mi cerebro no funciona así. Porque si lo que le sucedió a Len me ha enseñado algo es a esperar lo peor.

Tomo otro trago de bourbon y me llevo los binoculares a los ojos. En lugar de enfocarlos en la casa de los Royce, cuya oscuridad es frustrante, recorro el área en general. Admiro los densos bosques, la pendiente rocosa de la montaña detrás de ellos, la costa accidentada en el extremo alejado del lago.

Tantos lugares para enterrar las cosas no deseadas.

Tantos lugares para desaparecer.

Y no quiero ni pensar en el lago. Cuando éramos niñas, Marnie se burlaba de mí acerca de la profundidad del lago Greene. Casi siempre, cuando estábamos metidas con el agua hasta el cuello, yo estiraba los dedos de los pies lo más posible para tocar aunque fuera un poco el fondo.

—El lago es más oscuro que un féretro con la tapa cerrada —decía—. Y tan profundo como el océano. Si te sumerges, nunca volverás a salir a la superficie, quedarás atrapada para siempre.

Si bien esto no es técnicamente cierto —el destino de Len probó lo contrario—, es fácil imaginar partes del lago Greene tan profundas que algo podría perderse ahí para siempre.

Incluso una persona.

Sacarme esa idea de la cabeza requiere mucho más que un solo trago de bourbon, es necesario todo el maldito vaso, que vacío en pocos tragos copiosos. Me levanto y me tambaleo hasta la cocina, donde me sirvo otro doble antes de regresar a mi puesto en el porche. Aunque ahora siento un mareo agradable, no puedo dejar de pensar que, si Katherine realmente está muerta, por qué Tom haría algo así.

Por dinero, supongo.

Ese era el motivo en *Una sombra de duda*. El personaje que yo representaba había heredado una fortuna, su esposo se había quedado en la quiebra y quería lo que ella tenía. Fragmentos de lo que Katherine me comentó flotaban en mi cerebro empapado de bourbon.

«Yo pago todo».

«Tom me necesita demasiado como para darme el divorcio».

«Me mataría antes de permitir que lo dejara».

Entro a la casa, tomo mi laptop de la estación de carga que está en el estudio, saludo a la cabeza del alce y subo a mi cuarto. Acurrucada en la cama bajo una cobija, enciendo la laptop y busco a Tom Royce en Google, con la esperanza de obtener información que lo incrimine lo suficiente como para convencer a Wilma de que algo está mal.

Una de las primeras cosas que veo es un artículo en *Bloomberg Businessweek* del mes pasado, donde anuncian que Mixer ha estado buscando sociedades de capital de riesgo que inviertan treinta millones de dólares para mantenerse a flote. No me sorprende, eso concuerda con lo que Katherine me dijo sobre la falta de rentabilidad de la aplicación.

«No estamos desesperados», cita el artículo las palabras de Tom. «Mixer sigue desempeñándose por encima incluso de nuestras más altas expectativas. Para llevarlo al siguiente nivel de la manera más rápida y eficiente posible, necesitamos un socio afín».

Traducción: Está absolutamente desesperado.

La falta de artículos de seguimiento sugiere que Tom no ha podido convencer a ningún inversor de peso. Quizá se debe a que, según leo en un artículo de *Forbes* sobre aplicaciones populares, Mixer está perdiendo usuarios en tanto que gran parte de las otras aplicaciones los aumentan de manera continua.

Más palabras de Katherine me pasan por la cabeza.

«Todo el dinero de Tom está invertido en Mixer, que hasta ahora no es rentable y probablemente nunca lo sea».

Decido cambiar de rumbo. En lugar de buscar información sobre Tom, busco el patrimonio neto de Katherine

Royce. Resulta que es demasiado fácil. Hay sitios web enteros dedicados a enlistar cuánto gana la gente famosa. Según uno de ellos, el patrimonio neto de Katherine es de treinta y cinco millones de dólares. Más que suficiente para satisfacer las necesidades de Mixer.

Esa palabra se incrusta en mi cabeza.

«Necesidades».

A diferencia de la cita de Tom, la palabra rezuma desesperación. «Querer» implica un deseo que, de no cumplirse, no cambiará mucho las cosas a largo plazo. «Necesidad» implica algo que es indispensable para sobrevivir.

«Necesitamos un socio afín».

«Tom me necesita demasiado como para darme el divorcio».

«Me mataría antes de permitir que lo dejara».

Quizá Katherine hablaba en serio cuando lo dijo. Quizá me lo había dejado entrever.

Que Tom estaba planeando algo.

Que ella sabía que tal vez estaba en peligro.

Que quería que alguien más lo supiera también, por si acaso.

Cierro la laptop, enferma en parte por la preocupación, y otra parte por demasiado bourbon, que bebí demasiado rápido. Cuando el cuarto empieza a girar, supongo que la culpa es de una de esas dos razones. Quizá de ambas.

La habitación sigue dando vueltas como un carrusel que aumenta la velocidad de manera constante. Cierro los ojos para intentar detenerla y me desplomo sobre la almohada. Un entumecimiento oscuro me envuelve y no sé si me estoy quedando dormida o si estoy perdiendo el conocimiento.

Conforme me sumerjo en la inconsciencia, tengo un sueño con Katherine Royce.

En lugar de la Katherine de la vida real, la Katherine del sueño se parece a la del anuncio espectacular en *Times Square* de hace tantos años.

Vestida de novia y enjoyada.

Aventando los zapatos.

Corriendo por el pasto bañado de rocío, en un intento desesperado por escapar del hombre con quien se iba a casar.

Katherine sigue rondando mis sueños cuando despierto poco después de las 3:00 a. m., un poco confundida por... bueno, por todo. Todas las luces de la habitación están prendidas y sigo por completo vestida, tenis y chamarra incluidos. La laptop está del lado de la cama que era de Len, recordándome que, borracha, había hecho búsquedas en Google.

Salgo de la cama y me pongo la pijama antes de dirigirme al baño. Orino, me lavo los dientes, que siento pastosos, y hago gárgaras con enjuague bucal para quitarme el aliento a bourbon. De vuelta a la recámara, cuando voy a apagar todas las luces que siguen prendidas, veo algo por las altas ventanas que dan al lago.

Una luz en la costa opuesta.

No en casa de los Royce, sino en el bosquecillo a la izquierda de ella, cerca del borde del agua.

Desde donde estoy no necesito los binoculares para saber que es el haz de una linterna que alumbra entre los árboles.

La gran incógnita es quién lleva la linterna y por qué merodea a orillas del lago a esta hora.

Salgo corriendo de la recámara al pasillo, paso las habitaciones vacías cuyas puertas están abiertas y las camas bien hechas, como si esperaran la llegada de otras personas. Pero solo estoy yo, sola en esta casa enorme y oscura, y ahora bajo las escaleras hasta la planta baja y me dirijo al porche, donde paso la mayor parte del tiempo. Una vez afuera, tomo los binoculares.

Pero llego demasiado tarde. Las luces han desaparecido y todo está de nuevo en la penumbra.

Cuando vuelvo al interior y subo las escaleras, sospecho que ya sé quién era y por qué estaba afuera tan tarde.

Tom Royce.

Le había dado buen uso a la cuerda, la lona y la sierra que había comprado antes este día.

Vuelvo a despertar a las ocho, con la boca seca y con náuseas. Nada nuevo. Lo que sí es nuevo es una punzada, como un golpe de malestar, por el destino de Katherine, aunado a los pensamientos que me asaltan tan pronto tomo conciencia.

«Está muerta».

«Tom la mató».

«Y ahora está bajo tierra en algún lugar al otro lado del lago o en el lago mismo, hundida tan profundamente que quizá nunca la encuentren».

La idea me perturba tanto que las piernas me tiemblan cuando bajo las escaleras hasta la cocina, y mis manos vibran cuando sirvo una taza de café. Mientras lo bebo, uso el teléfono para confirmar que no, que Katherine no ha publicado otra fotografía en Instagram desde ayer, y que sí, que su ubicación en Mixer sigue estando justo enfrente de mí, al otro lado del lago.

Ninguna de las dos son buenas señales.

Más tarde, después de que me obligué a comer un tazón de avena y a tomar un baño, regreso al porche con mi teléfono, en caso de que Wilma Anson llame, y con los binoculares, en caso de que Tom Royce aparezca. Durante una hora, ninguna de las dos cosas sucede. Cuando por fin mi teléfono suena, me decepciona no escuchar la voz de Wilma, sino la de mi madre.

—Hablé con Marnie y estoy preocupada —dice sin rodeos.

—¿Preocupada porque hablo más con ella que contigo?

—Preocupada porque has estado espiando a tus vecinos y ahora parece que piensas que tu nueva amiga modelo fue asesinada por su esposo.

Maldición, Marnie. Su traición es tan punzante y dolorosa como la picadura de una abeja. Lo peor es saber que ahora que mi madre está involucrada, me sentiré más irritada.

—Nada de esto tiene que ver contigo —digo—. Ni con Marnie, en todo caso. Por favor, solo déjame tranquila.

Mi madre resopla, altanera.

—Como no lo niegas, supongo que es verdad.

Hay dos maneras de lidiar con esto. Una es negarlo todo, como espera mi madre con tanta desesperación. Al igual que con la manera en la que bebo, tendría dudas, pero al final se engañaría a sí misma y pensaría que es cierto porque es lo más fácil para ella. La otra es simplemente admitirlo, esperando que se enoje tanto como Marnie y me deje tranquila.

Opto por la segunda.

—Sí, me preocupa que el hombre que vive al otro lado del lago haya asesinado a su esposa.

—Dios mío, Casey, ¿qué te pasa?

204

No debería parecer tan escandalizada. Desterrarme a la casa del lago fue idea suya. De todas las personas, mi propia madre debió saber que dejarme aquí sola, con mis propios medios, no llevaría a nada bueno. Aunque en mi mente, averiguar qué le sucedió a Katherine es algo bueno.

—Está desaparecida y quiero ayudarla.

—Estoy segura de que todo está bien.

—No lo está —estallo—. Algo muy malo está pasando.

—Si se trata de Len…

—Él no tiene nada que ver con esto —exclamo, aunque sí tiene todo que ver con Len.

Lo que le pasó a él es la única razón por la que estoy dispuesta a creer que algo malo pudo haberle pasado a Katherine. Si sucedió una vez, fácilmente podría suceder de nuevo.

—Aun así —continúa mi madre—. Es mejor que te mantengas alejada.

—Eso ya no es una opción. Un tipo que se está quedando en casa de los Mitchell piensa igual que yo. Ya hablamos con una detective amiga de él.

—¿Involucraste a la policía? —Mi madre suena como si estuviera a punto de perder el conocimiento, desmayarse o sufrir un ataque. Quizá las tres—. Eso… no está bien, Casey. Te mandé ahí para apartarte del ojo público.

—Y lo estoy.

—No cuando hay policías implicados. —La voz de mi madre baja hasta murmurar una súplica—. Por favor, ya no te comprometas más. Solo aléjate.

Pero no puedo hacer eso, aunque quisiera. Porque conforme mi madre habla, algo llama mi atención al otro lado del lago.

Tom Royce.

Cuando cruza el patio hacia su Bentley levanto los binoculares y la voz de mi madre desaparece como un ruido de fondo. Me concentró únicamente en Tom, en las distintas maneras en las que pueda parecer sospechoso. ¿Su manera relajada y tranquila de caminar hacia el coche es una actuación porque sabe que lo vigilan? ¿Ese aspecto triste se debe a que su esposa lo abandonó? ¿O más bien a que está pensando cómo él se negó a dejarla irse?

Mi madre sigue hablando, pero la escucho como si estuviera a dos mil kilómetros de distancia.

—¿Casey? ¿Me estás escuchando?

Sigo mirando al otro lado cuando Tom se sienta detrás del volante del Bentley y se echa en reversa para salir del pórtico. Cuando el coche dobla a la izquierda en dirección al pueblo, digo:

—Mamá, tengo que irme.

—Casey, espera…

Cuelgo antes de que pueda terminar. Mientras observo la casa de los Royce que ahora está vacía, pienso en el último cumpleaños que celebré con Len, mis treinta y cinco años. Para celebrarlo, rentó un cine completo para que por fin pudiera realizar mi sueño de ver *La ventana indiscreta* en pantalla grande.

Si mi madre siguiera en el teléfono me diría que lo que estoy haciendo es actuar el papel de Jimmy Stewart en su silla de ruedas porque no tengo nada más que hacer en mi triste vida. Si bien es probable que sea más cierto de lo que quisiera admitir, no solo es una actuación.

Es real. Está sucediendo. Y soy parte de esto.

Eso no significa que no pueda imitar al buen Jimmy. En la película, él le pide a Grace Kelly que registre el departamento de su vecino sospechoso, donde encuentra la alianza de matrimonio que demostraba que había asesinado a su esposa. Si bien los tiempos han cambiado y no sé si el anillo de bodas de Katherine sería prueba suficiente para Wilma Anson, quizá algo más en la casa podría ser útil.

Cuando el Bentley de Tom desaparece de mi vista, meto el teléfono en el bolsillo trasero del pantalón, los binoculares toman mi lugar en la mecedora y camino por el porche.

Mientras él no esté, pienso en hacer mucho más que solo observar la casa.

Voy a registrarla.

En lugar de tomar la lancha para cruzar el lago, que es la opción más rápida y fácil, decido caminar por el sendero de grava que rodea al lago Greene. Está por completo tranquilo y llama menos la atención que la lancha, que Tom podría ver y escuchar si, Dios no lo quiera, regresa mientras yo sigo ahí y tengo que escapar de inmediato.

Además, caminar me brinda la oportunidad de aclarar mis ideas, ordenar mis pensamientos y, para ser honesta, cambiar mi mente. El camino, tan estrecho y bordeado de árboles que podría considerarse un sendero, invita a la contemplación. Y conforme camino, con el lago que brilla entre los árboles a mi izquierda, y el denso bosque que se eleva a mi derecha, pienso que allanar la casa de los Royce es una mala idea.

Muy mala.

La peor.

Hago una pausa cuando alcanzo el extremo que está más al norte del lago, anidado en medio de una curva en forma de herradura que separa la casa de Eli de la de los Mitchell, donde está Boone. Me pregunto qué dirían ambos si supieran lo que estoy planeando. Que es ilegal, probablemente. Que allanar es un delito, aunque mis intenciones sean buenas. Es posible que Boone, siendo expolicía, me haga una lista de doce maneras en las que podrían inculparme si me atrapan. Y Eli no dudaría en mencionar que lo que estoy a punto de intentar también es peligroso. Tom Royce va a regresar en algún momento.

Al otro lado del cuerpo de agua, en el extremo sur del lago, puedo ver el despeñadero rocoso en el que Len y yo hicimos el día de campo una semana antes de que muriera. Abajo, en el agua, el Viejo Testarudo sale a la superficie. Debido a su ubicación, el antiguo árbol no se puede ver desde ninguna de las casas en el lago Greene, quizá esa sea la razón por la que haya alcanzado esa reputación tan mística.

El guardián del lago, según Eli.

Incluso si tuviera razón y el Viejo Testarudo sí se encargara de vigilar el lago Greene, su poder tiene límites. Por ejemplo, no puede entrar en casa de los Royce y buscar pistas.

Eso hace que yo tenga que encargarme del trabajo.

No porque quiera hacerlo.

Porque tengo que hacerlo.

Y es que la única manera en la que voy a convencer a Wilma de que Tom está mintiendo sobre Katherine es si encuentro algo que lo incrimine.

Sigo caminando, más rápido que antes, y no ralentizo hasta que paso la casa de Eli y puedo ver la de los Royce. La fachada principal es muy diferente de la trasera. Aquí no hay ventanas de piso a techo, solo un bloque moderno de acero y piedra, con rejillas estrechas como ventanas tanto en el piso de arriba como en la planta baja.

La puerta principal, hecha de roble y grande como para un castillo, está cerrada con llave, lo que me obliga a rodear la casa e intentar entrar por la puerta del patio de atrás. Quería evitar la posibilidad de que me vieran desde mi parte del lago. Con suerte, Boone está ocupado trabajando adentro de la casa de los Mitchell y no sentado en el muelle, observando este lugar con tanto interés como yo lo he hecho hasta ahora.

Cruzo rápido el patio en línea recta hasta la puerta corrediza que da a la casa. La jalo un poco y, como no está cerrada con llave, se abre con un crujido.

Ver esos cinco centímetros de apertura entre la puerta y el marco me da perspectiva. Aunque no conozco el código penal de Vermont, no necesito que Boone me diga que lo que estoy a punto de hacer no es legal. No es allanamiento de morada en sentido estricto, gracias a la puerta sin llave. Y sin duda no intento robar nada, por lo que no es robo. Pero sí es invasión de propiedad privada, que podría resultar en al menos una multa o algunos titulares horribles si me descubren.

Pero luego pienso en Katherine. Y en cómo Tom ha mentido descaradamente sobre su paradero. Y en cómo, si no hago nada al respecto, nadie lo hará. No hasta que sea demasiado tarde, si no es que ya es demasiado tarde.

Así que abro un poco más la puerta, entro, y de inmediato la cierro detrás de mí.

Adentro de la casa, lo primero que llama mi atención es la vista desde las ventanas de pared a pared que dan al lago.

En específico, cómo se ve desde aquí mi destartalada casa familiar. Es tan pequeña, tan distante. Gracias a las sombras de los árboles que la rodean, apenas puedo ver la hilera de ventanas de la recámara principal, y nada del porche trasero más allá del barandal. No hay mecedoras ni una mesa entre ellas. Sin duda, no hay binoculares. Alguien podría estar ahí sentado ahora, mirándome desde el otro lado del lago, y no tendría ninguna idea.

Sin embargo, Katherine sabía que la estaba mirando. La última noche que la vi, justo antes de que Tom la jaloneara en este mismo lugar, ella miró directamente a ese porche, porque sabía que yo estaba ahí y que veía todo lo que estaba sucediendo. Solo espero que eso la haya tranquilizado. Mi miedo es que se haya sentido tan perturbada como yo me siento justo ahora. Como si estuviera en una pecera y todos mis movimientos estuvieran expuestos. Da una sensación de vulnerabilidad que no esperaba, y que tampoco disfruto.

Y de culpa. Mucha.

Porque hoy no es la primera vez que entro a la casa de los Royce.

Por la manera en que los he espiado casi de manera constante, en cierto sentido lo he estado haciendo durante días.

Y aunque estoy segura, hasta la médula, de que nadie habría sabido que Katherine estaba en problemas si yo no los hubiera visto, la vergüenza pinta mis mejillas más que el sol que entra oblicuo por las ventanas.

Mi rostro sigue encendido cuando decido dónde buscar primero. Gracias a la primera vez que vine aquí hace mucho tiempo y a mis recientes horas de espionaje, conozco bien la disposición de la casa. El comedor abierto abarca todo un lado de la planta baja, desde el frente hasta la parte trasera. Como me parece el lugar menos indicado para encontrar algo incriminatorio, atravieso el comedor y entro a la cocina.

Al igual que el resto de la casa, tiene una atmósfera moderna de mediados de siglo de sobriedad escandinava que hace furor en los programas de la HGTV que a veces veo cuando estoy borracha y no puedo dormir a medianoche. Electrodomésticos de acero inoxidable. Blanco en todo lo demás. Azulejos en todas las paredes.

A diferencia de esos programas de diseño, la cocina de los Royce muestra signos de uso frecuente y caótico. Las barras están manchadas de gotas de comida. En la isla del centro hay una charola con un tazón y una cuchara con avena incrustada. Sobre la estufa hay una cacerola con restos de sopa en el fondo. Por la película lechosa que la cubre, supongo que es crema de champiñones, recalentada anoche. Imagino que Katherine era quien cocinaba en el matrimonio y que Tom se limitaba a comer como un universitario. No puedo evitar juzgarlo cuando echo un vistazo al basurero y veo cajas de comida mexicana y congelada para microondas. Ni siquiera en mis momentos de mayor alcoholismo y pereza yo recurriría a burritos congelados.

Lo que no veo, ni en el bote de basura ni en ningún lugar de la cocina, son señales de que algo malo haya pasado aquí. No hay gotas de sangre entre las manchas de comida, ningún cuchillo, sierra ni arma de ningún tipo que se esté secando en la lavadora de trastes. Ni siquiera una carta de despedida de Katherine, que fue lo que Marnie supuso.

213

Satisfecha de que no haya nada más que ver aquí, hago un rápido recorrido del resto de la planta baja antes de subir las escaleras. Hay un solárium de buen gusto adyacente a la cocina, un baño de visitas que huele a lavanda y el recibidor de la entrada.

Mi primera parada en el segundo piso es la única habitación que no es visible por las enormes ventanas, al fondo de la casa, una recámara para visitas. Es lujosa, tiene una cama *king size*, una salita y un gran baño que parece salido de un spa. Todo es impecable, pulcro y por completo aburrido.

Es lo mismo en el cuarto de ejercicio, aunque examino el estante de las pesas en busca de sangre seca, en caso de que haya usado una de ellas como arma. Están limpias, eso me hace sentir tanto aliviada como un poco inquieta por haber pensado en revisarlas.

Después de eso voy a la recámara principal, desde donde la vista de mi casa a través de las enormes ventanas me da otro recordatorio de culpa de cuando vi a Katherine y a Tom en uno de sus espacios más privados. Eso empeora porque ahora estoy adentro de ese santuario íntimo, examinándolo como lo haría un ladrón.

A primera vista no distingo nada que esté fuera de lugar, más que la cama deshecha, los bóxeres de Tom en el suelo y un vaso vacío en el buró. No puedo decidir qué es peor: el hecho de que por espiarlos ya sé de qué lado de la cama duerme Tom, o que una sola olisqueada del vaso me diga de inmediato que estuvo tomando whisky.

Cuando rodeo la cama y reviso el buró de Katherine encuentro la primera señal de algo sospechoso. Una cajita de Tiffany junto a la lámpara de noche. En el fondo hay dos joyas.

Un anillo de compromiso y una alianza de matrimonio.

De inmediato recuerdo *La ventana indiscreta* y a Grace Kelly, como la veía Jimmy Stewart a través del teleobjetivo, con el anillo de boda de la señora Thorwald. En 1954 eso era prueba de culpabilidad. Sin embargo, en nuestros días no es prueba de nada. Eso es lo que me diría Wilma Anson.

En este caso, estoy de acuerdo. Si Katherine de verdad abandonó a Tom, ¿no sería natural que dejara sus anillos? El matrimonio terminó y quiere empezar de nuevo. No necesita conservar las joyas que simbolizaban su infeliz unión. Además, gracias a nuestro primer y dramático encuentro, sé que Katherine no siempre usa su anillo de bodas.

Sin embargo, me parece lo suficientemente sospechoso como para sacar el teléfono de mi bolsillo y tomar algunas fotos de los anillos que están dentro de la cajita. Conservo el teléfono en la mano cuando echo un vistazo en el baño, que es aún más grande y más parecido al de un spa que el de la recámara de invitados. Como en todas las demás partes, lo único que muestra es que Tom Royce es un asco cuando está solo. El documento probatorio A es la toalla echa bola junto al lavabo. El documento probatorio B es otro par de bóxeres en el suelo. Esta vez no lo juzgo. Si alguien buscara en mi recámara en este momento vería la ropa de ayer tirada al pie de la cama y un brasier sobre la silla del rincón.

Paso del baño al vestidor. Es grande y está bien organizado, las paredes están cubiertas de estantes, barras para colgar y cajones. No parece faltar nada, algo que renueva mi preocupación. Mientras recorro la casa, poco a poco me hago a la idea de que quizá Katherine sí abandonó a Tom sin decirle

215

a dónde iba. Toda esta ropa con etiquetas de Gucci, Stella McCartney y, un refrescante toque de normalidad, H&M, sugiere lo contrario. Así como un conjunto de maletas que está en el rincón y que supongo que pertenecen a Tom, de no ser porque las etiquetas que cuelgan de las manijas llevan el nombre de Katherine.

Si bien puedo entender que dejara su anillo de compromiso y el de boda, sin duda Katherine debió llevarse su ropa. Pero el clóset está lleno de sus cosas, a tal grado que solo veo un gancho vacío y un solo espacio en los estantes.

Cuando Katherine se fue, *si* es que se fue, solo se llevó lo que tenía puesto.

Abro los cajones y encuentro suéteres, camisetas y sudaderas bien doblados, la ropa interior forma un arcoíris de colores.

Y un teléfono.

Está escondido al fondo del cajón de la ropa interior de Katherine, detrás de unos calzones de Victoria's Secret. Cuando lo veo pienso en Mixer y en el triángulo rojo de Katherine que marca su ubicación.

Uso mi teléfono para sacar una foto y luego busco en mis contactos el número de Katherine. En el momento en que aprieto el botón de llamada, el teléfono del cajón empieza a sonar. Hago a un lado los calzones hasta que veo mi número de teléfono encenderse en la pantalla. Abajo aparece la última vez que la llamé.

Ayer. A la 1:00 p. m.

Dejo que el teléfono suene hasta que entra al buzón de voz.

«Hola, estás llamando a Katherine».

216

Me preocupo aún más. Todo lo que Katherine trajo consigo —su teléfono, su ropa, sus joyas— sigue aquí.

Lo único que falta es Katherine.

Levanto su teléfono usando unos calzones para que mis huellas digitales no queden en la pantalla. Gracias, episodios de *La ley y el orden*.

Por supuesto, el teléfono está bloqueado. La única información que me da es lo que aparece en la pantalla. La hora, la fecha y cuánta batería le queda. Muy poca. El teléfono de Katherine está a punto de apagarse, lo que me dice que no lo han cargado durante al menos un día, quizá más.

Regreso el teléfono al lugar donde lo encontré, por si acaso Tom lo tiene controlado. No necesito alertarlo de mi presencia. Cierro el cajón y estoy a punto de salir del clóset cuando el teléfono de Katherine empieza a sonar de nuevo, los timbrazos se amortiguan adentro del cajón.

Regreso al cajón y lo abro. Un número de teléfono brilla en blanco contra la pantalla negra. Al igual que yo, quienquiera que esté llamando no es lo suficientemente cercano a Katherine como para que ella tuviera el número guardado en sus contactos.

La misma persona ha llamado antes. Junto al número hay un recordatorio de la última vez que llamó.

Esta mañana.

Como no puedo contestar, saco mi teléfono y tomo una foto del número que brilla en la pantalla antes de que cuelgue la persona que está llamando. Podría ser buena idea llamarla después. Quizá también está buscando a Katherine. Tal vez está igual de preocupada que yo.

Guardo mi teléfono, cierro el cajón y salgo del vestidor. Después, salgo de la recámara hasta el pasillo del primer piso, rumbo a la última habitación que no he registrado.

La oficina. El espacio de Tom. El mobiliario tiene un toque más masculino. Madera oscura y vidrio, y una notable falta de personalidad. Hay un carrito de servicio antiguo con el nombre de su aplicación y un librero lleno de volúmenes de negocios y de superación personal. Sobre uno de los estantes, en un marco de plata, está la misma foto de bodas de Tom y Katherine que había visto hace mucho en la revista *People*.

Junto a la ventana hay un escritorio con superficie de vidrio en el que está la laptop de Tom Royce. Está cerrada, tan plana y compacta como un álbum ilustrado. Me acerco a ella mientras recuerdo la noche que vi a Katherine en este escritorio, usando esta misma computadora. No puedo olvidar lo desconcertada que parecía. Tan asombrada que fue obvio incluso a través de los binoculares y a casi medio kilómetro de distancia. También recuerdo su expresión de sorpresa cuando Tom apareció en el umbral, apenas pudo ocultarla.

Paso la mano sobre la computadora, tratando de decidir si abrirla para ver qué puedo encontrar. A diferencia del teléfono de Katherine, no hay manera de usarla sin que mis huellas digitales queden por todas partes. Sí, podría usar mi camisa para limpiarla cuando acabe, pero eso también borraría las huellas de Tom y de Katherine. Podría parecer como alteración de evidencia, algo que los jueces desaprueban. Otro detalle que aprendí en *La ley y el orden*.

Sin embargo, esta computadora podría ser la clave que necesitamos para develar la verdad sobre lo que le pasó a

Katherine. Si le muestro a Wilma Anson las fotos del teléfono de Katherine y de las joyas quizá no sea suficiente para obtener una orden de cateo. Por otra parte, para Tom sería muy sencillo asegurarse de que nadie vea qué hay en su laptop. Lo único que tendría que hacer sería aventarla al lago Greene.

La idea de que la laptop pudiera hundirse hasta el suelo lodoso y oscuro del lago me decide a abrirla. Si no veo ahora, es posible que nunca nadie vea nada.

Abro la computadora y la pantalla cobra vida. La página de inicio es un lago en todo el esplendor veraniego. Los árboles tienen un tono verde que solo tienen en julio, la luz del sol brilla como polvo de hadas sobre el agua y el cielo es tan azul que parece una imagen generada por computadora.

El lago Greene.

Lo reconocería en cualquier parte.

Presiono la tecla de espacio y el lago desaparece para dar lugar a un escritorio lleno de pestañas, iconos y carpetas de archivos. Dejo escapar un suspiro de alivio. Me preocupaba que la laptop estuviera bloqueada como el teléfono de Katherine.

Pero ahora que tengo acceso, no puedo decidir qué buscar primero. La mayoría de las carpetas parecen específicas de Mixer, tienen nombres como Datos Q2, Ad roster, Maquetas2.0. Hago clic en algunas y veo hojas de cálculo, memorandos y reportes con mucho lenguaje de negocios que bien podrían estar escritos en sánscrito.

Solo una de las hojas de cálculo llama mi atención. Tiene fecha de hace tres meses y consiste en una columna de números, todos en rojo. Tomo una fotografía de la pantalla, a pesar de que no sé si esas cifras son dólares, números de suscriptores o algo más. Solo porque no puedo entenderlo no significa que no vaya a ser útil.

Cierro el folder y empiezo a buscar en los que al parecer no están relacionados con la aplicación de Tom Royce. Elijo uno marcado con un nombre.

Kat.

Adentro hay más carpetas, etiquetadas por año, y se remontan hasta hace cinco años. Reviso cada una de ellas y no veo únicamente fotos de Katherine durante sus días de modelo, sino también más hojas de cálculo. Una por cada año. En la parte superior de cada una está el mismo encabezado: «ingresos». Reviso algunas y advierto que ninguna tiene números rojos. Aunque ya no es modelo, Katherine ha estado ganando una suma obscena de dinero. Mucho más que las estimaciones de patrimonio neto del sitio web y muchísimo más que Mixer.

Tomo fotografías de las hojas de cálculo de los últimos tres años y abro el motor de búsqueda. Dos segundos y un clic más tarde, tengo enfrente el historial de búsqueda.

Lotería.

De inmediato me doy cuenta de que Tom no ha hecho ninguna búsqueda obvia en internet en los últimos dos días. No hay sitios que parezcan sospechosos sobre cómo deshacerse de un cadáver o cuál es la mejor sierra para cortar huesos. O Tom no ha tocado la computadora desde que Katherine desapareció, o borró el historial de búsqueda de las últimas cuarenta y ocho horas.

Sin embargo, los sitios consultados hace tres días son muchos. Algunos, incluido el mismo artículo de *Bloombeerg*

Businessweek sobre Mixer que yo había encontrado, parecen ser obra de Tom Royce; otros, como la sección de modas del *New York Times* y de *Vanity Fair* sugieren que fue Katherine. Así como una búsqueda interesante en Google.

«Causas de ahogamiento en lagos».

Hago clic en el enlace y veo una breve lista de razones, que incluye el nadar solo, la intoxicación y salir en lancha sin chaleco salvavidas. La última me hace pensar en Len. También me hace desear bajar corriendo las escaleras y servirme algo fuerte del bar que está en la sala.

Trato de deshacerme de esa idea y de las ganas de beber, sacudo los hombros y continúo. Abro Google y reviso los temas más recientes que se buscaron en la laptop, y encuentro más sobre muerte por ahogamiento y el agua.

«Nadar en la noche».

«Fantasmas en los reflejos».

«Lagos encantados».

Dejo escapar un suspiro. La historia de Eli alrededor de la fogata hizo que Tom o Katherine fueran corriendo a buscar información en Google. De hecho, uno de ellos hizo muchas búsquedas hace unos días. Además de los temas relacionados con lagos, encuentro búsquedas de marcadores de la Serie Mundial, el estado del tiempo y recetas de paella.

Pero un tema me deja paralizada: «Mujeres desaparecidas en Vermont».

¿Por qué demonios Tom o Katherine estaban interesados en esto?

Sorprendida, antes de poder hacer clic en el enlace advierto un nombre justo debajo.

Mi nombre.

Ver mi nombre en el historial de búsqueda no es sorprendente. Estoy segura de que muchos perfectos desconocidos me buscaron en Google el año pasado. Tiene sentido que mis nuevos vecinos lo hicieran también. Incluso sé cuál es la información antes de hacer clic. Sin duda, una fotografía mía en la que estoy vaciando un vaso de Old Fashioned doble y el titular que seguramente me perseguirá el resto de mis días: «La borrachera de Casey».

Debajo de ese hay artículos sobre mi despido de *Una sombra de duda*, mi página de IMDb, el obituario de Len en el *LA Times*. Todos los enlaces habían sido abiertos, lo que dejaba claro que Tom o Katherine habían buscado información sobre mí.

Lo que no quedaba claro era quién de ellos y por qué.

Cuando regreso al historial de búsqueda para tratar de averiguarlo, veo otro nombre que me parece familiar en Google: Boone Conrad.

La búsqueda arrojó un artículo sobre la muerte de su esposa. Al leerlo, me entero de dos hechos sorprendentes. El primero es que Boone sí es su nombre real. El segundo, que era policía en el departamento más cercano al lago Greene. Todo lo demás en el artículo es exactamente lo que me dijo ayer. Regresó a su casa del trabajo, encontró a su esposa al pie de las escaleras y llamó a los paramédicos, quienes la declararon muerta. Citan las palabras del jefe de policía, el jefe de Boone, quien dijo que había sido un trágico accidente. Fin de la historia.

Continúo y veo que uno de los Royce no solo buscó en Google a la gente del lago, sino también a alguien cuyo nombre nunca había escuchado antes: Harvey Brewer.

Al hacer clic aparece una cantidad asombrosa de resultados. Elijo el primero, un artículo de hace un año de un periódico de Pensilvania con un titular macabro: «Hombre admite haber envenenado poco a poco a su esposa».

Leo el artículo, cada oración hace que mi corazón lata con más fuerza. Resulta que ese Harvey Brewer era un cartero de cincuenta y pico años, del este de Stroudsburg, cuya esposa Ruth, de cuarenta y tantos, de pronto cayó muerta de un ataque cardiaco en un Walmart.

Aunque estaba sana, «rebosante de salud», en palabras de una amiga, la muerte de Ruth no fue una completa sorpresa. Sus hermanos le dijeron a la policía que ella se había estado quejando de una repentina debilidad y mareos las semanas antes de su muerte. «Dijo que no se estaba sintiendo bien», afirmó una de sus hermanas.

Como Harvey debía recibir una gran cantidad de dinero tras su muerte, la familia de Ruth sospechaba. Tenían razón. Una autopsia encontró en el cuerpo de Ruth cantidades ínfimas de brimonidina, un ingrediente común en los venenos para ratas. La brimonidina, un estimulante al que algunos expertos llaman la «cocaína de los venenos», aumenta el ritmo cardiaco. En los roedores, la muerte es instantánea. En los humanos toma mucho tiempo más.

Cuando la policía interrogó a Harvey, confesó de inmediato que llevaba semanas dándole a su esposa microdosis de brimonidina. El veneno, que vertía en su cuerpo todos los días a través de lo que comía y bebía, debilitó el corazón de Ruth hasta que le provocó insuficiencia cardiaca. Harvey afirmó que había sacado la idea de una obra de teatro de Broadway que ambos habían visto en un viaje reciente a Nueva York.

Una sombra de duda.

Carajo.

Harvey Brewer había estado en el público de mi obra. Me había visto en el escenario, interpretando a la mujer que se da cuenta de que su esposo la está envenenado poco a poco. Se había sentado en el teatro a oscuras, preguntándose si en la vida real sería posible hacer algo así. Resulta que sí, y que casi se sale con la suya.

Cuando llego al final del artículo, por mi mente pasan diferentes momentos con Katherine, como si fueran diapositivas.

Flota en el lago, sus labios están azules por el frío.

«Fue como si todo mi cuerpo hubiera dejado de funcionar», fue como lo describió más tarde.

Echada en la mecedora, atormentada por la cruda.

«Últimamente no soy yo misma».

Mareada con solo dos copas de vino.

«No me siento bien».

Ahora comprendo los detalles de esa noche frente a la fogata, pues las cosas que parecían anodinas en ese momento de pronto cobran significado por completo.

Cuando Tom me dijo que había estado fantástica en *Una sombra de duda.*

Cuando insistió en servir el vino y lo hizo dándonos la espalda para que no pudiéramos ver lo que hacía.

Cuando nos dio las copas a cada una como si tuvieran una asignación específica.

Cuando Katherine bebió la suya de un solo trago y su marido le volvió a servir.

Durante un segundo me quedo helada. Al darme cuenta es como si un viejo flash se hubiera disparado en mi cara. Candente y cegador. Estoy mareada por la impresión de todo esto, cierro los ojos y me pregunto si lo que le pasó a Ruth Brewer fue lo mismo que le sucedió a Katherine.

Cobra sentido del mismo modo en que un rompecabezas lo tiene una vez que todas las piezas están en su lugar. Tom vio *Una sombra de duda* y, como a Harvey, le dio una idea. O quizá se enteró primero del crimen de Harvey Brewer y decidió ir a ver la obra. No hay manera de saber cómo, por qué o cuándo. Pero no importa. Tom decidió imitar tanto a Harvey como a la obra, y le estuvo dando a Katherine pequeñas dosis de veneno cuando podía, para debilitarla, hasta que, un día, todo terminó.

Y Katherine lo descubrió, y lo más probable es que haya hecho lo mismo que yo estoy haciendo ahora y simplemente vio el historial de búsqueda de su esposo.

Eso fue lo que vio la noche antes de que desapareciera.

Eso fue lo que hizo que pareciera tanto asombrada como curiosa cuando yo la observé desde el porche. Sentada en esta misma silla. Con los ojos fijos en esta misma computadora. Tan asombrada como yo lo estoy ahora.

Y por eso ella y Tom pelearon esa noche. Ella le dijo que sabía lo que estaba haciendo. Él lo negó y quizá le preguntó de dónde había sacado esa idea. ¿Cómo? ¿Quién?

Al amanecer, Katherine ya no estaba. O Tom la mató o ella huyó, dejando todo detrás. Podría estar ahora enterrada en el bosque, en el fondo del lago o escondida. Esas son las únicas opciones en las que puedo pensar.

Necesito saber cuál de ellas es.

Y convencer a la detective Wilma Anson para que me ayude a descubrirlo.

Saco otra vez mi teléfono y tomo una foto de la pantalla de la laptop, el artículo sobre Harvey Brewer es ilegible, pero el titular está muy claro. Estoy a punto de tomar otra cuando escucho un sonido inoportuno al exterior de la casa.

Llantas sobre la grava.

A mi derecha hay una ventana con vista a la fachada suroeste de la casa. Me acerco y veo que el Bentley de Tom Royce desaparece debajo del pórtico.

Mierda.

Salgo corriendo de la oficina, pero freno en seco y volteo cuando me doy cuenta de que había dejado la laptop abierta. Regreso al escritorio a toda prisa, la cierro de golpe y vuelvo a salir a toda velocidad. En el pasillo me detengo, no sé adónde ir. En cuestión de segundos Tom entrará. Si bajo las escaleras ahora es muy posible que me vea. Quizá sea mejor quedarme en este piso y esconderme en un lugar al que probablemente no entre. La recámara de las visitas parece ser la mejor opción. Podría meterme debajo de la cama y esperar hasta estar segura de que puedo escapar sin que me vea.

Podrían pasar horas.

Mientras tanto, Tom sigue sin entrar a la casa. Quizá está haciendo algo afuera. Tal vez sí tenga tiempo de bajar y salir disparada por la puerta de enfrente.

Decido arriesgarme, sobre todo porque si me quedo escondida aquí —posiblemente por mucho tiempo— no es garantía de que Tom no me encuentre. Lo más seguro es salir de la casa.

Ahora.

Sin pensar nada más que salir lo más rápido posible, me dirijo a las escaleras a toda carrera.

Las bajo.

Corro hacia la puerta principal.

Tomo el picaporte y jalo.

La puerta tiene puesto el seguro. Ya lo sabía, pero lo olvidé porque, en primer lugar, tenía otras cosas en la cabeza, y en segundo, nunca antes había hecho esto.

Cuando estoy a punto de abrir el seguro, escucho que otra puerta se abre.

La puerta corrediza de vidrio de la parte trasera de la casa.

Tom está entrando y yo estoy a un segundo de que me descubra. La puerta delantera está justo enfrente de la sala. Si él va a cualquier parte que no sea el comedor o la cocina, me verá. Y aunque no me viera, el sonido del cerrojo y de la puerta que se abre lo alertaría de mi presencia.

Doy media vuelta, dispuesta a enfrentarlo, mi mente gira a toda velocidad para inventar una excusa que parezca vagamente lógica de por qué estoy adentro de su casa. No puedo, mi cerebro está vacío por el pánico.

Pasa un segundo, luego otro, y me doy cuenta de que no escuché que la puerta corrediza se cerrara ni las pisadas de Tom dentro de la casa. Lo que sí oigo, flotando en la brisa estival que proviene del exterior por la puerta abierta, es el chapoteo del agua en la ribera, el sonido de una lancha que llega hasta el muelle de los Royce y una voz familiar que llama a Tom por su nombre.

Boone.

Permanezco junto a la puerta, esperando para estar segura de que Tom sigue afuera. Lo constato cuando escucho que en el patio trasero Boone le pregunta si necesita que haga algún trabajo en la casa.

—Pensé en venir a proponértelo porque ya casi termino en la casa de los Mitchell.

—Estoy bien —responde Tom—. Todo parece estar…

No pongo atención al resto de su frase porque estoy ocupada girando el cerrojo de la puerta y abriéndola. Tan pronto como estoy afuera, hago lo único razonable.

Corro.

Gracias a su lancha, Boone llega antes que yo a nuestro lado del lago. Aunque dejé de correr tan pronto pasé la casa de Eli, sigo sin aliento cuando lo veo de pie sobre el camino, con los brazos cruzados sobre el pecho como un padre enojado.

—Lo que acabas de hacer fue estúpido y peligroso —dice Boone cuando me acerco a él—. Tom te hubiera descubierto si no salto en mi lancha para detenerlo.

—¿Cómo supiste que estaba ahí?

Me doy cuenta de que la respuesta está en la mano derecha de Boone.

Los binoculares.

—Fui por ellos cuando te vi pasar atrás de mi casa —dice al tiempo que me los devuelve—. Sabía qué tenías entre manos y fui a tu porche para vigilar.

—¿Por qué no me lo impediste?

—Porque yo mismo estaba pensando en hacerlo.

—Pero me acabas de decir que fue estúpido y peligroso.

—Lo fue —responde—. Eso no significa que no fuera necesario. ¿Encontraste algo?

—Mucho.

Empezamos a caminar hacia mi casa y pasamos por donde Boone se está quedando. Caminamos uno al lado del otro mientras las hojas color fogata se arremolinan a nuestro alrededor. Sería un paseo hermoso, casi romántico, de no ser por el nefasto asunto que nos ocupa. Le cuento a Boone que los anillos, el teléfono y la ropa de Katherine siguen en su recámara, y después le explico lo que encontré en la laptop de Tom, incluido lo de Harvey Brewer.

—Tom la estaba envenenando poco a poco —digo—. Igual que hizo ese tipo con su mujer. Estoy segura. Katherine me dijo que no se había sentido bien. De pronto empezó a sentirse cada vez más débil y cansada.

—Entonces, ¿crees que está muerta?

—Creo que ella se enteró de lo que estaba pasando. Espero que haya huido. Pero es posible que…

Boone asiente, sombrío, sin duda está pensando en la lona, la cuerda y la sierra.

—Tom se encargó de ella antes de que pudiera hacerlo.

—Pero ahora tenemos pruebas. —Saco mi teléfono y paso una tras otra las fotos que tomé—. ¿Ves? Este es el artículo sobre Harvey Brewer, en la computadora de Tom.

—No es suficiente, Casey.

Me detengo a la mitad del camino tapizado de hojas y dejo que Boone avance varios pasos más hasta que se da cuenta de que ya no estoy a su lado.

—¿Qué quieres decir con que no es suficiente? Tengo fotos del teléfono y la ropa de Katherine, sin hablar de las pruebas de que su esposo estaba leyendo cómo un hombre había asesinado a su esposa.

—Lo que quiero decir es que no es legal —responde Boone—. Obtuviste todo eso allanando su casa. Ese es un delito peor que el de espiar.

—¿Sabes qué es todavía peor? —pregunto, incapaz de evitar la impaciencia en mi voz—. Planear matar a tu esposa.

No me he movido y eso hace que Boone regrese y me pase un brazo sobre mis hombros para que yo vuelva a caminar.

—Estoy de acuerdo contigo —admite—. Pero así funciona la ley. No puedes probar que alguien cometió un crimen si tú cometes otro crimen. Si lo queremos atrapar de verdad necesitamos evidencias que *no* hayamos obtenido de forma ilegal y que puedan mostrar el acto delictivo.

Lo que no dice, pero de cualquier forma yo infiero, es que, hasta ahora, Tom Royce ha sido muy bueno para cubrir sus huellas. La foto en Instagram que publicó en la cuenta de Katherine es prueba de ello. Por lo tanto, es poco probable que haya dejado alguna maldita evidencia al alcance de la ley.

Me vuelvo a detener, esta vez porque me doy cuenta de que *sí* poseo una evidencia.

Pero no la dejó Tom.

Todo se debe a Katherine.

Retomo el paso de manera tan abrupta como lo detuve. En lugar de caminar empiezo a correr y me adelanto a Boone para llegar a mi casa.

—¿Qué haces? —grita.

—Voy a obtener evidencia. ¡Legalmente! —respondo sin detenerme.

Ya en casa, me dirijo directamente a la cocina, al bote de basura que debí vaciar el día anterior y que por fortuna no lo hice. Un raro acceso de flojera. Hurgo en la basura, mis dedos escarban entre servilletas empapadas y avena pegajosa. Cuando Boone me alcanza, yo ya volteé el bote de basura y todo su contenido está en el suelo. Tras buscar durante otro minuto, encuentro lo que buscaba.

Un pedazo de la copa de vino rota.

Victoriosa, lo alzo contra la luz. El vidrio está más sucio que cuando lo encontré en el jardín. Tiene migajas en la superficie y una mancha blanca que podría ser aderezo para ensalada. Tengo la esperanza de que eso no importará, pues sigue teniendo la película salina que advertí antes.

Si Tom Royce realmente agregó algo en el vino de Katherine esa noche, este pedazo de vidrio podrá probarlo.

Cuando llega Wilma Anson, el pedazo de vidrio está bien guardado en una bolsa Ziploc. Ella lo examina a través del plástico transparente, y la manera en la que inclina la cabeza hacia un lado podría mostrar curiosidad o exasperación. Con ella es difícil saberlo.

—¿Dónde lo conseguiste?

—En el jardín —respondo—. La copa se rompió cuando Katherine se desmayó con ella en la mano.

—¿Porque, supuestamente, la drogaron? —dice Wilma.

—Envenenaron —corrijo.

—Los resultados de laboratorio pueden decir otra cosa.

Boone y yo habíamos acordado que no sería una buena idea explicarle a Wilma con detalle cómo fue que llegué a sospechar que Tom estaba tratando de envenenar a su esposa. En vez de eso le dijimos que de pronto recordé que Katherine había mencionado el nombre de Harvey Brewer y que eso me hizo buscar en internet y desarrollar mi teoría de que quizá

Tom había tratado de hacer lo mismo que Brewer hizo con su esposa. Eso fue suficiente para convencer a Wilma de venir. Ahora que está aquí, la gran pregunta es si va a hacer algo al respecto.

—Eso quiere decir que lo llevarás a analizar, ¿cierto? —pregunto.

—Sí —contesta Wilma, acabando en un suspiro—. Aunque llevará unos días obtener los resultados.

—Pero Tom habrá desaparecido para entonces —exclamo—. ¿No puedes por lo menos interrogarlo?

—Eso pienso hacer.

—¿Cuándo?

—Cuando sea el momento.

—¿Qué *ahora* no es el momento?

Empiezo a balancearme de atrás hacia adelante, la impaciencia se apodera de mí. Todo lo que quiero decirle a Wilma son cosas que *no puedo* decirle. Confesar que sé que el teléfono, la ropa y los anillos de Katherine siguen en su recámara sería admitir que allané la casa de los Royce. Así que me lo guardo, sintiéndome como una botella de champaña que agitaron y que espera no explotar por la presión.

—¿No nos crees? —agrego.

—Creo que es una teoría válida —dice Wilma—. Una de varias.

—Entonces, investígalo —digo—. Ve a interrogarlo.

—¿Y a preguntarle si mató a su esposa?

—Sí, para empezar.

Wilma pasa al comedor adyacente sin invitación. Vestida con un traje sastre negro, blusa blanca y zapatos bajos, por fin se parece más a la detective de televisión que imaginaba. Lo único que sigue siendo igual del atuendo de anoche es la banda para el pelo en su muñeca. Ahora es verde, en lugar de amarilla, y es obvio que no es de su hija. De su hombro cuelga una bolsa bandolera negra que deja sobre la mesa. Cuando se sienta, su saco se abre y deja al descubierto una pistola en su funda.

—No es tan fácil como creen —explica—. Algo más puede estar sucediendo. Algo mucho mayor que lo que le sucedió a Katherine Royce.

—¿Mayor, cómo? —pregunta Boone.

—¿Alguna vez han hecho un ejercicio de confianza? Como ese en el que una persona se deja caer de espaldas esperando que la persona que está detrás la atrape. —Wilma hace la demostración alzando el índice y bajándolo lentamente—. Lo que voy a contarles es muy parecido. Voy a confiarles información clasificada y ustedes van a recompensar esa confianza al no hacer ni decir nada y solo dejarme hacer mi trabajo. ¿Es un trato?

—¿Qué tipo de información? —pregunto.

—Detalles de una investigación en curso. Si le dicen a alguien que les hablé de esto podría meterme en problemas y ustedes podrían acabar en la cárcel.

Espero que Wilma esboce una sonrisa que me muestre que está exagerando y bromeando. No lo hace. Su expresión es tan seria como la de una tumba mientras hace girar la banda en su muñeca.

—Juren que no le dirán a nadie —dice.

—Sabes que no —asegura Boone.

—No eres tú quien me preocupa.

—Lo juro —digo, aunque la seriedad de Wilma me hace preguntarme si en verdad quiero escuchar lo que tiene que decir. Lo que descubrí hoy ya me tiene demasiado nerviosa.

Wilma duda solo un momento y toma su bolso.

—¿Cuándo compraron la casa los Royce?

—El invierno pasado —respondo.

—Este era su primer verano aquí —agrega Boone.

Wilma abre su bolsa.

—¿Alguna vez Tom Royce mencionó haber venido a esta zona antes de comprarla?

—Sí —contesto—. A mí me dijo que pasaron varios veranos en diferentes propiedades que rentaban.

—A mí también me dijo lo mismo —dice Boone—. Comentó que estaba contento de haber encontrado por fin un lugar propio.

Wilma nos hace una seña para que nos sentemos. Después de que Boone y yo nos sentamos lado a lado, saca una carpeta de su bolsa y la coloca sobre la mesa frente a nosotros.

—¿Alguno de ustedes ha oído hablar de Megan Keene?

—Es la chica que desapareció hace dos años, ¿no? —dice Boone.

—Correcto.

Wilma abre la carpeta y saca una hoja de papel que desliza frente a nosotros. En la página hay una fotografía, un nombre y una sola palabra que me hace estremecer.

«Desaparecida».

Observo la foto de Megan Keene. Es tan bonita como una modelo de un comercial de champú, con cabello color

236

miel, mejillas rosadas y ojos azules. La encarnación de Miss América.

—Megan tenía dieciocho años cuando desapareció —explica Wilma—. Era de aquí. Su familia es propietaria de un pequeño supermercado en el siguiente pueblo. Hace dos años les dijo a sus padres que tenía una cita, y antes de salir le dio un beso en la mejilla a su madre. Fue la última vez que alguien la vio. Encontraron su coche donde siempre lo dejaba, estacionado detrás de la tienda de sus padres. Ninguna señal de delito o pelea. Nada que sugiriera que no pensaba regresar.

Wilma nos acerca otra hoja. Tiene el mismo formato que la primera.

Una fotografía de una belleza morena con los labios pintados color rojo cereza y el rostro enmarcado por cabello negro.

Nombre: Toni Burnett.

También desaparecida.

—Toni desapareció dos meses después de Megan. Se mudaba con frecuencia. Nació y se crio en Maine, pero sus padres, muy religiosos, la corrieron de su casa después de muchos pleitos por su comportamiento. Al final acabó en el condado de Caledonia, en un motel que renta habitaciones por semana. Cuando su semana terminó y ella no registró su salida, el gerente pensó que había huido del pueblo. Pero cuando entró al cuarto, todas sus pertenencias parecían estar ahí. Sin embargo, Toni Burnett no estaba. El gerente no llamó de inmediato a la policía porque pensó que ella volvería en un día o dos.

—Supongo que eso nunca sucedió —dice Boone.

—No —responde Wilma—. Definitivamente no.

Saca una tercera hoja de la carpeta.

Sue Ellen Stryker.

Tímida, como lo demuestra la sonrisa asombrada en su rostro, como si acabara de darse cuenta de que alguien sacaba su foto.

Desaparecida, igual que las otras.

Y la misma chica que Katherine mencionó cuando estábamos alrededor de la fogata la otra noche.

—Sue Ellen tenía diecinueve años —dice Wilma—. Desapareció el verano pasado. Era estudiante de universidad y trabajaba durante la temporada alta en un centro turístico en Fairlee, al borde del lago. Salió una noche del trabajo y nunca regresó. Como las otras, no hay nada que sugiera que empacó y huyó. Simplemente desapareció.

—Pensé que se había ahogado —dice Boone.

—Esa es una teoría, aunque no hay nada concreto que sugiera que eso fue lo que pasó.

—Pero crees que está muerta —agrega Boone—. Las otras también.

—¿Honestamente? Sí.

—¿Y que sus muertes están relacionadas?

—Lo creo —responde Wilma—. Hasta hace poco empezamos a pensar que todas son víctimas de la misma persona, de alguien que ha estado en esta zona de manera regular al menos los últimos dos años.

Boone inhala profundo.

—Un asesino en serie.

Las palabras quedan colgando en el aire pesado del comedor y permanecen como un horrible hedor. Miro las imágenes que se extienden sobre la mesa, siento un nudo en el estómago por la tristeza y la rabia.

Tres mujeres.

Tres chicas, en realidad.

Aún jóvenes, aún inocentes.

Se las llevaron en la plenitud de la vida.

Ahora están perdidas.

Al examinar cada fotografía, me sorprende la manera en la que sus personalidades saltan de las páginas. La efervescencia de Megan, el misterio de Toni Burnett, la inocencia de Sue Ellen Stryker.

Pienso en sus familias y amigos y en cuánto deben extrañarlas.

Pienso en sus metas, sus sueños, sus decepciones, esperanzas y tristezas.

Pienso en cómo debieron sentirse justo antes de que las asesinaran. Probablemente aterradas y solas. Dos de los peores sentimientos en el mundo.

Un sollozo me sube por el pecho y, por un momento, temo estallar en llanto. Pero lo controlo, me recupero y hago la pregunta obligada.

—¿Qué tiene que ver todo esto con Katherine Royce?

Wilma saca algo más de la carpeta. Es la fotocopia de una postal, una vista aérea de un lago accidentado rodeado de bosques y montañas. He visto esa imagen cientos de veces en las tiendas locales y sé qué es sin necesidad de leer el nombre impreso en la parte inferior.

El lago Greene.

—El mes pasado, alguien envió esta postal al departamento de policía local. —Wilma mira a Boone—. Tu antigua estación. Ellos nos la enviaron. Por esto.

Le da vuelta a la hoja, donde está fotocopiada la parte posterior de la tarjeta postal. Del lado izquierdo, escrito todo en mayúsculas temblorosas que parece la caligrafía de un niño, está la dirección del antiguo lugar de trabajo de Tom, como a quince minutos de aquí. Del lado derecho, con los mismos garabatos infantiles, hay tres nombres.

Megan Keene.

Toni Burnett.

Sue Ellen Stryker.

Debajo de los nombres, cuatro palabras: «Creo que están aquí».

—Mierda —exclama Boone.

Yo no digo nada, estoy demasiado aturdida como para hablar.

—No hay manera de saber quién la envió —explica Wilma—. Esta misma tarjeta postal se ha vendido durante años en todo el condado. Como pueden ver, no hay remitente.

—¿Huellas? —pregunta Boone.

—Muchas. Esta tarjeta pasó por más de doce manos antes de llegar a la estación de policía. El timbre era autoadhesivo, no hay ADN en la parte posterior. Un análisis de grafología concluyó que lo había escrito un diestro con la mano izquierda, por eso es apenas legible. Quien la haya enviado, hizo muy buen trabajo para cubrir sus huellas. La única pista que tenemos en realidad es el matasellos, que nos dice que la echaron en un buzón en el Upper West Side de Manhattan.

Resulta que ahí se ubica el departamento de Tom y Katherine Royce. Podría ser una coincidencia, pero lo dudo.

Boone se frota la barba incipiente mientras considera esta información.

—¿Crees que alguno de ellos envió la postal?

—Sí —responde Wilma—. En particular, Katherine. El análisis grafológico sugiere que lo escribió una mujer.

—¿Por qué haría eso?

—¿Por qué crees?

Le lleva menos de un segundo comprender, y la expresión de Boone se transforma cuando pasa del pensamiento, a la teoría y al entendimiento.

—¿En verdad piensas que Tom asesinó a esas chicas? —pregunta—. ¿Y que Katherine lo sabía o, al menos, lo sospechaba?

—Esa es una teoría —dice Wilma—. Por eso debemos tener cuidado con esto. Si Katherine mandó la postal para prevenir a la policía sobre su esposo, entonces también es posible que haya huido y que esté escondida en alguna parte.

—O que Tom lo supo y la silenció —agrega Boone.

—Es otra posibilidad, sí. Pero si está escondida para protegerse, debemos encontrarla antes de que su marido lo haga. De cualquier forma, ustedes dos merecen el crédito por esto. Si no me hubieran llamado para contarme de Katherine jamás hubiéramos pensado en relacionarla a ella y a Tom con esta postal. Así que gracias.

—¿Qué sigue? —pregunta Boone, radiante de orgullo.

Supongo que el que ha sido policía nunca deja de serlo.

Wilma junta todos los papeles y los mete en la carpeta. Mientras lo hace, echo un último vistazo a los rostros de las chicas desaparecidas. Megan, Toni y Sue Ellen. Cada una hace que el corazón se me estruje tanto que casi hago un gesto de dolor. Wilma cierra la carpeta y las tres desaparecen de nuevo.

—Por lo pronto estamos buscando en todos los lugares que Tom rentó en Vermont los últimos dos años. Dónde se quedó. Por cuánto tiempo. Si Katherine estaba con él. —Wilma mete la carpeta en su bolsa y me mira—. Si las fechas concuerdan con estas desapariciones, entonces sí será el momento para hablar con Tom Royce.

Otro escalofrío me invade. Uno que recorre todo mi cuerpo como si fuera una coctelera.

La policía piensa que Tom es un asesino en serie.

Aunque Wilma no lo haya dicho con todas sus letras, la implicación es clara.

Creen que él lo hizo.

Y la situación es mucho peor de lo que había pensado.

AHORA

Aprieto el cuchillo con más fuerza, esperando que oculte el temblor de mi mano. Él lo mira con fingido desinterés.

—¿Se supone que debo sentirme amenazado? Porque no es así.

Es la verdad, aunque un poco exagerada. Sí me importa. Sí quiero que se sienta amenazado. Pero también sé que eso no es lo primordial, sino hacerlo hablar. Y si mostrar la misma indiferencia que él sirve de algo, estoy dispuesta a hacerlo.

Regreso a la otra cama que hay en la recámara, dejo el cuchillo y tomo el vaso de bourbon que está en el buró.

—Pensé que ibas a hacer café —dice.

—Cambié de opinión. —Extiendo el brazo hacia él—. ¿Quieres?

Niega con la cabeza.

—No creo que sea una buena idea. Quiero mantener las ideas claras.

Bebo un sorbo.

—Entonces, más para mí.

—También deberías pensar en mantener las ideas claras —dice—. Lo necesitarás durante esta batalla de sensatez que crees que estás jugando.

—No es una batalla. —Tomo otro sorbo y chasco los labios para hacerle saber cuánto lo estoy disfrutando—. Y no estamos jugando a nada. Me vas a decir lo que quiero saber, tarde o temprano.

—¿Y qué harás si no lo hago?

Señalo el cuchillo que está junto a mí en la cama.

Él vuelve a sonreír.

—No tienes el valor.

—Eso dices —respondo—, pero no creo que realmente lo creas.

De pronto, la sonrisa desaparece.

Bien.

Afuera, el viento sigue aullando y la lluvia no deja de aporrear el techo. Se supone que la tormenta acabará al alba. De acuerdo con el reloj que está entre las camas, aún no es medianoche. Aunque hay mucho tiempo entre ahora y ese momento, quizá no sea suficiente. Lo que planeo hacer no puede realizarse en plena luz del día y no creo poder permanecer en esta situación hasta mañana en la noche. Podría volverme loca para entonces. Aunque no fuera así, sospecho que Wilma Anson volverá otra vez mañana en la mañana.

Necesito hacerlo hablar ahora.

—Puesto que te niegas a hablar de Katherine —digo—, háblame entonces de las chicas.

—¿Qué chicas?

—A las que asesinaste.

—Ah, sí —dice—. *Ellas.*

La sonrisa regresa, esta vez tan torcida y cruel que tengo ganas de tomar el cuchillo y hundírselo directo en el corazón.

—¿Por qué…? —Me interrumpo, respiro profundo, trato de controlar mis emociones, que fluctúan entre la rabia y el asco—. ¿Por qué lo hiciste?

Se queda un momento callado como si lo pensara, aunque no existe ni una sola razón que pudiera ofrecerme que justifique lo que hizo. Parece darse cuenta de esto y se da por vencido. En su lugar, con la sonrisa torcida aún intacta, solo responde:

—Porque lo disfruté.

ANTES

Cuando Wilma Anson se va, se lleva el pedazo de la copa rota. La manera en que lo lleva hasta su coche, sosteniendo la bolsa con el brazo extendido como si adentro tuviera un sándwich enmohecido, me dice que cree que eso no llevará a nada. De no ser porque lo que nos acaba de decir me tomó por sorpresa, estaría enojada.

Piensa que Tom Royce es un asesino en serie.

Piensa que Katherine también lo creía.

Y que ahora Katherine está muerta, o escondida por esa razón.

Wilma tenía razón, esto es mucho más grande que la desaparición de Katherine. Y yo no tengo idea de qué hacer ahora. Sé lo que Marnie y mi madre dirían. Que me protegiera, que me apartara del camino, que no me expusiera como un blanco. En teoría, estoy de acuerdo. Pero la realidad es que ya soy parte de esto, lo quiera o no.

Y tengo miedo.

Esa es la verdad brutal.

Después de esperar a que Wilma se alejara, regreso al comedor en busca de Boone. Lo encuentro en el porche con los binoculares en la mano, mirando la casa de los Royce al otro lado del lago.

—Observar pájaros es maravilloso en esta época del año —digo—. Todos esos plumajes.

—Eso he escuchado —dice Boone, para complacerme a mí y a mi débil intento de hacer una broma.

Me siento en la mecedora junto a él.

—¿Alguna señal de Tom?

—Nada. Pero su coche sigue afuera, por eso sé que está ahí. —Boone hace una pausa—. ¿Crees que Wilma tiene razón? ¿Que Tom es un asesino en serie?

Me encojo de hombros, aunque Boone no puede verme porque sigue mirando a través de los binoculares. Verlo observar con tanta atención la casa de los Royce me da una idea de cómo me he visto yo los últimos días. Estacionada en este porche con los binoculares presionados contra mi rostro, concentrada en nada más. No es una buena imagen, incluso para alguien tan absurdamente apuesto como Boone.

—Creo que Wilma planea algo —dice—. Tom ha estado en la zona muchas veces, algo que jamás entendí. Es rico, su esposa en una supermodelo, podrían ir a cualquier parte. Diablos, quizá hasta podrían comprar su propia playa privada. Sin embargo, siempre escogían venir aquí, a un rincón perdido en Vermont, un lugar tranquilo donde es menos probable que lo molesten. Y está el hecho de que siempre sentí algo extraño con él. Parece tan…

248

—¿Intenso? —digo, repitiendo la descripción que hizo Marnie de él.

—Sí. Pero es una intensidad silenciosa, como si algo hirviera debajo de la superficie. Es el tipo de persona que hay que tener vigilada. Por suerte eso es lo que has hecho, Casey. Si no hubieras estado observando, es posible que nadie se hubiera dado cuenta de nada. Eso significa que no debemos parar ahora, tenemos que seguir vigilándolo.

Volteo hacia el lago, y no me concentro en la casa de los Royce, sino en el agua. Ahora que está bañada por la luz de la tarde parece tranquila, incluso acogedora. Sería imposible adivinar lo profunda que es o lo oscura que puede ser. Tan oscura que no se puede saber qué hay ahí abajo.

Quizá Megan Keene, Toni Burnett y Sue Ellen Stryker.

Tal vez también Katherine Royce.

Pensar en varias mujeres que descansan entre el cieno y las algas me marea tanto que me aferro a los reposabrazos de la mecedora y alejo la mirada del lago.

—No creo que eso le guste a Wilma —digo—. Oíste lo que dijo, quiere que nos apartemos y dejemos que la policía se encargue de todo.

—Olvidas que también dijo que no hubieran podido establecer la relación entre Katherine y la tarjeta postal sin nosotros. Quizá podamos averiguar algo más que les sirva.

—¿Y si lo hacemos? ¿Podrán usarlo?

Pienso en todo lo que vi en la casa de los Royce. El teléfono de Katherine, la ropa y el tesoro en información de la laptop. Es desesperante que no podamos usar nada de eso en contra de Tom, aunque todo apunta a que es culpable de *algo*.

—Esto es diferente a allanar su casa. Eso fue ilegal. De lo que yo hablo, no lo es.

Boone baja los binoculares y me mira con ojos brillantes de emoción inquieta. Lo contrario de lo que siento en este momento. Aunque no tengo idea de lo que está planeando, creo que no me va a gustar. En particular porque parece que Boone tiene más en mente que solo observar la casa de Tom.

—O podríamos hacer lo que Wilma nos dijo que hiciéramos —propongo—. Nada.

Esa sugerencia no apaga el entusiasmo en los ojos de Boone. De hecho, parece mucho más determinado.

—O podríamos ir a la tienda de los padres de Megan Keene. Echar un vistazo, hacer algunas preguntas inocentes. No digo que vayamos a esclarecer el caso, demonios, probablemente no llevará a nada, pero es mejor que quedarnos aquí sentados a esperar y espiar.

Voltea hacia el otro extremo del lago. Su gesto muestra frustración y me indica que no solo se trata de Tom Royce. Sospecho que en realidad se trata de Boone, pues como fue policía, ahora añoraba estar de nuevo en acción. Entiendo la sensación. Me pongo ansiosa cada vez que veo una muy buena película o una gran actuación en la televisión, mi cuerpo anhela volver al escenario o estar frente a la cámara.

Pero esa parte de mi vida ha quedado atrás. Así como para Boone ha quedado atrás ser policía. Y jugar al detective no va a cambiar eso.

—Podría ser emocionante —agrega dándome un empujoncito en el brazo con uno de sus codos formidables—. Y sería bueno salir un poco de la casa. ¿Cuándo fue la última vez que saliste de aquí?

—Esta mañana. —Ahora es mi turno para señalar la casa de los Royce—. Estar allá adentro fue emoción suficiente para un día.

—Como quieras —accede Boone—. Pero yo voy a ir, contigo o sin ti.

Casi le digo que será sin mí. No tengo ganas de hundirme más en esto de lo que ya estoy. Pero cuando considero la alternativa, que es quedarme aquí sola esperando que algo suceda, tratando de no espiar cuando sé que lo haré, me doy cuenta de que lo mejor es seguir al sexi expolicía.

Además, tiene razón. Me hará bien alejarme, y no solo de la casa. Necesito un descanso del lago Greene. He pasado demasiado tiempo mirando el agua y la casa al otro lado del lago, y eso es precisamente lo que haré si Boone me deja sola. La idea de quedarme aquí sentada mirando fijamente el agua que el sol ilumina, pensando en todas las personas que podrían estar en el fondo, es tan deprimente que no tengo más opción que aceptar.

—Bien —digo—. Pero me vas a invitar un helado de regreso a casa.

Una sonrisa cruza el rostro de Boone, y es tan grande que uno pensaría que acabo de acceder a jugar Monopoly con él.

—Trato hecho —responde—. Yo mismo le espolvorearé chispas adicionales.

La tienda de la familia de Megan Keene es en parte super-mercado, en parte un atrapa-turistas. Afuera, de frente a la calle, en un intento por atraer a los automovilistas que pasan enfrente, hay un alce esculpido con una motosierra. Sobre la puerta de entrada hay un cartel que anuncia que venden miel de maple, como si eso fuera una curiosidad en Vermont, que está repleto de miel de maple.

Lo mismo sucede al interior. La decoración es una combinación de funcionalidad sin gracia y un toque de efusividad hogareña. La miel de maple mencionada está en un antiguo librero al lado de la puerta, con botellas alineadas de tamaños que van desde un shot hasta jarras de un galón. Junto a él hay un barril de bourbon lleno de alces y osos de peluche y un exhibidor giratorio de tarjetas postales. Lo hago girar y encuentro la misma postal que Wilma Anson nos enseñó. Verla me hace retroceder y casi me golpeo con otro alce tallado en madera, este tiene gorros tejidos sobre la cornamenta.

La tienda se vuelve más utilitaria conforme avanzamos al fondo. Hay varios pasillos de alimentos enlatados, cajas de pasta, pasta de dientes y papel de baño, aunque casi todo ha desaparecido en previsión de la tormenta que se acerca. Hay un mostrador de charcutería, una sección de alimentos congelados y un área de cajas que está repleta de lo básico de una tienda de conveniencia, como billetes de lotería y cigarros.

Cuando veo a la chica frente a la caja registradora, mi corazón da un brinco.

Es Megan Keene.

Aunque la veo de perfil mientras ella mira por la ventana hacia el frente de la tienda, reconozco esa belleza natural de la fotografía que vi hace una hora. Por un momento el estupor se apodera de mí.

Megan no está muerta.

Eso significa que quizá ninguna lo está.

Todo esto ha sido un enorme y horrible malentendido.

Estoy a punto de buscar a Boone para decirle todo esto cuando la chica frente a la caja registradora voltea hacia mí y me doy cuenta de que estoy equivocada.

No es Megan.

Pero sin duda es de su familia. Tiene los mismos ojos azules y la sonrisa perfecta. Supongo que es una hermana menor que floreció para ser la hermosa y encantadora chica que Megan era.

—¿Le puedo ayudar? —pregunta.

No sé qué responder, en parte porque no puedo deshacerme del asombro de haber pensado que era Megan, y también porque Boone y yo nunca hablamos de qué haríamos o diríamos cuando llegáramos a la tienda. Por suerte, él responde por mí.

—Solo estamos viendo —dice acercándose a ella—. Vimos el alce en la entrada y decidimos entrar. Es una tienda muy bonita.

La chica mira alrededor, es obvio que no le impresionan los estantes y *souvenirs* que ve todos los días.

—Supongo —dice—. Mis padres se esfuerzan mucho.

Entonces, es la hermana de Megan. Me enorgullece haberlo adivinado, aunque el parecido es tan asombroso que la mayoría lo hubiera hecho.

—Apuesto a que los fines de semana venden mucho —dice Boone.

—A veces. Ha sido un buen otoño. Muchas personas vienen a ver las hojas de los árboles.

Advierto algo interesante mientras la chica habla. No mira a Bonne, que es a quien yo miraría si fuera ella. En su lugar, no deja de ver en mi dirección.

—¿Estás en Mixer? —pregunta Boone sacando su teléfono.

—No creo. ¿Qué es eso?

—Una aplicación. La gente publica un enlace a su negocio favorito para que sus amigos puedan verlo. —Abre su teléfono y se lo muestra—. Deberías estar aquí. Quizá sea una manera de atraer más clientes.

La chica mira el teléfono de Boone un segundo y luego voltea a verme otra vez. Es obvio que me reconoce, pero que no está segura de dónde. Me pasa con frecuencia. Solo espero que sea por mi trabajo en cine y televisión, y no por la prensa amarilla que llena los exhibidores de revistas a un paso de la caja registradora.

255

—Le preguntaré a mis padres —dice mirando de nuevo el teléfono de Boone.

—Es una aplicación excelente. El tipo que la inventó vive aquí cerca. Tiene una casa en el lago Greene.

Hasta ahora me preguntaba por qué Boone llevaba la conversación hacia Mixer. Pero cuando le da un golpecito a su teléfono otra vez y abre el perfil de Tom Royce, entiendo perfectamente qué está haciendo.

—Se llama Tom —continúa Boone mostrándole la fotografía—. ¿Nunca lo has visto entrar aquí?

La chica examina el teléfono de Boone.

—No sé. ¿Tal vez?

—No es fácil de olvidar —insiste Boone—. Quiero decir que no todos los días entra un millonario de la tecnología a tu tienda.

—Solo estoy aquí después de la escuela y los fines de semana —explica la chica.

—Deberías preguntarles a tus papás.

Asiente nerviosa y vuelve a mirarme, solo que esta vez creo que busca a alguien que la rescate de esta conversación. Se ve tan vulnerable —maldita juventud necesitada de protección— que me dan ganas de saltar el mostrador, abrazarla con fuerza y murmurar a su oído cuánto siento su pérdida. En su lugar, me acerco a la caja y hago a Boone a un lado.

—Tienes que disculpar a mi novio —digo, y la palabra escapa de mis labios antes de que pueda pensar una mejor alternativa—. Está tratando de distraerte de la verdadera razón por la que estamos aquí.

—¿Cuál es? —pregunta la chica.

Boone mete su teléfono al bolsillo.

—Yo también siento curiosidad por saberlo —dice.

Pasa un segundo para que pueda inventar una buena excusa por entrar a la tienda.

—Quería saber si hay buenas heladerías por aquí.

—Hillier —responde la chica—. Es la mejor.

No se equivoca. Len y yo fuimos varias veces a Hillier el verano pasado, una pequeña y pintoresca granja productora de lácteos a menos de un kilómetro. Comprábamos nuestros helados favoritos y nos los comíamos en la banca de madera que estaba al frente. Pistache en un cono para mí. Un vaso de helado de ron con pasas para él. No puedo recordar la última vez que estuvimos ahí, aunque sea algo que cualquiera quisiera recordar. El último helado que me comí con mi esposo antes de que muriera.

Observo a la hermana de Megan y me pregunto si tendrá el mismo problema. Que no sea capaz de recordar tantos últimos momentos porque estaba despreocupada e inconsciente de su carácter definitivo. Su última discusión de hermanas. El último helado. La última cena familiar y el último adiós.

Pensarlo me entristece, como me entristece preguntarme si Toni Burnett y Sue Ellen Stryker también tendrán hermanas que las extrañan y las lloran, y que en lo más profundo de su corazón desean, sin decirle a nadie, que alguien encuentren sus cuerpos para que puedan descansar en paz.

—Gracias —digo con una sonrisa que con toda probabilidad parece más triste que agradecida.

—Aunque no estoy segura de que estén abiertos todavía. No es temporada.

—¿Tú vendes helado?

La hermana de Megan señala la sección de comida congelada.

—Tenemos por galón, por cuarto y algunos conos individuales que son nuevos.

—Con eso tenemos.

Tomo a Boone por el codo y lo jalo hasta el refrigerador de helados. Mientras miramos nuestras opciones, se inclina y me murmura.

—Conque novio, ¿eh?

El calor empieza a subir por mis mejillas. Abro la puerta del refrigerador con la esperanza de que el aire helado las enfríe, y tomo una paleta roja, blanca y azul.

—Lo lamento. Fue todo lo que se me ocurrió en el momento.

—Interesante —dice Boone al tiempo que elige un cono cubierto de chocolate—. Para tu información, no tienes nada que lamentar. Pero sí creo que vamos a tener que seguir con el engaño hasta que salgamos de la tienda.

Me guiña un ojo y toma mi mano, y siento su palma caliente contra la mía. Es una sensación extraña tener algo tan frío en una mano, y en la otra, algo tan caliente, tan vivo. Cuando regresamos a la caja mi cuerpo no sabe si sudar o estremecerse.

La hermana de Megan marca los artículos en la caja registradora y Boone me suelta la mano el tiempo suficiente para sacar la cartera y pagar. Tan pronto como la cartera está de vuelta en el bolsillo trasero de su pantalón, vuelve a tomar mi mano. Lo sujeto y dejo que me guíe hacia la salida.

—Gracias por tu ayuda —dice Boone por encima del hombro a la hermana de Megan.

—Con gusto —responde—. Que tengan lindo día.

Antes de salir a la calle, echo un último vistazo a la chica que está en la caja. Apoya el codo en el mostrador y su cabeza descansa distraída sobre su mano. Aunque es posible que esté pensando en cualquier cosa, no puedo evitar pensar que en realidad observa más allá de las cosas, que su mirada está en algún lugar distante, desconocido, a donde su hermana tal vez huyó y está tranquila, esperando el momento adecuado para volver a casa.

Nos comemos el helado en la plataforma trasera de la pickup de Boone con las piernas colgando. En el momento en que la paleta toca mis labios, lamento haberla escogido. Es demasiado dulce y el sabor es muy artificial, y me deja la lengua de un rojo encendido.

—No sirvió de nada —digo bajando la paleta.

Boone muerde con fuerza helado en cono, y la cubierta de chocolate se quiebra con un crujido sonoro.

—Yo no lo veo así.

—Oíste lo que dijo. Tom Royce nunca vino a la tienda.

—Que ella sepa, pero no me sorprende. Si tenemos razón, Tom vino a la tienda cuando Megan trabajaba aquí, no su hermana. Es probable que lo hiciera varias veces. Entraba, platicaba con ella, coqueteaba, quizá la invitó a salir. Luego la mató.

—Suenas muy seguro.

—Porque lo estoy. Sigo teniendo el instinto de policía.

—¿Por qué renunciaste?

Boone me mira de reojo.

—¿Quién dice que renuncié?

—Tú —respondo—. Me dijiste que *fuiste* un policía, y supuse que querías decir que habías renunciado.

—O que me suspendieron sin paga por seis meses y que nunca regresé cuando se terminó la sanción.

—Ah, mierda.

—Creo que eso explica todo —dice Boone tras dar otra mordida al helado.

Miro mi paleta. Empieza a derretirse un poco. Las gotas color arcoíris caen en el suelo como sangre en una película de horror.

—¿Qué pasó? —pregunto.

—Unos meses después de la muerte de mi esposa yo estaba borracho mientras estaba en servicio —explica Boone—. Por supuesto, no es lo peor que puede hacer un policía, pero era algo malo. Sobre todo, cuando respondí a una llamada, un presunto robo. Resulta que solo fue un vecino que usó su llave de repuesto para tomar prestada la podadora del dueño. Pero eso yo no lo supe hasta después de que disparé, y como casi le doy al tipo, me suspendieron.

—¿Por eso decidiste dejar de beber?

Boone levanta la vista de su helado.

—¿No es razón suficiente?

Lo es, debí haberme dado cuenta antes de preguntar.

—Ahora que estás sobrio, ¿por qué no vuelves a ser policía?

—Ya no me llama la atención —dice Boone—. ¿Conoces el viejo dicho: «Genio y figura hasta la sepultura»? Es cierto. Sobre todo, cuando todas las personas a las que conoces tienen esas costumbres. Ser policía es estresante, cuando terminas un turno es necesario que te relajes: cervezas después del trabajo, tragos en las comidas de los fines de semana. Tenía que alejarme de todo eso. De lo contrario hubiera tenido a uno de esos diablitos de las caricaturas sentado siempre en mi hombro, murmurándome al oído que está bien, que solo es un trago y nada malo va a pasar. Sabía que no podía vivir así y por eso me alejé. Ahora salgo adelante haciendo trabajos aquí y allá y soy más feliz, aunque no lo creas. No fui feliz durante mucho tiempo. Tuve que pisar fondo para darme cuenta.

Chupo sin ganas mi paleta y me pregunto si yo ya toqué fondo o si todavía me falta para caer. O peor, considero la posibilidad de que el despido de *Una sombra de duda* fue el fondo y ahora estoy en algún lugar incluso por debajo, hundida en un subnivel del que nunca podré resurgir.

—Tal vez todo hubiera sido diferente si hubiéramos tenido hijos —continúa Boone—. Es probable que no me hubiera puesto a beber tanto después de la muerte de mi esposa. Tener a alguien a quien cuidar te obliga a ser menos egoísta. Nosotros queríamos tener hijos, y lo intentamos. Sencillamente nunca sucedió.

—Len y yo nunca hablamos de eso —digo.

Es cierto, pero sospecho que él quería hijos, y que era parte de su plan de vivir tiempo completo en la casa del lago. También sospecho que sabía que yo no quería, sobre todo porque yo no quería causar a alguien el mismo tipo de daño psicológico que mi madre me provocó a mí.

Al final fue lo mejor. Me gustaría que pensar que si hubiera habido un niño en el panorama hubiera tenido todo bajo control después de la muerte de Len, pero lo dudo. Quizá no me hubiera venido abajo tan rápido y de manera tan espectacular. Hubiera sido una caída en picada lenta y larga en lugar de mi implosión en público. De cualquier forma, presiento que hubiera acabado exactamente igual a como estoy ahora.

—¿Extrañas eso? —pregunto.

Boone muerde su helado para retrasar su respuesta. Sabe que ya no estoy hablando de ser policía.

—Ya no —dice al final—. Al principio sí, mucho. ¡Uf!, esos primeros meses son muy difíciles. Es lo único en lo que puedes pensar. Pero luego pasa un día, una semana, un mes, y empiezas a extrañarlo cada vez menos. Muy pronto ni siquiera piensas en eso porque estás demasiado distraído con la vida que pudiste vivir todo ese tiempo y no lo hiciste.

—No creo que sea tan fácil.

Boone baja su helado y me mira de frente.

—¿En serio? Lo estás haciendo ahora. ¿Cuándo fue la última vez que tomaste un trago?

Me sorprende tener que pensarlo, y no porque haya bebido tanto que lo haya olvidado. Al principio estoy segura de que hoy sí bebí algo, pero luego me doy cuenta de que lo último que bebí fue una dosis doble de bourbon anoche, antes de buscar a Tom y a Katherine Royce en Google, en mi laptop.

—Anoche —respondo y, de pronto, tengo una violenta urgencia de tomar un trago.

Chupo la paleta, esperando que eso apague mi sed. No lo hace, es muy empalagosa y no tiene ese efecto tan necesario. La versión paleta helada de una Shirley Temple.

Boone se da cuenta de mi desagrado evidente. Me extiende su helado a medio comer y dice:

—Parece que la tuya no te gusta. ¿Quieres probar el mío?

—Estoy bien —respondo negando con la cabeza.

—No me importa. Estoy seguro de que no tienes piojos.

Me inclino hacia él y le doy una mordidita a un lado, mitad helado, mitad cono.

—Estos me encantaban cuando era niña —digo.

—A mí también. —Boone me mira de nuevo—. Tienes helado en la cara.

Me toco los labios, buscándolo.

—¿Dónde? ¿Aquí?

—Del otro lado —dice con un suspiro—. Espera, déjame limpiarlo.

Boone toca la comisura de mi boca con el dedo índice y lo desliza lentamente sobre la curva del labio inferior.

—Listo —anuncia.

Al menos eso es lo que creo que dice. Mi corazón late con tal fuerza que retumba en mis oídos y no puedo estar segura. Aunque todo sucede muy rápido, sé que esta fue una jugada de Boone, sutil, pero una jugada, mucho más calculada que la honestidad tímida de Len aquel día en el aeropuerto.

«¿Me puedes dar el primer beso?».

En ese momento estaba dispuesta a entrar en el juego. Ahora no tanto, no todavía.

—Gracias —digo alejándome unos centímetros para poner distancia entre nosotros—. Y gracias por lo que hiciste esta mañana, por distraer a Tom el tiempo suficiente para que yo pudiera salir de la casa.

—No fue nada.

—Y gracias por no decírselo a Wilma. Imagino que querías hacerlo. Ustedes dos parecen ser muy cercanos.

—Sí, lo somos.

—¿Trabajaron juntos?

—Sí, pero a Wilma la conozco desde mucho antes —explica Boone—. Fuimos juntos a la escuela, tanto en la preparatoria como en la academia de policía. Ella me ha ayudado mucho todos estos años. Fue una de las primeras personas que me convenció para que dejara de beber. Hizo que me diera cuenta de que lastimaba a otras personas, no solo a mí mismo. Y ahora que estoy sobrio, sigue cuidándome. Ella me presentó a los Mitchell. Sabía que ellos necesitaban hacer algunos trabajos en su casa y que yo necesitaba un lugar donde quedarme unos meses. Así que la puedes culpar a ella por endilgarte a este vecino.

Se mete a la boca el último trozo del cono del helado y mira mi paleta, que ahora está demasiado derretida como para que la pueda seguir comiendo.

—¿Ya acabaste con eso? —pregunta.

—Supongo que sí.

Bajo de un salto de la caja de la pickup y Boone cierra la puerta. Tiro mi paleta a medio comer en un basurero cercano y regreso al coche. Mientras abrocho el cinturón de seguridad, un pensamiento me asalta: Boone y yo no somos los únicos que estamos con Tom en el lago. Él también tiene un vecino que, hasta donde sé, no tiene idea de nada de esto.

—¿Crees que deberíamos decirle a Eli? —pregunto.

—¿De Tom?

—Vive junto a él. Merece saber qué está pasando.

—No creo que tengas que preocuparte —dice Boone—. Eli sabe cuidarse. Además, Tom no está tomando a hombres de setenta años como presa. Entre menos sepa Eli, mejor.

Enciende el motor y sale del estacionamiento. En el espejo lateral alcanzo a ver de reojo un Toyota Camry maltratado que está estacionado sobre la grava detrás de la tienda. Al verlo me pregunto si será ese el coche de Megan Keene y que ahora conduce su hermana.

Y si cada vez que se sube al volante la inunda el dolor.

Y cuánto tiempo estuvo ahí estacionado el coche antes de que los padres de Megan se dieran cuenta de que algo estaba mal.

Y si, cuando lo ven ahora ahí, piensan durante un momento breve y cruel que ha regresado su hija desaparecida desde hace tanto tiempo.

Esos pensamientos siguen dando vueltas en mi cabeza mucho tiempo después de que tanto el coche como la tienda detrás de la cual está estacionado se han perdido de vista, y desearía ser como Eli y no saber nada de lo que está pasando.

Pero ya es demasiado tarde para eso.

Ahora tengo miedo de saber demasiado.

En lugar de tomar el camino que lleva a nuestras respectivas casas, Boone maneja un poco más y toma el que llega al otro lado del lago. No me explica por qué, aunque no necesita hacerlo. Sé que al rodear todo el lago pasaremos frente a la casa de los Royce para ver si Tom sigue ahí.

Resulta que sí está.

Y no está solo.

Cuando podemos ver la entrada del garaje de la casa, vemos que el coche de Wilma Anson está estacionado cerca del pórtico a un lado, y que bloquea por completo el Bentley de Tom. Ambos están afuera y parece que platican de forma amigable.

Bueno, tan amigable como puede ser la detective Anson. No sonríe cuando habla, pero tampoco parece muy preocupada de estar conversando con un hombre del que sospecha es un asesino en serie.

Por su parte, Tom es todo encanto. Se ve cómodo, de pie en el jardín delantero, y lanza una risita por algo que Wilma acaba de decir. Sus ojos brillan y detrás de sus labios entreabiertos destellan los dientes blancos.

Todo es una actuación.

Lo sé porque cuando Boone y yo pasamos enfrente en la camioneta, Tom me mira con una frialdad que podría congelar la paleta helada que acabo de tirar en el bote de basura del estacionamiento. Trato de apartar la vista, de ver a Boone, el camino enfrente y el pedazo de lago que se asoma entre los árboles, pero no puedo. Paralizada por la mirada de Tom, no me queda más que aguantarla mientras me sigue cuando pasa la camioneta.

Su cabeza gira lentamente.

Sus ojos están fijos en mí.

La sonrisa que esbozaba tan solo unos segundos antes ha desaparecido por completo.

Cuando Boone me deja en la casa del lago se hace un silencio incómodo durante unos segundos, mientras espera que lo invite a pasar y yo trato de decidir si eso es lo que quiero. Cada conversación o interacción nos acerca un poco más, como dos adolescentes tímidos que están sentados en la misma banca y se deslizan uno hacia otro inexorablemente. En este momento, quizá no sea lo mejor para ninguno de los dos.

Con Morris, el tramoyista de *Una sombra de duda*, amigo de copas y de sexo, jamás tuve estas dudas. Los dos teníamos la misma idea: emborracharnos y acostarnos.

Pero Boone no es Morris. Para empezar, está sobrio e igual de dañado que yo. En cuanto a lo que desea, supongo (y espero), que implique que su cuerpo desnudo se entrelace con el mío. Pero ¿para qué? Esa es la pregunta que se graba en mi cabeza como canción de Taylor Swift. No saber qué pretende me hace estar poco dispuesta a jugar el juego.

Además, sí necesito un trago.

La sed que sentí de inmediato cuando me recordó que no había bebido en todo el día no se ha esfumado. Por supuesto, disminuyó un poco cuando Boone pasó el dedo por mi labio inferior y cuando Tom me miró fijamente al pasar frente a su casa. Sin embargo, ahora es una comezón que necesito rascar y no puedo hacerlo mientras Boone esté aquí.

—Buenas noches —digo en un volumen mucho más alto que el acostumbrado para que pueda escucharme sobre el motor en marcha de la camioneta—. Gracias por el helado.

Boone responde con un parpadeo digno de un meme, como si le sorprendiera el rechazo. Por el aspecto que tiene, sospecho que eso no le sucede a menudo.

—No hay problema —responde—. Que tengas buena noche, supongo.

Salgo de la camioneta y entro a mi casa. El crepúsculo domina todo el valle y hace que el interior de la casa del lago sea oscuro y gris. Paso de una habitación a otra y enciendo las luces para ahuyentar las sombras. Cuando llego al comedor, me dirijo de inmediato al gabinete para licores y saco la primera botella a mi alcance.

Bourbon.

Pero al abrir la botella, algo que Boone me dijo me impide llevármela a los labios.

«Lastimaba a otras personas, no solo a mí mismo».

¿Estoy lastimando a otras personas con mi manera de beber?

Sí. No hay duda de ello. Lastimo a Marnie. Lastimo a mis amigos y colegas. Siento escalofríos al pensar lo jodidamente grosera que fui con el elenco y el equipo de *Una sombra de duda*. Llegar borracha fue el máximo signo de falta de respeto por su duro trabajo y preparación. Ni uno solo de ellos me defendió cuando me despidieron, y no puedo culparlos.

En cuanto a mi madre, sin ninguna duda bebo para lastimarla, aunque ella insiste en que lo hago solo para castigarme. No es verdad. Si quisiera ser castigada, me negaría una de las pocas cosas que me brindan placer.

Y me gusta beber.

Mucho.

Me gusta cómo me siento después de tres o cuatro vasos. Ligera, como si flotara. Una medusa a la deriva en un mar tranquilo. Aunque sé que no durará, que en algunas horas voy a tener la boca seca, dolor de cabeza y voy a vomitar todo, esa liviandad temporal vale la pena.

Pero nada de eso es razón para no haber estado sobria ni un solo día en los últimos nueve meses.

No bebo para lastimar, para castigar ni para sentirme bien.

Bebo para olvidar.

Por eso inclino la botella y la llevo hasta mis labios resecos y partidos. Cuando el bourbon cae en mi lengua y baja por la garganta, toda la tensión en mi mente y en los músculos se alivia de inmediato. Me relajo como el botón de una flor que se abre en todo su esplendor.

Mucho, mucho mejor.

Le doy otros dos tragos a la botella y luego lleno un vaso en las rocas, sin las rocas, y salgo al porche con él. El ocaso hace que el lago se vea gris mercurio, y una ligera brisa sopla sobre las ondulaciones de la superficie. Al otro lado del lago, la casa de los Royce permanece en la oscuridad. Los ventanales reflejan el movimiento del agua y parece que es la casa la que ondula.

La ilusión óptica me lastima los ojos. Los cierro y tomo unos tragos a ciegas.

Así permanezco Dios sabe por cuánto tiempo. ¿Minutos? ¿Media hora? No sé porque en realidad no me importa. Me basta con estar ahí sentada en la mecedora, con los ojos cerrados mientras la calidez del bourbon contrarresta el frío de la brisa nocturna.

El viento empieza a arreciar lo suficiente como para hacer que el lago se ponga turbulento. Es Trish, que anuncia su llegada inminente. El agua fluye hacia la costa y golpea el muro de contención que está más allá del porche. El sonido es inquietante, como si alguien pisara fuerte en el agua, y no puedo evitar imaginar los cadáveres carcomidos por los peces de Megan Keene, Toni Burnett y Sue Ellen Stryker, que surgen de las profundidades para llegar a la orilla.

Es peor cuando imagino a Katherine haciendo lo mismo.

Y mucho peor cuando pienso también en Len, una imagen mental tan poderosa que juro que puedo sentir su presencia. No importa que, a diferencia de las otras, encontraron su cuerpo y lo cremaron, y que sus cenizas se hayan esparcido en este mismo lago. Sigo pensando que está aquí, a unos metros de la costa, parado en la oscuridad conforme el agua lame sus rodillas.

«Sí sabes que el lago está encantado, ¿verdad?».

No, Marnie, no lo está.

Sin embargo, los recuerdos son otra cosa. Están llenos de fantasmas.

Bebo más para ahuyentarlos.

Dos (o tres) vasos de bourbon después los fantasmas se han ido, pero yo sigo aquí, más que mareada y deslizándome inexorablemente en la completa embriaguez. Tom también está aquí, a salvo en su casa que ahora brilla como una hoguera.

Tal parece que Wilma no quiso llevárselo para interrogarlo más, o Tom, de alguna manera, le dijo suficientes mentiras para que no lo hiciera, por el momento. De cualquier forma, no es buena señal. Katherine sigue desaparecida y Tom anda libre como si nada estuviera mal.

Con los binoculares en las manos, que me hormiguean y tiemblan por tanto bourbon, lo veo por la ventana de la cocina. Está de pie frente a la estufa, con un trapo sobre el hombro como si fuera un chef profesional y no solo un millonario mimado que tiene problemas para calentar la sopa. Otra botella de vino de cinco mil dólares está sobre la barra. Se sirve en una copa, le da un sorbo y chasquea la lengua. Ver a Tom tan tranquilo, cuando se desconoce el paradero de su esposa, me hace buscar mi vaso y vaciarlo.

Cuando me paro para entrar a la casa a servirme otro, el porche, el lago y la casa de los Royce empiezan a inclinarse como el *Titanic*. Bajo mis pies siento que el piso se mueve como si estuviera en una estúpida película de alguna catástrofe mundial que Len hubiera escrito. En lugar de regresar a la cocina caminando, lo hago tambaleándome.

Okey, entonces no estoy a un paso de la embriaguez.

Ya llegué.

Esto significa que otro trago no me va a hacer daño, ¿cierto?

Cierto.

Vierto más bourbon en el vaso y vuelvo a salir, avanzando con precaución. Lentamente, un pie frente al otro como si caminara sobre la cuerda floja. Muy pronto llego a la mecedora, me desplomo en ella y comienzo a reír. Después de otro trago de bourbon cambio el vaso por los binoculares y espío de nuevo la casa de los Royce, concentrándome en la cocina.

Tom ya no está ahí, aunque ahí sigue la sopa. La cacerola está sobre la barra, junto al vino, unas volutas de vapor forman espirales en el aire.

Mi mirada se desliza hasta el comedor, también vacío, y luego a la enorme sala. Tom tampoco está ahí.

Subo los binoculares, siguiendo con la mirada el mismo camino que hice en persona esa mañana.

La sala de ejercicios, vacía.

La recámara principal, vacía.

La oficina, vacía.

Un pensamiento inquietante se asoma en mi embriaguez: ¿y si de pronto Tom se diera a la huida? Quizá su conversación con Wilma Anson lo asustó, o tal vez ella lo llamó justo cuando se iba a tomar la sopa para pedirle que fuera a la comisaría para un interrogatorio formal y eso hizo que saliera corriendo a buscar sus llaves. Es por completo posible que en este mismo segundo se esté alejando en su coche, directo a la frontera canadiense.

Paso los binoculares del primer piso hacia un lado de la casa, en busca del Bentley. Sigue ahí, estacionado debajo del pórtico.

Cuando vuelvo a mirar hacia la casa, y paso por el patio trasero cubierto de hojas muertas y por los árboles pelones en la orilla del lago de los cuales se cayeron, advierto algo en el muelle.

Una persona.

Pero no cualquier persona.

Tom.

Está parado al final del muelle, tan erguido como una viga de acero. En sus manos tiene un par de binoculares dirigidos a este lado del lago.

A mí.

Me agacho para esconderme detrás del barandal del porche, aunque incluso en mi estado de embriaguez sé que es completamente ridículo. Primero, es un barandal, no una pared de ladrillos. Sigo estando visible entre los tablones blancos. En segundo lugar, Tom me vio. Sabe, igual que Katherine lo supo, que los he estado espiando.

Ahora él también me está espiando. Aunque bajé los binoculares aún puedo verlo, una figura envuelta en la noche al borde del muelle. Permanece así otro minuto hasta que, de pronto, da media vuelta y regresa por el muelle.

Hasta que Tom cruza el patio y regresa al interior de la casa me arriesgo a ver otra vez por los binoculares. Adentro, lo veo pasar por el comedor hasta la cocina, donde hace una escala para tomar algo de la barra. Luego vuelve a ponerse en movimiento y sale por la puerta lateral de la cocina.

Se mete en el Bentley. Dos segundos más tarde, los faros se encienden, dos haces de luz que se disparan directo sobre el lago.

Cuando Tom se echa en reversa para salir del pórtico, primero pienso que por fin está huyendo. Sabe que lo vigilo y decidió escapar, quizá para siempre. Saco el teléfono de mi bolsillo, lista para llamar a Wilma Anson y advertirla. El teléfono se me escapa de la mano como si fuera una rana que salta de mis dedos entumecidos por el bourbon. Trato de recogerlo, se me vuelve a escapar y veo con impotencia cómo golpea el porche, se desliza bajo el barandal y cae a la hierba más abajo.

Al otro lado del lago, el Bentley ya llegó al final del camino del garaje. Gira a la derecha, hacia el camino que rodea el lago. Cuando lo veo tengo otro pensamiento que me baja a la realidad. Si Tom estuviera huyendo hubiera girado a la izquierda, hacia el camino principal. Pero está conduciendo en sentido opuesto, alrededor del lago. Directo hacia mí.

Aún de rodillas sobre el porche, veo que los faros del Bentley se abren camino entre la oscuridad y marcan su avance más allá de la casa de Eli, luego se pierden de vista cuando llegan a la curva norte del lago.

Por último, me empiezo a mover.

Me tambaleo hasta la casa.

Cierro de golpe las puertas francesas detrás de mí.

Trato de poner el cerrojo con torpeza porque estoy borracha y asustada y nunca antes tuve que hacerlo. La mayoría de las noches no hay razón para cerrar con llave ninguna de las puertas.

Esta noche sí la tengo.

Dentro de la casa, paso de una habitación a otra para apagar todas las luces que había prendido antes.

Comedor y cocina. Sala y estudio. Biblioteca y recibidor.

Muy pronto, toda la casa está a oscuras, como estaba cuando llegué. Corro un poco la cortina de la pequeña ventana que está junto a la puerta principal y echo un vistazo afuera. Tom ya llegó a este lado del lago y viene en mi dirección. Veo primero los faros que surcan la oscuridad y abren un camino para el Bentley, que se acerca con lentitud a la casa.

Mi tonta esperanza es que, aunque sabe que estoy aquí, Tom verá que todo está a oscuras y seguirá su camino.

No lo hace.

A pesar de que todo está apagado, Tom mete el coche a la entrada del garaje. Los faros brillan a través de los cristales biselados de las ventanas de la puerta de enfrente y arrojan un brillo rectangular en la pared del recibidor. Me agacho para salir de su alcance, gateo hasta la puerta y pongo el seguro.

Entonces espero.

Encorvada en el piso.

Con la espalda recargada contra la puerta.

Escuchando cómo Tom se baja del coche, pisa la grava hacia la casa y sube las escaleras del porche.

Cuando golpea la puerta se me ponen los pelos de punta. Me llevo ambas manos a la boca y a la nariz, rezando para que no pueda escuchar mi respiración.

—¡Sé que estás ahí, Casey! —La voz de Tom es como el estallido de un cañón. Estruendosa, enojada—. Y sé que te metiste a mi casa. Olvidaste cerrar con llave la puerta de enfrente cuando te fuiste.

Me estremezco por mi estupidez. Aunque tuve que irme de prisa, debí poner el seguro de la puerta antes de cerrarla. Pequeños detalles como ese pueden delatarte cuando tienes algo que esconder.

—Quizá debí decirle a tu amiga la detective sobre eso, en lugar de responder todas sus preguntas. ¿Qué he estado haciendo? ¿He tenido noticias de mi esposa? ¿Dónde me he quedado cada verano los últimos dos años? Sé que tú la enviaste, Casey. Sé que me espías.

Hace una pausa, tal vez esperando que yo le responda de alguna manera, aunque sea para negar lo que claramente es verdad. Permanezco en silencio, respiro de manera entrecortada, agitada entre mis dedos entrelazados, y me preocupa qué vaya a hacer Tom ahora. El brillo de los faros a través de los paneles de vidrio de la puerta son un recordatorio inoportuno de todas las formas en las que esta casa es vulnerable. Si quisiera, Tom podría entrar sin problema. Romper una ventana o empujar con fuerza una de las puertas sería suficiente.

Pero vuelve a golpear la puerta, tan fuerte que en verdad creo que va a romperla. Entre mis manos ahuecadas se escapan gemidos sobresaltados. Las presiono con más fuerza contra mi boca, pero no importa, el sonido sale y Tom lo escuchó.

Cuando vuelve a hablar, su boca está contra la cerradura y su voz me susurra al oído.

—Deberías ocuparte de tus propios asuntos, Casey. Y deberías aprender a mantener la boca cerrada, porque lo que sea que pienses que está pasando, te equivocas en todo. No tienes idea de lo que sucede. Joder, solo déjanos en paz.

Me quedo acurrucada contra la puerta cuando Tom se va. Escucho sus pisadas que se alejan de la casa, la puerta del coche que se abre y se cierra. Los faros en la pared del recibidor se atenúan y escucho el rugir del coche que se aleja en la noche de octubre.

Pero no me muevo, agobiada por la preocupación.

De que Tom regrese en cualquier momento.

De que, si lo hace, de pronto desapareceré como Katherine.

Demasiado aterrada y exhausta y, seamos honestos, demasiado borracha para moverme. Cierro los ojos y escucho el reloj de pie en el comedor que marca los segundos en mi cabeza. El sonido se apaga, como mis pensamientos, como mi conciencia.

Apenas me doy cuenta cuando vuelven a tocar a la puerta. Parece distante y un poco irreal, como un ruido cuando sueñas despierto, o el sonido de la televisión que dejas prendida mientras duermes.

Está acompañado de una voz.

Quizá.

—¿Casey? —Un silencio—. ¿Estás ahí?

Mascullo algo, creo que digo «no».

La voz al otro lado de la puerta continúa.

—Vi el coche de Tom y me preocupó que viniera a verte. ¿Estás bien?

Digo «no» otra vez, aunque ahora no estoy segura de si digo la palabra en voz alta o solo la pienso. Mi conciencia se evapora de nuevo. Más allá de mis párpados cerrados, el recibidor gira como el juego de las tazas en un parque de diversiones y yo me muevo con él en espiral hacia un pozo negro de nada.

Antes de llegar a él me doy cuenta de dos cosas. La primera es un sonido que viene de abajo, del sótano al que me niego a entrar. La segunda es la sensación helada de que ya no estoy sola, de que alguien está adentro de la casa conmigo.

Escucho una puerta que se abre.

Unos pasos se acercan a mí.

Hay otra persona en el recibidor.

El asombro me saca un segundo de mi estado de embria-guez, mis ojos se abren de pronto y veo a Boone parado frente a mí, con la cabeza inclinada por curiosidad o lástima.

Vuelvo a cerrar los ojos mientras él me ayuda a ponerme de pie y, por fin, me desmayo.

Despierto con dolor de cabeza y el estómago revuelto en una cama en la que no recuerdo haberme acostado. Cuando abro los ojos, la luz que entra por las altas ventanas me hace entrecerrarlos, aunque el cielo matinal es gris pizarra. A través de mi mirada de párpados pesados veo la hora, 9:15, y un vaso casi lleno de agua en el buró. Tomo varios tragos ávidos antes de desplomarme en la cama. Me extiendo en la cama con las sábanas enredadas en las piernas, me cuesta trabajo recordar la noche anterior.

Recuerdo que bebí en el porche y que me escondí como estúpida detrás del barandal cuando me di cuenta de que Tom me estaba observando.

Me acuerdo de Tom en la puerta, que gritaba y golpeaba, aunque casi todo lo que dijo está perdido en una nube de bourbon. Como todo lo que pasó después, y por eso me asombra percibir el aroma de algo que se cocina abajo.

Alguien más está aquí.

Me levanto de un salto de la cama y por accidente pateo un bote de basura que dejaron a un lado, salgo a trompicones de la habitación, mi cuerpo está agarrotado y adolorido. En el pasillo, los olores a comida son más fuertes, más reconocibles. Café y tocino. Desde la parte más alta de las escaleras le grito a quienquiera que esté en la cocina.

—¿Hola? —digo con la voz ronca por la incertidumbre y la terrible cruda.

—Buenos días, dormilona. Pensé que nunca despertarías.

La voz de Boone me trae otro recuerdo. Él llegó a la puerta poco después de que Tom se hubiera ido, yo traté de responder, pero no estoy segura de haberlo hecho, luego él estaba adentro, aunque estoy absolutamente segura de que nunca abrí la puerta.

—¿Te quedaste aquí toda la noche?

—Por supuesto —responde Boone.

Su respuesta solo motiva más preguntas. ¿Cómo? ¿Por qué? ¿Qué hicimos toda la noche? Pero cuando veo que sigo con los mismos jeans y la sudadera que llevaba ayer, pienso que no hicimos nada.

—Yo… mmm… ahora bajo —digo, y regreso corriendo a la recámara.

Me miro en el espejo que está sobre la cómoda. El reflejo que me mira de vuelta es alarmante. Con los ojos rojos y el cabello revuelto parezco una mujer que sigue tambaleándose por haber bebido demasiado la noche anterior, que es exactamente lo que soy.

Los siguientes cinco minutos los paso tropezándome en el baño. Establezco lo que de seguro es un récord por el baño más rápido del mundo, seguido por el necesario lavado de dientes y cabello. Hago gárgaras con el enjuague bucal y me pongo un par de jeans y una sudadera menos apestosos. Me veo presentable.

Casi.

La ventaja de esa ráfaga de actividad es que me hace olvidar lo verdaderamente cruda que estoy. La desventaja es que tan pronto como trato de bajar la escalera todo eso regresa como un aluvión. Miro la escarpada pendiente de las escaleras y me mareo tanto que creo que voy a vomitar. Respiro profundo hasta que la sensación pasa y bajo las escaleras despacio, con una mano sobre el barandal y otra contra la pared, toco cada escalón con ambos pies.

Al pie de la escalera, respiro profundamente unas veces más antes de ir a la cocina. Boone está frente a la estufa, haciendo hotcakes, y parece un chef famoso y sexy con jeans ajustados, una camiseta más ajustada y un delantal que literalmente dice «Besa al cocinero». Lo sorprendo justo cuando está lanzando el hotcake en el aire para darle la vuelta. Con un movimiento rápido de muñeca, el panecillo salta de la sartén y gira como gimnasta para volver a caer en su lugar.

—Siéntate —dice—. El desayuno ya casi está listo.

Se aleja de la estufa para darme una taza humeante de café. Agradecida, tomo un sorbo y me siento en la barra de la cocina. A pesar de mi horrible dolor de cabeza y de no saber nada de la noche anterior, la situación es acogedora y me hace sentir tanto alivio como una buena cantidad de culpa. Esta es exactamente la manera en la que Len y yo pasábamos las mañanas de los fines de semana aquí: yo saboreaba un café mientras él preparaba el desayuno con el mismo delantal que ahora usa Boone. Hacer lo mismo con alguien más me hace sentir que lo engaño, y eso me sorprende. Nunca experimenté esa culpa cuando me acostaba con el tramoyista de *Una sombra de duda*. Supongo que se debía a que, en ese caso, sabía de qué se trataba. No tengo idea de lo que sea esto.

Boone pone sobre la mesa un plato con hotcakes y tocino al lado, y siento una punzada dolorosa en el estómago.

—La verdad es que no tengo hambre —digo.

Se sienta a la mesa con su propio plato lleno de comida.

—Comer te hará bien. Hay que alimentar la cruda y matar de hambre la fiebre. ¿No dice así el dicho?

—No.

—Pero algo así —dice al tiempo que pone sobre sus hotcakes dos trozos de mantequilla—. Ahora come.

Le doy un mordisquito al tocino, nerviosa de que las náuseas puedan enviarme corriendo al baño. Para mi sorpresa, me hace sentir mejor. Lo mismo me pasa con un trozo de hotcake. Muy pronto estoy devorando la comida y la hago pasar con más café.

—Debimos comprar miel de maple ayer en la tienda —dice Boone, como si desayunáramos juntos todos los días.

Bajo el tenedor al plato.

—¿Podemos hablar de anoche?

—Claro. Si lo recuerdas.

Boone toma de inmediato un trago de café como si eso suavizara de alguna forma el juicio en su tono de voz. Yo finjo ignorarlo.

—Esperaba que tú pudieras llenar un poco las lagunas.

—Estaba a punto de irme a acostar cuando vi que el Bentley de Tom se acercaba a la casa —explica Boone—. Puesto que no tiene ninguna razón para venir a este lado del lago, supuse que venía a vernos a uno de los dos, y como no se paró en mi casa, imaginé que iba a verte. Pensé que eso no era bueno.

—Me sorprendió espiando su casa —dije—. Al parecer, compró sus propios binoculares cuando fue a la ferretería.

—¿Estaba enojado?

—Lo que le sigue.

—¿Qué pasó cuando estuvo aquí?

Me como dos bocados más de hotcake, le doy un largo trago a mi café y trato de recordar la visita de Tom en la neblina de mi memoria. Algunos recuerdos se aclaran en el momento en que lo necesito.

—Apagué todas las luces y me escondí junto a la puerta —explico, recordando la sensación de la puerta contra mi espalda mientras se agitaba por los golpes que le daba Tom—. Pero él sabía que estaba ahí, y gritó algunas cosas.

Bonne levanta la vista de su plato.

—¿Qué cosas?

—Esa parte es la que ya no tengo clara. Creo recordar lo que dijo en general, pero no sus palabras exactas.

—Entonces, parafrasea.

—Dijo que sabía que lo espiaba y que fui yo quien le dijo a Wilma sobre Katherine. Ah, y que sabía que había entrado en su casa.

—¿Te amenazó? —pregunta Boone.

—No exactamente. Quiero decir, sí me dio miedo, pero no hizo ninguna amenaza. Solo me dijo que lo dejara en paz y se fue. Luego tú llegaste a la puerta.

Me callo para indicar que no recuerdo nada más y que espero que él pueda decirme el resto. Lo hace, aunque parece un poco molesto por tener que recordarme algo que debería recordar sola si hubiera estado sobria.

—Después de que toqué la puerta escuché que estabas adentro —dice—. Mascullabas algo y parecías confundida. Pensé que estabas herida, no...

Boone deja de hablar, como si la palabra «borracha» fuera contagiosa y él fuera a beber de nuevo si se atrevía a pronunciarla.

—Entraste para ver cómo estaba —digo, al recordar su figura entre las sombras, sobre mí.

—Sí.

—¿Cómo?

—Por la planta baja.

Boone se refiere a la puerta del sótano. Esa que está pintada de azul deslavado y que rechina todo el tiempo, y que da directamente al jardín de atrás, debajo del porche. No sabía que no tenía el cerrojo porque no había bajado ahí desde la mañana que desperté y Len había desaparecido.

—Por cierto, encontré tu teléfono allá abajo —agrega señalando a la mesa del comedor, donde lo puso.

—Luego, ¿qué paso?

—Te cargué y te llevé a la cama.

—¿Y?

—Te hice beber un poco de agua, puse un bote de basura junto a la cama en caso de que quisieras vomitar y te dejé para que pudieras dormir.

—¿Dónde dormiste?

288

—En la recámara al final del pasillo —dice Boone—. La que tiene las camas gemelas y el techo inclinado.

Mi recámara de infancia, la que compartía con Marnie. Imagino que ella estaría tanto divertida como avergonzada por la noche tan desapasionada que pasé con el sexi expoli de la casa de junto.

—Gracias —digo—. No tenías que molestarte con todo eso.

—Tomando en cuenta el estado en el que te encontrabas, creo que sí.

No digo nada después de esas palabras, pues sé que no tiene caso dar excusas por intoxicarme de esa manera en tan poco tiempo. Me concentro en terminar mi desayuno y me sorprendo cuando mi plato queda vacío. Cuando también termino mi taza de café, me levanto para servirme más.

—Tal vez deberíamos llamar a Wilma y contarle lo que pasó —propone Boone.

—No pasó nada —objeto—. Además, tendríamos que dar muchas explicaciones.

Si le decimos a Wilma Anson que Tom vino a mi casa, también tenemos que explicarle por qué. Y no tengo muchas ganas de admitir a una agente de la policía estatal que entré de manera ilegal en la casa de alguien. Quiero que Tom vaya a la cárcel, no yo.

—Está bien —accede Boone—. Pero no creas ni un segundo que te voy a dejar aquí sola mientras él siga por aquí.

—¿Sigue por aquí?

—Su coche está ahí —dice Boone haciendo un gesto con la cabeza hacia las puertas francesas y la vista hacia la costa opuesta—. Supongo que significa que sigue ahí.

Miro hacia las puertas y al otro lado del lago, y me parece curioso que Tom no haya tratado de huir. Cuando le menciono esto a Boone, responde:

—Porque lo haría parecer culpable. Y en este momento está seguro de que la policía no puede culparlo de nada.

—Pero no puede mantener esta farsa para siempre —digo—. Alguien más se va a dar cuenta de que Katherine está desaparecida.

Voy al comedor y tomo mi teléfono, que está dañado por la caída desde el porche. La esquina inferior izquierda está abollada y tiene una grieta en forma de relámpago que va de un lado al otro. Pero sigue funcionando, que es lo único que importa.

Entro a la página de Instagram de Katherine, que no ha cambiado desde la mañana en que desapareció. No es posible que yo sea la única en darse cuenta de que la fotografía de esa cocina prístina no la publicó Katherine. Sin duda otras personas, sobre todo quienes la conocen mejor que yo, se darán cuenta de que el mes en el calendario no es el correcto y de que Tom se refleja en la tetera.

De hecho, es posible que alguien ya lo haya advertido.

Cierro Instagram y voy a las fotografías que están almacenadas en mi teléfono. Boone me observa desde la barra de la cocina, con la taza de café en los labios, pero sin beber.

—¿Qué haces?

—Cuando buscaba en la casa de Tom y Katherine, encontré su teléfono.

—Lo sé —responde—. Eso sería una excelente evidencia de no ser porque, ya sabes, se obtuvo de manera ilegal.

Noto su sarcasmo, pero estoy demasiado ocupada en ver las fotos como para que me importe. Paso la imagen del artículo de Harvey Brewer, granulosa en la pantalla de la laptop, las fotos de los balances financieros de Katherine y los datos trimestrales de Mixer.

—Mientras estaba ahí, alguien llamó a Katherine —continúo al tiempo que llego a las imágenes que tomé en la recámara principal—. Tomé una foto del número de teléfono que apareció en la pantalla.

—Y eso nos va a ayudar, ¿cómo?

—Si llamamos y alguien está preocupado por Katherine, sobre todo si es un miembro de su familia, quizá sea suficiente para que Wilma y la policía estatal la declaren desaparecida e interroguen a Tom de forma oficial.

Busco entre las fotografías en mi teléfono. Los anillos de Katherine, su ropa y, por último, su teléfono, tanto vacío como iluminado por la llamada entrante.

Miro la pantalla dentro de mi pantalla. Es una sensación extraña, como si mirara una fotografía dentro de una fotografía.

No hay ningún nombre. Solo un número, lo cual me hace pensar que probablemente es alguien a quien Katherine no conoce bien, o que ni siquiera conoce. Existe la posibilidad real de que sea un vendedor o un conocido muy lejano, o simplemente un número equivocado. Recuerdo que mi propio número apareció en la pantalla cuando llamé para confirmar que ese era el teléfono de Katherine. Aunque esos diez dígitos dejaban claro que no me había guardado en sus contactos, no me preocupa menos dónde podría estar o qué pudo haberle pasado. Quizá es lo mismo con esta persona que la llama, podría estar igual de preocupada que yo.

Llamo sin pensarlo dos veces, y voy marcando los números de la fotografía en las teclas del teléfono, hasta que termino de copiarlo.

Contengo el aliento y presiono la tecla de llamada.

Sobre la barra de la cocina empieza a sonar el teléfono de Boone.

AHORA

—¿Qué hiciste con las chicas después de que las mataste? —pregunto—. ¿Están ahí, en el lago?

Gira la cabeza hacia la pared. Al principio pienso que quiere ignorarme de nuevo.

La lluvia golpea la ventana.

Justo del otro lado, algo se quiebra.

La rama de un árbol que sucumbe al viento.

Desde la cama, él contesta, su voz es solo un poco más fuerte que la tormenta embravecida al exterior.

—Sí.

La respuesta no debería sorprenderme. Pienso en la postal, esa toma a ojo de pájaro del lago Greene, las cuatro palabras escritas con mano temblorosa debajo de los tres nombres.

«Creo que están aquí».

Sin embargo, me estremezco. Inhalo, un estertor ahogado por la confirmación de que Megan Keene, Toni Burnett y Sue Ellen Stryker han estado en el fondo del lago todo este tiempo. Más de dos años en el caso de Megan. Una forma horrible de ser enterrado.

Solo que aquí no las enterraron.

Las desecharon.

Las tiraron como pedazos de basura.

Pensarlo me entristece tanto que al instante le doy otro sorbo al bourbon. Cuando lo trago, el alcohol me quema en vez de tranquilizarme.

—¿Recuerdas dónde?

—Sí.

Gira la cabeza de nuevo hacia mí. Cuando nuestras miradas se encuentran, me pregunto qué ve en la mía. Espero que sea lo que trato de proyectar y no mis emociones reales. Reserva férrea en lugar de miedo, determinación en lugar del inmenso dolor por las tres mujeres que nunca conocí. Sin embargo, sospecho que ve la verdad. Sabe que me gano la vida actuando.

—Entonces, dime —continúo—. Dime dónde las pueden encontrar.

Entrecierra los ojos, curioso.

—¿Por qué?

Porque así se sabrá la verdad. No solo que él mató a Megan, a Toni y a Sue Ellen, sino lo que sucedió con ellas, dónde estaban cuando murieron, dónde descansan ahora. Así, sus familias y amigos, que han esperado las respuestas durante tanto tiempo, podrán hacer el duelo y, con suerte, encontrar la paz.

No le digo esto porque no creo que le importe. Es más, estaría menos dispuesto a hablar.

—¿Se trata de encontrarlas a ellas? —pregunta—. ¿O de saber qué le pasó a Katherine?

—Las dos.

—¿Y si solo una fuera posible?

Deslizo la mano sobre el colchón hasta que toco el mango del cuchillo.

—Creo que ya todo está sobre la mesa, ¿no crees?

Me responde poniendo los ojos en blanco y con un suspiro, como si le aburriera la idea de que sí fuera a usar el cuchillo.

—Mírate, actuando de villana —dice—. Tengo que admitir que incluso este débil intento de amenaza me sorprende. Quizá te subestimé un poco.

Envuelvo el mango del cuchillo en mi mano.

—Más que un poco.

—Pero hay un problema —continúa—. Un asunto inconcluso que no creo que hayas considerado.

Con toda probabilidad tiene razón. Hay mucho que no he considerado. Nada de esto estaba planeado. Estoy trabajando sin guion, improvisando por completo con la esperanza de no joderlo todo.

—No voy a ir a ningún lado. —Mueve los brazos hasta donde puede, las cuerdas que lo sujetan a los postes de la cama se tensan al máximo—. Y es claro que tú te vas a quedar. Así que tengo curiosidad sobre una cosa.

—¿Qué?

—Lo que planeas hacer con Tom Royce.

ANTES

Dejo que el teléfono suene, demasiado sorprendida como para cortar la llamada. Por su parte, Boone no se molesta en contestar. Sabe quién está llamando.

Yo.

Yo, que estoy tratando de comunicarme con la misma persona que llamó a Katherine Royce.

—Puedo explicarlo —dice al tiempo que la llamada pasa al buzón de voz y escucho dos versiones de Boone en mis oídos. Flotan entrelazadas en un dueto irreal.

—«Hola, no estoy disponible para contestar tu llamada. Por favor...».

—... escúchame, Casey. Sé que...

—«... tu nombre y tu teléfono, y te...».

—... pensando, pero puedo asegurarte...

—«... más tarde».

Doy un golpecito en la pantalla de mi teléfono para cortar la grabación de Boone, y al mismo tiempo el verdadero Boone se levanta de la barra de la cocina y da un paso hacia mí.

—No —le advierto.

Boone levanta las manos con las palmas hacia arriba, en un gesto de inocencia.

—Por favor, solo escúchame.

—¿Por qué la llamaste?

—Porque estaba preocupado —dice Boone—. Le había llamado el día anterior y no tuve respuesta. Y cuando vi que entrabas en la casa, llamé una última vez, esperando que estuviéramos equivocados y que ella se encontrara ahí, que me estuviera evitando, y que al saber que habías entrado a la fuerza se vería obligada a contestar el teléfono y decirme que estaba bien.

—¿Evitarte? Me dijiste que apenas la conocías. Que solo la viste una o dos veces. Lo mismo le dijiste a Wilma. Es mucha preocupación por alguien a quien supuestamente no conoces muy bien.

Boone se vuelve a sentar en la barra con una expresión engreída en el rostro.

—No tienes ningún derecho a juzgar. Tú apenas conocías a Katherine.

No puedo rebatir su argumento. Katherine y yo éramos apenas un poco más que simples conocidas cuando desapareció.

—Por lo menos yo no mentí sobre eso —digo.

—Tienes razón. Mentí. Ahí lo tienes, lo admito. Sí conocía a Katherine. Éramos amigos.

—Entonces, ¿por qué no lo dijiste? ¿Para qué mentirme a mí, a Wilma?

—Porque es complicado —dice Boone.

—Complicado, ¿cómo?

Recuerdo la tarde en la que vi a Katherine en el agua. Algo ese momento debió haber llamado mi atención, pero al final se perdió entre todo lo que estaba pasando.

¿Por qué no lo vi antes?

Estuve ahí toda la tarde, sentada en el porche frente a su casa y el muelle. Y aunque estaba lejos y todavía no recurría a los binoculares, y aunque tampoco estaba poniendo mucha atención al agua, debí haber advertido que alguien al otro lado del lago salía, caminaba por el muelle, se echaba un clavado y empezaba a nadar.

Pero no vi nada. No hasta que Katherine estaba en medio del lago.

Eso significa que no se echó a nadar desde su lado del lago, sino desde el mío. Específicamente, desde el área de la casa de los Mitchell, donde el lago forma un repliegue que esconde parte de la orilla.

—Estaba contigo, ¿cierto? —digo—. El día en que casi se ahoga.

Boone ni siquiera parpadea.

—Sí.

—¿Por qué? —Los celos se escapan en mi voz, involuntarios pero inevitables—. ¿Tenían una aventura?

—No —responde—. Todo era muy inocente. Nos conocimos la noche de agosto que yo llegué. Ella y Tom fueron a la casa para presentarse y decirme que se quedarían aquí hasta el Día del Trabajo, en septiembre, y que ahora éramos vecinos. Al día siguiente, Katherine nadó hasta mi muelle y me preguntó si quería nadar con ella.

—¿Crees que estaba tratando de seducirte?

—Creo que solo se sentía sola. Si tenía en mente tener sexo, no lo percibí. Por Dios, es una supermodelo, podría tener a cualquier hombre que quisiera. No había manera de que yo sospechara que estaba interesada en mí.

Toda esta falsa modestia es una actuación. Boone sabe a la perfección lo guapo que es. Lo imagino desnudo en el muelle, bañado por la luz de la luna, tan encantadoramente hermoso como Katherine. Ahora más que nunca estoy convencida de que él sabía que esa noche yo lo observaba.

—Así que nadaban juntos —afirmo.

—Algunas veces sí, pero nada más. Después nos veíamos en el muelle y platicábamos. Era muy infeliz, eso era claro. Nunca lo dijo abiertamente, pero insinuaba con insistencia que las cosas entre Tom y ella estaban mal.

Katherine había hecho lo mismo conmigo, y había lanzado indirectas sobre el estado de su matrimonio. Igual que Boone, supuse que estaba triste, sola y que buscaba una amiga. Por eso mismo yo no tenía razones para mentir sobre el grado de nuestra relación.

—Si todo era tan inocente, ¿por qué no dijiste la verdad antes?

—Porque dejó de serlo. Bueno, casi. —Se deja caer en un banco, como si decir la verdad lo agotara. Si no fuera porque tenía los codos recargados en la barra, creo que se hubiera desplomado al suelo—. En septiembre, un día después del Día del Trabajo, antes de que ella y Tom regresaran a Nueva York, la besé.

Imaginé la escena, similar a la nuestra ayer. Boone y Katherine sentados juntos, más cerca de lo que deberían estar, el calor de la atracción irradiaba de sus cuerpos. Imagino a Boone que pasa un dedo por su labio inferior, se inclina, besa el lugar que acaba de tocar. Otra jugada sutil.

—Katherine se asustó, se fue, regresó a su vida de lujos con su marido multimillonario. —La voz de Boone se endureció con un tono que nunca le había escuchado antes. Tiene un dejo de furia y amargura—. Pensé que nunca la volvería a ver. Luego, hace unos días, ahí estaba ella en su casa con Tom. Nunca me dijo que habían regresado. Nunca pasó a verme. La llamé algunas veces solo para saber cómo estaba. Ignoró todas mis llamadas. Y me ignoró a mí.

—No por completo, acuérdate —digo—. Estaba contigo el día que la rescaté del lago.

—Llegó nadando, sin avisar, igual que lo había hecho la primera vez —explica Boone—. Cuando la vi, pensé que quizá nada había cambiado y que retomaríamos todo donde lo habíamos dejado. Katherine dejó claro que eso no sucedería. Me dijo que solo había ido a pedirme que dejara de llamarla. Dijo que Tom ya se había dado cuenta y que le hacía muchas preguntas.

—¿Qué le respondiste?

—Que era libre de irse. Y eso hizo. Por eso me sorprendió cuando me llamó esa tarde.

—¿Para qué?

—No lo sé —responde encogiéndose de hombros—. No contesté y borré su mensaje antes de escucharlo.

De pronto recuerdo la escena cuando estaba en el porche, espiando a los Royce por primera vez. Nunca olvidaré la manera en la que Tom cruzó en silencio el comedor cuando

Katherine, en la sala, hacía una llamada, esperaba que le respondieran y murmuraba un mensaje. Ahora sé para quién era.

—Cuando te llamó te dirigías hacia aquí —digo—. ¿Fue ella la razón para que vinieras a presentarte? Como Katherine te rechazó, decidiste probar suerte con la mujer de al lado.

Boone hace una mueca, ofendido.

—Vine a presentarme porque me sentía solo y pensé que tú también te sentirías sola. Si nos hacíamos un poco de compañía, ninguno de los dos nos sentiríamos así. No me arrepiento, porque me caes bien, Casey. Eres divertida, inteligente e interesante. Y me recuerdas exactamente a cómo era yo. Cuando te miro, me dan ganas de...

—¿Curarme?

—Ayudarte —corrige Boone—. Porque necesitas ayuda, Casey.

Pero ese día que vino a presentarse quería algo más que eso. Recuerdo el encanto, la fanfarronería, la coquetería que me parecieron tanto tediosas como seductoras.

Al recordar esa tarde me doy cuenta de algo terrible. Boone mencionó que había pasado todo el día trabajando en el suelo del comedor de la casa de los Mitchell. Si estuvo ahí todo el tiempo, y desde ahí se puede escuchar lo que pasaba en el lago, ¿por qué no hizo nada cuando Katherine se estaba ahogando y yo gritaba por ayuda?

Esa pregunta me lleva a otra, pero es tan inquietante que apenas puedo formularla.

—Cuando Katherine vino el otro día, ¿le diste algo de beber?

—Limonada. ¿Por qué...? —Boone se levanta de pronto, cuando entiende lo que insinúo—. No hice lo que estás pensando.

Desearía creerle, pero los hechos me advierten que no lo haga. Katherine aseguró que de pronto se sintió agotada mientras nadaba.

«Fue como si todo mi cuerpo hubiera dejado de funcionar».

Todo este tiempo pensé que Tom había sido quien lo había provocado, y que, imitando a Harvey Brewer, había echado pequeñas dosis de veneno en las bebidas de su esposa. Pero también pudo haber sido Boone. El Boone enojado, celoso y rechazado que hubiera mezclado grandes dosis en la limonada de Katherine.

—Casey —agrega—. Me conoces. Sabes que nunca haría algo así.

La cuestión es que no lo conozco. Pensé que sí solo porque creí todo lo que me había dicho. Ahora me veo obligada a dudar de todo.

Incluso, ahora me doy cuenta, de lo que dijo sobre el grito la mañana que Katherine desapareció. Como yo todavía estaba borracha, no supe a ciencia cierta dónde se había originado el ruido. Fue Boone quien concluyó que había venido del otro lado del lago, y habló de un eco que ahora no estoy segura de que haya existido.

Es posible que estuviera mintiendo. Que ese grito no hubiera venido del otro lado del lago, sino de este lado. De *su* lado.

Eso significa que también es posible que haya sido Boone quien *provocó* el grito de Katherine.

—Aléjate de mí —le digo a Boone cuando empieza a acercarse.

La manera en la que se mueve, lenta y metódicamente, es más intimidante que si lo hiciera de modo apresurado. Me da

303

tiempo para valorar lo grande que es, lo fuerte, lo fácil que sería para él dominarme.

—Te equivocas —dice—. Yo no le hice nada a Katherine.

Sigue avanzando hacia mí y miro alrededor en busca de la ruta de escape más cercana. Detrás de mí están las puertas francesas que dan al porche y que siguen cerradas con llave. Quizá puedo abrirlas y salir corriendo, pero eso me llevaría segundos valiosos que no estoy segura de que me puedo permitir.

Cuando Boone casi llega hasta a mí, me hago a un lado y echo a correr al centro de la cocina. Aunque no es un escape, al menos me permite tener acceso a herramientas con las que me puedo defender. Tomo una, el cuchillo más grande del bloque de madera que está sobre la barra, y lo blando frente a mí, retando a Boone para que se acerque.

—Vete de mi casa —le digo—. Y nunca regreses.

Boone se queda boquiabierto, como si estuviera a punto de negarlo otra vez o quizá amenazarme. Al parecer, decide que guardar silencio es la mejor política. Cierra la boca, levanta las manos en señal de derrota y sale de la casa sin decir otra palabra.

Voy de una puerta a otra para asegurarme de que todas estén cerradas con llave. La puerta principal queda asegurada minutos después de que Boone la cruza, y las puertas del porche permanecen con llave desde la noche anterior. Eso deja solo una más: la puerta azul que rechina en el sótano.

El último lugar al que quiero ir.

Sé que allá abajo no hay nada físicamente peligroso, solo cachivaches que alguna vez se usaron y ahora están olvidados. Lo que quiero evitar son los recuerdos del día en que Len murió. Nada bueno puede resultar de revivir esa mañana, pero como Boone entró anoche por la puerta del sótano, tengo que cerrarla con llave para evitar que vuelva a hacerlo.

Aunque apenas es media mañana, me tomo un shot de vodka antes de bajar al sótano. Nunca hace daño un poco de valor líquido.

Ni tampoco una segunda ración.

Y una tercera.

Me siento mucho mejor cuando por fin bajo la escalera al sótano. Dudo un poco en el último escalón, y hago una pausa de solo un segundo antes de posar ambos pies en el piso de concreto. La parte de enfrente del sótano es lo fácil, aquí están los recuerdos felices. Cuando jugaba ping-pong con mi padre. Marnie y yo durante unas vacaciones de Navidad, probándonos sombreros y abrigos antes de salir al lago congelado.

Los malos recuerdos están al fondo, en el cuarto de servicio. Cuando entro, lamento no haberme tomado el cuarto shot de vodka.

Corro a toda velocidad hasta la puerta y giro el picaporte. Está cerrada con llave. Boone hizo lo que yo olvidé hacer ayer en la casa de los Royce. Quizá esa es la casa a la que debió entrar, en lugar de la mía.

Ahora que sé que la puerta azul también está segura, me doy vuelta y veo el resto del cuarto de servicio, estoy de cara a la pared cubierta de paneles horizontales de madera que alguna vez estuvieron pintados de gris. Los clavos que los sujetan son visibles y le dan un toque rústico que ahora está de moda, pero que cuando se construyó la casa era meramente utilitario. A uno de los paneles le faltan dos clavos, que dejan un pequeño espacio entre el panel y la pared. Me recuerda de nuevo lo vieja que es la casa, lo frágil, lo fácil que sería que alguien entrara, aunque las puertas estuvieran cerradas con llave.

Tratando de deshacerme de esta idea siniestra, aunque realista, salgo del cuarto de servicio, cruzo el sótano y subo las escaleras hasta el comedor, donde saco el vodka del gabinete para licores y me tomo otro shot. Ya bien fortalecida, saco el teléfono de mi bolsillo, lista para llamar a Eli y decirle todo lo que ha pasado los últimos días.

Él sabrá qué hacer.

Pero cuando reviso mi teléfono, veo que Eli me llamó mientras yo estaba dormida. El mensaje de voz es corto, cariñoso y un poco inquietante: «Acabo de ver las noticias. Parece que la tormenta será peor de lo que pensamos. Salgo a comprar suministros. Háblame en la siguiente media hora si necesitas algo».

Eso fue hace tres horas.

De todos modos intento llamarle a Eli. Cuando la llamada entra directo al buzón de voz cuelgo sin dejar mensaje. Saco mi laptop y la llevo a la sala. Ahí hago algo que debí haber hecho hace días: buscar a Boone Conrad en Google.

Lo primero que aparece es un artículo sobre la muerte de su esposa, lo cual me imaginaba. Lo que resulta por completo inesperado es la naturaleza del artículo, que el título deja muy claro: «Se investiga a policía por la muerte de su esposa».

Leo el título con los ojos como platos, mis nervios están a flor de piel. Eso empeora cuando leo el texto y me informo de que algunos miembros del propio departamento de Boone advirtieron discrepancias en su historia sobre el día en que murió su mujer. Él les dijo, como me dijo a mí, que ella seguía viva cuando él salió a trabajar esa mañana. Lo que Boone omitió mencionar fue que el médico examinador había reducido el tiempo de la muerte de su esposa a un lapso de dos horas, incluida media hora en la que él todavía podría haber estado en casa.

Pero las sospechas no paraban ahí. Resultó que la esposa de Boone, María, había consultado a un abogado en divorcios una semana antes de su muerte. Y aunque él juró que no sabía que María estaba pensando en el divorcio, los colegas de Boone no tuvieron más remedio que rechazar el caso y dejar que la policía estatal se encargara de la investigación formal.

Sigo buscando y encuentro otro artículo fechado una semana después, y este anuncia que Boone no sería acusado de la muerte de María Conrad. El artículo destaca que no había pruebas de que Boone no la hubiera matado, pero que simplemente tampoco existía ninguna evidencia que demostrara que lo hubiera hecho.

El artículo incluye dos fotografías. Una de Boone, la otra de su esposa. La de Boone es una foto oficial del departamento de policía. No debería asombrarme que se vea estúpidamente bien en uniforme. Lo que me causa una verdadera sorpresa es que María sea igual de despampanante. Tiene ojos brillantes, una gran sonrisa y una excelente estructura ósea, parece alguien que hubiera podido hacer la pasarela al lado de Katherine Royce.

Imaginarlas a ambas en un desfile de moda me recuerda que no soy la única persona en el lago que siente curiosidad por lo que le pasó a María Conrad. Uno de los Royce también estaba interesado. Boone era una de las muchas búsquedas que encontré en la laptop de Tom.

Tal vez fue Katherine.

Tal vez eso fue lo que tanto la asombró cuando estaba en la oficina de Tom mientras yo la miraba desde el otro lado del lago.

Tal vez enfrentó a Boone sobre ese tema la mañana siguiente.

Y tal vez él consideró necesario silenciarla.

Si bien todo esto es solo una conjetura descabellada, es suficientemente importante como para decírselo a Wilma Anson, por lo que saco mi teléfono y de inmediato la llamo.

—Anson —responde antes de que haya terminado de sonar por primera vez.

—Hola, Wilma. Soy Casey Fletcher. Del lago…

—Sé quién eres, Casey —me interrumpe—. ¿Qué sucede? ¿Algo pasó con Tom Royce?

A decir verdad, sí pasó algo, pero el drama de anoche me parece distante después de los eventos de esta mañana.

—Es Boone.

—¿Qué pasa con él?

—¿Qué tan bien lo conoces?

—Tan bien como a mi propio hermano —responde Wilma—. ¿Por qué lo preguntas?

—Investigué algunas cosas.

—Ese es mi trabajo —responde Wilma sin una pizca de humor—. Pero continúa.

—Me enteré… bueno, en realidad Boone me dijo que él y Katherine Royce sí se conocían. Eran amigos. Quizá más que amigos.

—Lo sé —dice Wilma.

Me quedo callada, más confundida que sorprendida.

—¿Lo sabes?

—Boone me llamó hace media hora y me contó todo.

—Entonces, ahora es un sospechoso, ¿verdad?

—¿Por qué lo sería?

—Porque mintió —digo—. Sobre muchas cosas. Y luego está lo que le pasó a su esposa.

—Eso no tiene nada que ver con esto —espeta Wilma.

—Claro que sí. Katherine lo sabía. Ella, al menos creo que fue ella, leyó en Google un artículo sobre eso, en la computadora de Tom.

Me doy cuenta de mi error al segundo de que las palabras salen de mi boca. Como un automóvil que vuela por un acantilado, no puedo dar marcha atrás. La única opción es esperar para saber con qué fuerza aterrizaron.

—¿Cómo sabes eso? —pregunta Wilma.

Al principio permanezco callada. Cuando hablo, lo hago en un susurro culpable.

—Entré a su casa.

—Por favor, dime que Tom te dejó entrar y que no irrumpiste cuando él no estaba en su casa.

—No irrumpí —corrijo—. Entré a escondidas.

El largo silencio de Wilma que siguió me hace pensar en una pequeña chispa que se abre camino hacia un montón de dinamita. En cualquier momento habrá una explosión. Cuando llega, es más estridente y violenta de lo que esperaba.

—Dame una sola razón por la que no debería ir a arrestar tu lamentable culo en este momento —dice Wilma y su voz resuena en mi oído—. ¿Sabes lo estúpido que fue eso, Casey? Tal vez mandaste al carajo toda mi investigación.

—Pero encontré cosas —digo.

—No quiero saberlas.

—Cosas importantes. Cosas incriminatorias.

La voz de Wilma sube de volumen. Y yo que pensaba que ya había alcanzado su máximo volumen.

—A menos que hayas encontrado a Katherine Royce en persona, *no quiero saberlo.* ¿Me entiendes? Entre más estupideces digas y hagas, menos podré yo presentar un caso legal al juez y al fiscal. Esa computadora que viste es evidencia. Esas habitaciones por las que caminaste podrían ser una escena del crimen. Y acabas de contaminarlo todo. Y no solo eso, tu presencia en esa casa, y la posibilidad de que hubieras plantado algo incriminatorio, le da a Tom una salida fácil para explicar todo lo que podríamos encontrar ahí.

—No planté ninguna...

—¡Deja de hablar! —me ordena Wilma—. Deja de fisgonear. Deja todo.

—Lo siento. —Mi disculpa sale como un chillido—. En serio, solo trataba de ayudar.

—No necesito que te disculpes y no necesito tu ayuda —dice Wilma—. Necesito que te alejes de Tom Royce, carajo. Y de Boone.

—Pero tienes que aceptar que Boone es sospechoso, ¿no? Primero su esposa muere, y ahora Katherine desaparece.

Miro mi laptop que sigue abierta en el artículo que dice que Boone no será culpado por la muerte de María. Lo leo de un vistazo, esperando encontrar un fragmento que apoye mi tesis. En vez de eso, veo una cita al final del artículo.

«En lo que concierne a la policía estatal, el agente Conrad es absolutamente inocente y todas las acusaciones en su contra carecen de fundamentos».

Me paralizo al ver de quién es la cita: detective Wilma Anson.

311

—Te dije...

Corto la llamada, interrumpiendo a Wilma a media frase. Cuando me llama segundos después, dejo que el teléfono suene. Luego vuelve a intentarlo y pongo el teléfono en silencio. No tiene caso contestar. Es evidente que piensa que Boone es incapaz de hacer algo malo. Nada de lo que yo diga lo va a cambiar.

Ya no puedo confiar en Wilma.

Y sin duda no puedo confiar en Boone.

Me doy cuenta de que estoy por completo sola.

No salgo de la casa hasta que cae la noche, e incluso entonces solo llego hasta el porche. El aire se siente tan pesado que es inquietante, denso de humedad y confusión. El viento de la noche ha desaparecido y ha sido remplazado por una quietud escalofriante.

La calma justo antes de la tormenta.

Encorvada en la mecedora, tomo un trago de bourbon.

Mi cuarto o quinto o sexto.

Es imposible llevar la cuenta cuando bebo directamente de la botella.

Durante la tarde y las primeras horas de la noche me la pasé en cama, tratando de descansar; en la cocina, comiendo cualquier cosa que me llevara menos tiempo preparar; o recorriendo el resto de la casa como un pájaro atrapado en una jaula. Conforme caminaba de la biblioteca al estudio y al comedor, pensé en qué podía hacer ahora, en caso de que pudiera hacer algo.

No me tomó mucho tiempo conocer la respuesta: nada.

Después de todo, eso es lo que Wilma quiere.

Levanto a mi viejo amigo, el bourbon, el único en el que puedo confiar en este momento. Ahora estoy mareada y en rumbo directo hacia la embriaguez. Todo lo que se necesitaría para arrojarme al abismo es uno o dos tragos más de la botella.

Una opción tentadora porque quiero que todo desaparezca. Mi preocupación por Katherine, mis sospechas tanto de Tom como de Boone, mi soledad y mi culpabilidad y mi pena. Quiero que todo se largue para no volver jamás. Y si para ello es necesario beber hasta el olvido, que así sea.

Tomo la maldita botella por el cuello y la inclino, lista para vaciarla.

Sin embargo, antes de poder hacerlo, veo que una luz se enciende en la ventana de la cocina de los Royce. Me atrae como si yo fuera una polilla. No puedo evitarlo. Dejo la botella y levanto los binoculares, me digo que está bien si observo la casa una última vez. Según Wilma, ya eché todo a perder. Espiar a Tom ahora no va a empeorar las cosas.

Otra vez está frente a la estufa, calentándose una lata de sopa. Cuando voltea casualmente a la ventana, no tengo miedo de que me vuelva a sorprender espiándolo. El porche, como el resto de la casa, está en la oscuridad total. Como lo están el lago y la ribera circundante.

Aparte de la cocina en la casa de los Royce, la única otra luz que se distingue es un gran resplandor rectangular sobre la superficie ondulante del lago, a mi derecha. La casa de los Mitchell. Aunque desde estoy sentada no tengo una vista clara de la casa, la mancha brillante me dice lo que necesito saber.

Boone está en casa.

A un lado tengo a un posible asesino de su esposa, y al otro lado del lago, a otro posible asesino de su esposa.

No es una idea reconfortante.

Dirijo los binoculares hacia la casa de Eli. Está por completo a oscuras. Por supuesto, la única persona en este lago en quien puedo confiar es la única que *no* está en casa. Llamo a su celular con la esperanza de que responda, que me diga que viene de regreso de sus compras y que pasará aquí antes de volver a su casa. En vez de eso, la llamada entra al instante al buzón de voz.

Dejo un mensaje, haciendo un esfuerzo por sonar tanto sobria como tranquila, pero fracaso en ambos.

—Eli, hola, soy Casey. Yo… mmm… espero que llegues pronto a casa… ahora mismo. Han estado pasando cosas en el lago que desconoces. Cosas peligrosas. Y… bueno, tengo miedo. Me vendría muy bien tener ahora a un amigo. Así que, si estás cerca, por favor ven a mi casa.

Cuando acabo la llamada ya estoy llorando. Son lágrimas de sorpresa, y por más que me gustaría achacárselas al estrés y al bourbon, sé que es más profundo que eso. Lloro porque durante los catorce meses desde que Len murió esto ha sido un infierno. Sí, tenía a Marnie, a mi madre y a muchas otras personas que estaban dispuestas a consolarme. Ninguna de ellas, ni siquiera la Amada Lolly Fletcher, pudo entender en realidad cómo me sentía.

Por eso bebía. Era más fácil así. El alcohol no juzga, y nunca, jamás, decepciona.

Pero si bebes mucho durante mucho tiempo, todas esas personas bienintencionadas en tu vida que tratan de entenderte, pero no pueden, acaban por darse por vencidas y se alejan.

Esto es lo que comprendo mientras divago en el teléfono, aunque nadie me escuche. La historia de mi vida. Ahora no tengo nada y a nadie. Eli no está, en Boone no se puede confiar, y Marnie no quiere tener nada que ver con todo esto. Estoy por completo sola y eso me hace insoportable y absolutamente infeliz.

Me enjugo los ojos, suspiro, tomo los binoculares otra vez porque, en fin, la verdad es que no tengo nada más que hacer. Enfoco la cocina de los Royce, donde Tom ya terminó de calentar la sopa. En lugar de usar un plato hondo, la sirve en un gran termo y cierra la tapa.

Qué curioso.

Con el termo en la mano, abre un cajón y saca una linterna.

Más curioso.

Muy pronto está afuera, y la luz de la linterna va cortando la oscuridad. Al verlo recuerdo la otra noche, cuando noté que Tom hacía lo mismo desde la ventana de la recámara. Aunque en esa ocasión no pude ver adónde iba o de dónde venía, ahora sí puedo hacerlo.

La casa de los Fitzgerald.

En un instante paso de estar mareada a un estado de alerta máxima, y de pronto soy consciente de todo. Las nubes que se desplazan rápidamente frente a la luna. Un ulular solitario en un rincón escondido del lago. La luz de la linterna que se mueve y parpadea entre los árboles como una luciérnaga gigante. Lo que veo hace que otro recuerdo aflore a tirones.

Yo estoy recargada en la puerta, Tom está del otro lado gritando cosas que yo estaba demasiado borracha y temerosa para comprender.

«No tienes idea de lo que sucede. Joder, déjanos en paz».

Déjanos.

Eso significa que no solo es él.

Significa que alguien más es parte de todo esto.

Mi pecho se expande. Una burbuja de esperanza se abre paso en mi caja torácica.

Katherine aún podría estar viva.

Espero a que Tom regrese a su casa para ponerme en acción. Esto sucede quince minutos después, cuando el haz de luz de la linterna aparece afuera de la casa de los Fitzgerald y se mueve en dirección opuesta a su trayecto anterior. Lo sigo con los binoculares todo el trayecto de vuelta, donde Tom apaga la linterna y entra a su casa.

Dejo los binoculares y entro en acción.

Bajo la escalera del porche.

Cruzo el jardín.

Subo al muelle.

Ha empezado a llover, y gotas gordas caen con fuerza sobre mi rostro, mi cabello y sobre las planchas del muelle mientras avanzo hasta donde está amarrada la lancha.

El viento también empezó a arreciar y agita el lago. La lancha sube, baja y se mece, lo que me dificulta entrar y me obliga a dar un salto torpe desde el muelle. Una vez dentro, de inmediato me arrepiento de lo que he bebido, mientras la lancha cabalga la marea cada vez más intensa.

Cierro los ojos, levanto el rostro al viento y dejo que la lluvia salpique mi piel. Definitivamente, no es la panacea. Mi estómago sigue revuelto y el dolor de cabeza aún está ahí. Pero la lluvia es lo suficientemente fría como para que recobre la sobriedad y lo suficientemente dolorosa como para que me concentre en lo que voy a hacer ahora.

Cruzar el lago.

Desamarro la lancha, pero no me atrevo a usar el motor. Sé cómo viaja el sonido en este lago, incluso cuando hay tormenta, y no quiero arriesgarme a que me sorprendan. Mejor remo, con movimientos mesurados para contrarrestar la marea. Es agotador, mucho más de lo que yo esperaba, y tengo que hacer una pausa en el centro del lago para recuperar el aliento.

Mientras la lancha sube y baja, yo me balanceo en mi asiento y observo todas las casas que rodean el lago Greene. La casa de mi familia y la de los Fitzgerald están tan oscuras que casi se confunden con la noche. Lo mismo pasa con la de Eli, señal de que aún no ha regresado.

Por el contrario, toda la planta baja de la casa de los Mitchell está iluminada, lo cual me hace imaginar a Boone caminando de una habitación a otra, enojado conmigo. Y por último la casa de los Royce, en donde la planta baja está apagada y solo está encendida la ventana de la recámara principal en el primer piso. Quizá Tom, ahora que acabó lo que tuviera que hacer en la casa de al lado, se vaya a acostar, aunque solo sean las ocho de la noche.

Al oeste, un muro de nubarrones bloquea las estrellas, la luna y gran parte del cielo. Parece una ola. Una que está a punto de estrellarse en el valle e inundar todo a su paso.

La tormenta ya está aquí.

Sigo remando, más preocupada por estar en el lago ahora que las condiciones meteorológicas han empeorado, que de enfrentar lo que me espera al otro lado. La lluvia arrecia, el viento sopla con más fuerza y el agua se agita cada vez más. Necesito tres remadas para avanzar la distancia que en condiciones normales alcanzaría con una sola. Cuando por fin llego a la otra orilla del lago mis hombros están tensos y dolorosos, y siento los brazos como gelatinas. Apenas tengo la fuerza de amarrar la lancha que se sacude al viento, y que no deja de golpearse por el costado contra el muelle.

Salir de la lancha requiere que dé otro salto inestable, esta vez hacia el muelle. Aterrizo exhausta, nerviosa y empapada hasta la médula. Los truenos retumban en el cielo, los destellos de los rayos iluminan el terreno frente a mí cuando cruzo el jardín hasta las puertas francesas de la parte posterior de la casa de los Fitzgerald.

Cerradas.

Por supuesto.

Lo mismo con la puerta principal y la lateral que da a la cocina. Parada en el aguacero y sacudiendo el picaporte, me doy cuenta de que Tom pudo entrar porque probablemente los Fitzgerald le dieron un juego de llaves en caso de que hubiera un problema. Es común entre los propietarios del lago. Los Fitzgerald tienen llaves de la casa de mi familia, y Eli también. Y es probable que en algún lugar de la casa del lago haya una llave que me dé acceso a esta puerta.

Sin más opciones de entrar por una puerta, pruebo con las ventanas y tengo éxito al tercer intento, con la ventana de la sala. Mejor aún, está del lado de la casa que no da a la de los Royce, lo que me brinda tiempo y protección suficientes para levantar la ventana, quitar el mosquitero y entrar.

Caigo al interior y cierro la ventana para evitar que entre la lluvia. El silencio de la casa es un contraste estremecedor con la tormenta al exterior, que hace que el silencio sea mayor, más que inquietante.

No tengo idea de qué o quién me espera aquí, un hecho que hace que mi corazón lata con tanta fuerza como el trueno que hace eco en el cielo. La quietud y el silencio son tan pesados que me dan ganas de dar media vuelta y salir por la misma ventana. Pero Tom vino aquí por una razón. La necesidad de saber cuál es esa razón me mantiene en movimiento, aunque apenas puedo ver. Me lleva solo dos pasos golpearme contra un estante que está repleto de fotografías enmarcadas y una lámpara Tiffany.

Maldita señora Fitzgerald y sus antigüedades.

La casa está abarrotada de ellas. Baúles ornamentados, sillones dobles tapizados, lámparas de piso rococó con cristales que cuelgan de las pantallas. Cada uno es un obstáculo que tengo que rodear conforme avanzo en la oscuridad.

—¿Hola? —digo con una voz que es más un murmullo que una palabra—. ¿Katherine? ¿Estás aquí?

Me detengo entre la cocina y el comedor para escuchar algún sonido que pudiera sugerir su presencia. Al principio no oigo nada más que la lluvia que aumenta de manera constante sobre el techo y más truenos. Pero pronto, un sonido distante y apagado llega a mis oídos.

Un crujido.

Lo escucho una segunda vez, viene de abajo, débil como el humo.

El sótano.

Avanzo hasta la puerta que está al fondo del pasillo, justo después de la cocina, está asegurada con un viejo cerrojo de cadena que está puesto. Como hay una gran cómoda al lado, normalmente pensaría que la puerta lleva a una bodega o un cuarto de servicio. La cadena dice lo contrario, sobre todo cuando la examino de cerca. Está atornillada a dos pedazos de madera clavados tanto en la puerta como en la pared adyacente, como si fuera un arreglo temporal, reciente. La madera huele a recién cortada y pienso en la sierra que Tom Royce compró hace poco.

Esta es obra suya.

Y adentro hay algo, o alguien, que no quiere que nadie sepa.

Jalo la cadena con manos temblorosas hasta que logro abrirla. Contengo el aliento, abro la puerta y veo una serie de escalones que bajan en un mar de negrura.

—¿Hola? —digo de nuevo, alarmada por la manera en la que la oscuridad consume mi voz y la apaga como si fuera una vela. Sin embargo, desde esa penumbra se escucha otro crujido que me invita a aventurarme por la escalera.

Justo después de la puerta hay un interruptor. Lo enciendo y un brillo naranja aparece al fondo, oigo otro crujido y algo que me parece un murmullo.

El sonido me motiva a avanzar, bajo un escalón, me detengo y escucho con atención.

Nada.

Si hay alguien allá abajo, se ha callado por completo.

Doy otro paso.

Luego otro, que hace crujir la escalera bajo mi peso. El sonido me sorprende.

Se escucha otro chasquido.

Pero esta vez no soy yo.

Proviene de alguna parte al fondo del sótano.

Bajo rápido los últimos escalones y llego al sótano, que está alumbrado por un solo foco expuesto que cuelga del techo. La habitación es escueta. Piso de cemento. Paredes de concreto. Los escalones que acabo de bajar no son más que un esqueleto de madera.

Doy otro paso y mi campo visual se amplía para mostrar los cachivaches que llenan los rincones del sótano. Desechos de la vieja tienda de antigüedades de la señora Fitzgerald. Armarios astillados, sillas a las que les faltan patas y cajas apiladas sobre cajas.

Contra la pared hay una cama antigua de latón que tiene algo encima.

No. No algo.

Alguien.

Me acerco y veo…

Dios mío.

Katherine.

Lleva la misma ropa que tenía la noche que desapareció, jeans y un suéter blanco que ahora está manchado. No tiene zapatos, y sus pies descalzos están descubiertos, sucios por lo que caminó desde su casa hasta esta. Una línea de sopa aún húmeda cae por la comisura de su boca hasta el cuello.

Pero sus brazos son lo que más me perturba. Están alzados sobre su cabeza, amarrados a sus muñecas con una cuerda a los postes de latón de la cama. En sus talones veo más cuerda, que la mantiene abierta de piernas y brazos sobre una lona de plástico que cubre el colchón.

Lanzo un grito ahogado.

Katherine lo escucha y abre los ojos. Me mira, totalmente confundida al principio, luego se llenan de pánico.

—¿Quién…?

Se calla. Sin dejar de mirarme, sus grandes ojos aterrados se suavizan al reconocerme.

—¿Casey? —Su voz es rara. Ronca y un poco acuosa, como si tuviera agua en la garganta. No suena nada a su voz normal—. ¿En verdad eres tú?

—Soy yo. Soy yo y voy a ayudarte.

Me apresuro a su lado y pongo una mano sobre su frente. Su piel está fría, pegajosa de sudor y pálida. Demasiado pálida. Sus labios están partidos por la resequedad. Los entreabre y dice en una suerte de graznido:

—Ayúdame. Por favor.

Alcanzo la cuerda amarrada a su muñeca derecha. El nudo está apretado. La piel debajo está en carne viva y pedazos de sangre seca se desprenden con la cuerda.

—¿Cuánto tiempo llevas aquí? —pregunto—. ¿Por qué Tom te hizo esto?

Me doy por vencida con el nudo alrededor de sus muñecas y me voy al otro extremo, al que está atado al poste de latón. Los nudos también están apretados, y por más que jalo, es inútil.

325

Pero se escucha un ruido.

Cerca de las escaleras.

Un crujido fuerte y poco natural, como si alguien pisara con firmeza el último escalón.

Tom.

Empapado por la tormenta.

Su expresión es una mezcla de sorpresa, decepción y miedo.

—Aléjate de ella —dice corriendo hacia mí—. No debiste buscarla, Casey. En serio, en serio debiste dejarnos en paz.

Sigo intentando deshacer el nudo de la cuerda, como si la sola determinación pudiera aflojarlo. Continúo jalando cuando Tom me atrapa con un brazo por la cintura y me aleja. Me sacudo, pateo y golpeo. No sirve de nada, su fuerza es sorprendente y me lanza contra las escaleras. El primer escalón me golpea las pantorrillas y caigo de espaldas hasta quedar sentada en contra de mi voluntad.

—¿Qué carajos estás haciendo?

—La protejo —responde Tom.

—¿De qué?

—De ella misma.

Observo la cama de latón donde Katherine permanece inmóvil. Sus ojos siguen abiertos, nos mira. Para mi sorpresa, no parece angustiada sino algo divertida.

—No entiendo. ¿Qué le pasa a tu esposa?

—Esta *no* es mi esposa.

—Pues se parece mucho a Katherine.

—Se parece, pero no es —dice Tom.

Miro de nuevo a la cama. Katherine sigue inmóvil, satisfecha con vernos hablar. Quizá las palabras de Tom me hicieron efecto, pero algo en ella resulta extraño. Su energía es diferente a la que yo conocí.

—Entonces, ¿quién es?

—Alguien más —responde Tom.

La cabeza me da vueltas. No tengo idea de qué está hablando ni entiendo qué está pasando. Todo lo que sé es que la situación es mucho más extraña de lo que había imaginado y que soy yo quien tiene que aclararla.

—Tom. —Avanzo hacia él con las manos alzadas en señal de que no quiero hacerle daño—. Necesito que me expliques qué sucede.

Tom niega con la cabeza.

—Vas a pensar que estoy loco, y quizá lo esté. He considerado mucho esa posibilidad los últimos días. Sería más fácil que lidiar con todo esto.

Tom hace un gesto hacia Katherine, y aunque no estoy segura, creo que lo que él acaba de decir le agrada a ella. Las comisuras de su boca se levantan ligeramente hasta formar una ligera sonrisa.

—No voy a pensar eso —digo—. Lo prometo.

La mirada de Tom se llena de desesperación cuando se fija en mí y en la mujer que él dice que no es su esposa, aunque es claro que lo es.

—No entenderías.

—Lo entenderé si me lo explicas. —Avanzo otro paso hacia él, tranquila, cuidadosa—. Por favor.

—¿Te acuerdas de lo que nos dijo Eli la otra noche? —pregunta Tom en un murmullo temeroso, culpable—. ¿Sobre el lago y la gente que cree que hay espíritus atrapados en el agua?

—Lo recuerdo.

—Creo... creo que es cierto. Creo que hay algo en ese lago. Un fantasma. Un alma. Lo que sea. Y ha estado esperando ahí. En el agua. Y eso, lo que sea, entró en Katherine cuando casi se ahoga y ahora se ha apoderado de ella.

No sé qué responder. ¿Qué se puede decir frente a algo tan absurdo?

El único pensamiento que cruza mi cabeza es que Tom tiene razón. Se volvió loco.

—Sé que crees que estoy mintiendo —agrega—. Que digo puras sandeces. Yo pensaría lo mismo si no lo hubiera vivido. Pero es verdad, te lo juro, Casey. Todo esto es verdad.

Empujo a Tom, quien ya no trata de detenerme y evitar que me acerque a la cama. Me paro al pie de ella, sujetándome del barrote de latón, y miro a Katherine. Esboza una ligera sonrisa por mi presencia, que crece hasta una sonrisa completa que me pone incómoda.

—Si no eres Katherine, ¿quién eres? —pregunto.

—Sabes quién soy. —Su voz se vuelve un poco profunda y cambia a una voz familiar que me estremece—. Soy yo... Len.

El asombro recorre mi cuerpo como una descarga, un zumbido repentino que me hace sentir como si el marco de la cama estuviera electrificado. Lo suelto y me tambaleo un poco sin dejar de mirar fijamente a la persona que está atada a la cama. Alguien que definitivamente es Katherine Royce. Es el mismo cuerpo juguetón, cabello largo y sonrisa de comercial.

Sin embargo, parece que yo soy la única persona aquí que entiende ese hecho, lo cual me hace dudar de por quién debo preocuparme. Si por Katherine, por hacer esa esa declaración tan extravagante, o por su esposo, que se la cree.

—Te lo dije —dice Tom.

—Entiendo lo extraño que parece, Casey —agrega Katherine desde la cama—. Y sé lo que estás pensando.

Eso no es posible. Acaban de decirme que mi esposo, muerto desde hace más de un año, está dentro del cuerpo de una mujer que pensé que llevaba días desaparecida. Nadie podría comprender el caos de mis pensamientos.

Al menos ahora entiendo toda la reserva de Tom, y por supuesto sus mentiras. Creyó que no podía permitir que Katherine anduviera por ahí, fingiendo que todo estaba normal, cuando para él nada en esta situación era normal. Por eso la metió a la casa de junto, lejos de su palacio de cristal y de mi mirada entrometida. Escondió su teléfono celular, publicó las fotografías falsas en Instagram e hizo todo lo posible para ocultar lo que él creía que era verdad.

Porque, ¿quién le hubiera creído?

Carajo, seguro que yo no.

La idea es más que una locura.

Es demente.

—Esto es real, Casey —dice Tom como si me leyera el pensamiento.

—Creo que tú lo crees. —Mis palabras son tranquilas y cuidadosas, un claro indicador de que he tomado una decisión. Por el momento, Tom es el más peligroso de los dos—. ¿Cuándo empezaste a pensar que esto estaba pasando?

—Más tarde de lo que hubiera debido. —Tom mira de reojo la figura de su esposa, como si no pudiera verla de frente—. Sabía que algo andaba mal el día que la sacaste del lago. Estaba actuando de manera extraña. No era ella misma.

Es exactamente la manera en la que Katherine describió lo que creía que le estaba pasando. La debilidad repentina, los ataques de tos, los desmayos. Se me ocurre que podría ser un tipo de alucinación simultánea, en la que uno de ellos influyó en el otro. Quizá los síntomas de Katherine propiciaron que Tom empezara a pensar que estaba poseída, lo que a su vez hizo que Katherine lo creyera. O viceversa.

—Y cada vez era peor —continúa Tom—. Hasta que una noche fue como si Katherine ya no estuviera ahí. No actuaba como de costumbre ni sonaba como ella. Incluso empezó a moverse diferente. La enfrenté…

—Y yo le dije la verdad —interrumpe Katherine.

No pregunto cuándo pasó esto porque ya lo sé.

Fue la noche antes de que Katherine desapareciera.

Si cierro los ojos puedo imaginar la escena con claridad cinematográfica. Tom rogándole a Katherine cuando ella estaba frente a la ventana.

«Quién».

Esa es la palabra que me costó trabajo identificar.

¿Quién era ella?

Al parecer, Len. Una idea ridícula para cualquiera, salvo para las otras dos personas que están en este sótano. Atrapada entre ellos, su locura me llega de ambos lados y sé que necesito separarlos. Aunque es claro que Tom ha estado alimentando a Katherine, ha descuidado todo lo demás. Un olor fétido sale de la cama, indicando que no la ha bañado en días. Y una peste aún peor sale de una cubeta que está en el rincón del sótano.

—Tom —digo tratando de no mostrar en mi voz el horror que siento ante esta situación— ¿Nos puedes dejar solas? Solo un minuto.

Al final mira hacia la cama y a la persona que cree que es alguien diferente a su esposa.

—No creo que sea una buena idea, Casey.

—Solo quiero hablar con ella —explico.

Tom sigue dudando, aunque parece que todo su cuerpo está ansioso por irse. Tiene las piernas separadas, como si estuviera listo para salir disparado, y se inclina un poco hacia las escaleras del sótano.

—No tardaré mucho —digo—. Katherine no irá a ningún lado.

—No la desamarres.

—No lo haré —respondo, aunque es una de las primeras cosas que pienso hacer.

—Ella te lo pedirá. Es… tramposa.

—Estoy preparada para eso. —Pongo ambas manos sobre sus hombros y lo hago girar hasta que quedamos frente a frente. Sé que tranquilizarlo es la única manera de convencerlo para que se vaya, y agrego—: Escucha, sé que te he dado muchos problemas estos últimos días. La espiada, la policía… lo siento mucho, no sabía qué estaba pasando y pensé lo peor. Y prometo compensártelo tanto como pueda. Pero ahora, por favor, si en verdad es mi marido quiero hablar con él a solas.

Tom lo considera, cierra los ojos y se presiona las sienes con los dedos como si fuera vidente y tratara de conjurar el futuro.

—Está bien —dice—. Te doy cinco minutos.

Una vez decidido, sube las escaleras de mala gana. A medio camino voltea para lanzarme una última mirada de preocupación.

—Lo digo en serio, Casey —agrega—. No hagas nada de lo que ella te pida.

Pienso en sus palabras cuando sube los últimos escalones. Al llegar arriba, escucho que la puerta se cierra tras él y me desconcierta escuchar que jala la cadena para ponerla en su lugar.

Lo único que impide que entre en pánico por estar también atrapada aquí es la persona que está en la cama. En este momento, Katherine es todo por lo que me puedo preocupar.

—¿Por qué haces esto, Katherine?

—Sabes que no soy ella.

—Eres quien pareces —digo, aunque ya no es del todo cierto.

El aspecto de Katherine parece haber cambiado de manera sutil, es más severo y más frío, como cuando se forma una capa de hielo sobre el agua tranquila.

—Las apariencias pueden engañar.

Es cierto, lo sé muy bien. Pero ni por un segundo creo que mi marido muerto habita el cuerpo de Katherine. Aparte de que desafía por completo todas las leyes de la ciencia y la lógica, existe el hecho sencillo de que la mente es capaz de hacer cosas extrañas. Se divide, muta y crea todo tipo de problemas. Katherine podría tener un tumor cerebral que le provocara que estuviera comportándose de esta manera, o quizá padecer algún tipo de trastorno de personalidad múltiple no diagnosticado que se manifestara apenas ahora. Sabe quién era Len, sabe qué le sucedió. Tras casi correr la misma suerte que él, quizá se convenció a sí misma de que ahora es él. Todo eso tiene más sentido que estas tonterías de posesión por un espíritu en el lago.

Pero ahora que solo estamos nosotras dos, no puedo evitar la sensación de que Len está en algún lugar de este sótano. Su presencia llena la habitación igual que lo hacía cuando estaba vivo. Ya fuera en nuestro departamento o en la casa del lago, siempre sabía cuándo estaba ahí, aunque no lo pudiera ver y estuviera en otro cuarto. Tengo la misma sensación ahora.

Pero él no puede estar *aquí*.

Es absolutamente imposible.

—Necesitas ayuda —le digo a Katherine—. Un hospital, médicos, fármacos.

—Eso no me servirá de nada.

—Es mejor que estar aquí presa.

—En eso estoy de acuerdo.

—Entonces déjame ayudarte, Katherine.

—Tienes que empezar a usar mi verdadero nombre.

Cruzo los brazos sobre el pecho y resoplo.

—Si eres Len, dime algo que solo nosotros dos sabríamos. Demuéstrame que en verdad eres él.

—¿Estás segura de que eso es lo que quieres, Cee?

Jadeo.

Cee era el apodo que me había dado Len. Nadie, aparte de los amigos cercanos y la familia, sabía que me llamaba así. Sin duda Katherine no lo sabía, a menos que yo lo hubiera comentado en algún momento. Es posible que por casualidad lo mencionara cuando tomamos café en el porche o la vez que platicamos en la lancha cuando la saqué del lago, aunque no recuerdo haberlo hecho.

—¿Cómo sabes eso?

—Porque yo lo inventé, ¿te acuerdas? Incluso lo usé la última vez que hablamos, esperando que entendieras la insinuación.

Mi corazón deja de latir en mi pecho cuando recuerdo la llamada telefónica, tarde en la noche, y la enigmática despedida de Katherine desde la ventana.

«Estoy bien. Sí».

Ahora entiendo lo que dijo en realidad.

«Estoy bien, Cee».

Pero también entiendo que fue Katherine quien lo dijo. No pudo ser ninguna otra persona. Eso significa que debí mencionar el apodo que me puso Len en algún momento. Katherine lo recordó y con eso hizo otro ladrillo para su vasto muro de delirio.

—Eso no es suficiente —digo—. Necesito más pruebas que eso.

—Qué tal esto. —Katherine sonríe y su sonrisa se expande como una mancha de aceite sobre su rostro—. No he olvidado que tú me mataste.

AHORA

—No has respondido mi pregunta —dice después de que pasa un minuto sin que yo responda—. ¿Qué hay de Tom?

—Él está bien —respondo—. Ahora, la menor de mis preocupaciones es tu marido.

Me paralizo al advertir mi error.

Hasta ahora he logrado no pensar que estoy hablando con Katherine. Pero es fácil equivocarse cuando ella es la persona que veo atada de pies y manos sobre la cama, como si fuera una sesión fotográfica para generar controversia por sus días de modelo. Aunque la ropa es diferente, de forma siniestra Katherine se ve igual que cuando la saqué del lago. Labios pálidos por el frío. Cabello mojado que cuelga sobre su rostro en rizos que gotean. Ojos brillantes y bien abiertos.

Sin embargo, sé que Katherine ya no está presente. Ahora solo es el recipiente para otra persona. Alguien peor. Supongo que lo que está pasando es muy parecido a una posesión demoniaca. La inocencia subsumida por el mal. Pienso en Linda Blair, en su cabeza que gira, en la sopa de chícharo.

—Eres tú quien me preocupa —digo.

—Es un gusto saber que todavía te importo.

—No es por eso que estoy preocupada.

Lo que me inquieta es que huya, que se escape, que se libere para continuar todas las cosas horribles que hizo cuando estaba vivo.

Él mató a Megan Keene, a Toni Burnett y a Sue Ellen Stryker.

Él se las llevó, luego las mató y arrojó sus cuerpos en las oscuras profundidades del lago Greene.

Y aunque ahora puede *parecer* que es Katherine Royce, y habita su cuerpo, habla por su boca, ve por sus ojos, sé quién es en realidad.

Leonard Bradley.

Len.

El hombre con quien me casé.

Y el hombre al que pensaba haber borrado de la faz de la Tierra para siempre.

ANTES

Cuando bromeaba con esa editora que conocía sobre llamar a la autobiografía que ella proponía, *Cómo ser carne de cañón de la prensa amarilla en siete pasos fáciles*, debí incluir un paso más en el título. Un paso secreto, metido como un separador entre el cinco y el seis.

Descubrir que tu marido es un asesino en serie.

Eso fue lo que hice el verano que pasamos en el lago Greene.

Fue por accidente, claro. No estaba espiando en la vida de Len, en busca de algún oscuro secreto, porque estúpidamente asumía que no tenía ninguno. Nuestro matrimonio me había parecido un libro abierto. Yo le decía todo y pensaba que él hacía lo mismo.

Hasta la noche en la que me di cuenta de que no era así.

Fue menos de una semana después de nuestro día de campo al otro lado del cuerpo de agua, en el extremo sur del lago Greene. Desde esa tarde había pensado mucho en la sugerencia de Len de que nos volviéramos como el Viejo Testarudo, metidos en el agua y viviendo aquí para siempre. Pensé que era una buena idea, que deberíamos intentarlo un año y ver qué pasaba.

Creí que sería agradable decirle todo esto en la noche, cuando bebiéramos vino junto a la fogata. Pero mi plan se complicó porque, gracias al rocío de la mañana que mojó los cerillos ridículamente largos de la chimenea que había dejado afuera toda la noche, no hubo manera de encender la fogata.

—Hay un encendedor en mi caja de anzuelos —dijo Len—. Lo uso para prender mis puros.

Hice un sonido de asco. Él sabía que odiaba los puros que a veces fumaba cuando salía a pescar. El hedor permanecía mucho tiempo después de que lo apagaba.

—¿Quieres que vaya por él? —dijo.

Como Len estaba ocupado abriendo la botella de vino y cortando un poco de queso para acompañar, le dije que yo iría al sótano a buscar el encendedor. Una decisión de un instante que cambió todo, aunque en ese momento yo no lo sabía.

Bajé al sótano, en ese entonces no dudé en hacerlo. Bajé de un tirón las escaleras y fui directo al cuarto de servicio, hasta el estante donde estaba todo nuestro equipo para actividades al aire libre. Arriba estaba la repisa en la que Len guardaba su caja de anzuelos. Estaba un poco alta y tuve que pararme de puntitas y extender los brazos lo más posible para bajarla con ambas manos. Todo lo que había al interior repiqueteó cuando la bajé hasta el piso, y al abrirla vi una maraña de anzuelos de goma de colores como dulces, pero con ganchos tan afilados como para sacar sangre.

Era una advertencia, ahora lo sé, pero que ignoré en el momento.

Encontré el encendedor al fondo de la caja de anzuelos, junto con un par de colillas de puro aplastadas. Al fondo, en un rincón, había un pañuelo rojo doblado en un rectángulo burdo.

Al principio pensé que era hierba. Aunque no había fumado marihuana desde mis años de adolescencia llena de drogas, sabía que Len a veces lo hacía. Supuse que era algo más que fumaba mientras pescaba y no tenía ganas de un puro.

Pero en lugar de una bolsa llena de hojas secas, cuando abrí el pañuelo encontré tres licencias de conducir. Sujeto con un clip, cada una tenía un mechón de cabello del mismo color que el de la mujer de la fotografía.

Revisé las licencias una docena de veces, los nombres y los rostros pasaban como una presentación de diapositivas del infierno.

Megan Keene.

Toni Burnett.

Sue Ellen Stryker.

Mi primer pensamiento, nacido de la ingenuidad y la negación, fue que alguien más las había puesto ahí. No importaba que la caja de anzuelos perteneciera a Len y que pocas personas vinieran a la casa del lago. Las visitas de mi madre eran cada vez menos frecuentes conforme envejecía, y Marnie y mi tía habían dejado de venir por completo hacía años. A menos que hubiera algún inquilino que rentara y yo no conociera, solo quedaba Len.

Mi segundo pensamiento, una vez que la esperanza inicial se esfumó, fue que Len me engañaba. Hasta ese momento nunca pensé mucho en la infidelidad. No era una esposa celosa, nunca cuestioné la fidelidad de mi marido. En un negocio repleto de mujeriegos, él no parecía ser de ese tipo. Y aun cuando tenía en mi mano las identificaciones de tres desconocidas, seguía dándole a Len el beneficio de la duda.

Me dije que debía haber una explicación racional. Que estas licencias, todas vigentes, así como los mechones de cabello solo eran utilería para un proyecto de filmación futuro. O que las licencias se las habían enviado unas admiradoras locas. Como la vez que me esperó un hombre en la puerta del escenario porque quería darme un pollo vivo que había nombrado en mi honor; sabía todo sobre los regalos de fanáticos desquiciados.

Pero luego vi otra vez las licencias y me di cuenta de que dos de los nombres me parecían vagamente familiares. Recargada contra el viejo fregadero del cuarto de servicio, saqué mi teléfono y las busqué en Google.

Megan Keene, el primer nombre conocido, había desaparecido el verano anterior y se consideraba víctima de un acto delictivo. Supe de ella porque Eli nos había contado el caso cuando Len y yo pasamos una semana en el lago, el verano que ella desapareció.

Sue Ellen Stryker, el otro nombre que reconocí, había salido en todos los noticieros unas semanas antes. Ella desapareció y se pensaba que se había ahogado en un lago diferente, a varios kilómetros al sur. Hasta donde sabía, la policía seguía tratando de recuperar su cadáver.

No encontré nada sobre Toni Burnett, salvo una página en Facebook que empezó una de sus amigas para buscar información sobre su posible paradero. La última vez que la vieron fue dos meses después de que Megan Keene desapareciera.

De inmediato me sentí enferma.

No con náuseas.

Febril.

Mi piel estaba cubierta de sudor, aunque mi cuerpo tiritaba de frío.

Sin embargo, una parte de mí se negaba a creer lo peor. Todo esto era un terrible error, una broma pesada o una extraña coincidencia. Sin duda no quería decir que Len fuera el culpable de la desaparición de esas tres mujeres. Sencillamente no era capaz de hacer algo como eso. No mi dulce, divertido, amable y sensible Len.

Pero cuando revisé la aplicación del calendario que ambos usamos para organizar nuestros horarios, advertí un dato preocupante: los días en que cada una de las mujeres desapareció, no estuvimos juntos.

Sue Ellen Stryker desapareció el fin de semana en el que yo regresé a Nueva York para hacer un trabajo de locución para un comercial. Len se había quedado en la casa del lago.

Megan Keene y Toni Burnett desaparecieron cuando Len estaba en Los Ángeles, trabajando en el guion de un superhéroe que lo había atormentado durante meses.

Eso debería haber sido un alivio.

No lo fue.

Porque no tenía pruebas de que en verdad hubiera estado en Los Ángeles ambas veces. Viajábamos tanto por trabajo, tanto juntos como separados, que nunca me pregunté si Len en realidad había ido a los lugares que decía. Según el calendario, esos dos viajes a Los Ángeles fueron el fin de semana. Voló allá un viernes y regresó un lunes. Y aunque sí era cierto que Len me llamaba desde el aeropuerto antes de tomar el avión y al aterrizar, comprendí que también pudo hacer esas llamadas desde un coche rentado en dirección a Vermont.

El día que Megan desapareció, Len se había quedado en el Château Marmont. Al menos eso era lo que decía la aplicación del calendario, pero cuando llamé al hotel y pregunté si Leonard Bradley había estado ahí ese fin de semana, me dijeron que no.

—Se hizo una reservación —me informó el recepcionista—. Pero nunca llegó. Como no canceló tuvimos que cargarlo a su tarjeta de crédito. Supongo que llama para aclarar lo del cargo.

Colgué y llamé al hotel en el que supuestamente se había quedado el fin de semana que desapareció Toni Burnett. La respuesta fue la misma. Se hizo la reservación, nunca se canceló cancelación, Len nunca llegó, fin de semana cargado a la tarjeta de crédito.

En ese momento lo supe.

Len, *mi* Len, le había hecho algo horrible a esas chicas. Los mechones de cabello y las licencias en su caja de anzuelos eran recuerdos. *Souvenirs* enfermos para conservar algo que pudiera recordar sus habilidades.

En cuestión de minutos sentí todas las terribles emociones imaginables: miedo, tristeza, asombro, confusión, desesperación… todas enfrentadas en un solo momento devastador.

Lloré. Temblaba tanto que las lágrimas ardientes se sacudían de mis mejillas como gotas de lluvia que el viento desprende de los árboles.

Gemí, me metí el puño a la boca para que Len no me oyera.

La ira, el dolor, la traición eran tan apabullantes que honestamente pensé que me matarían. No era una posibilidad tan terrible, a fin de cuentas. Sin duda hubieran acabado mis penas, sin hablar de que me hubiera salvado de enfrentar el dilema de qué hacer ahora. Por supuesto, ir a la policía. Tenía que denunciar a Len. Pero ¿cuándo? ¿Cómo?

Decidí decirle a Len que no pude encontrar el encendedor y que tenía que ir a la tienda a comprar más cerillos. Así iría directo a la primera estación de policía y contaría todo.

Pensé que era posible. Después de todo, era una actriz. Durante unos minutos podría fingir no sentirme enferma y aterrada, e indecisa entre matarme o matar a Len. Metí las licencias y los mechones de cabello en mi bolsillo y subí las escaleras, preparada para mentirle a Len y salir corriendo a la policía.

Él seguía en la cocina, con su aspecto acostumbrado de nerd sexy y su tonto delantal que decía «Besa al cocinero». Había servido dos copas de vino y ya había puesto el queso en una charola. Era la imagen perfecta de la satisfacción doméstica.

Salvo por el cuchillo en su mano.

Len lo utilizaba con inocencia para cortar el salami que acompañaría al queso en la charola. Pero la manera en la que lo empuñaba, con una sonrisa en el rostro y la mano tan tensa que sus nudillos estaban pálidos, hizo que mis propias manos temblaran. No pude evitar pensar que en que había asesinado a esas tres chicas con ese mismo cuchillo, empuñándolo de la misma manera, mostrando esa misma sonrisa satisfecha.

—Te tardaste años —dijo Len, sin saber que todo había cambiado desde que nos vimos por última vez. Que toda mi existencia se había hecho cenizas como si fuera uno de esos personajes de una película de superhéroes en las que se suponía que él trabajaba cuando en realidad estaba aquí, acabando con la vida de tres personas.

Él siguió cortando el salami, la navaja golpeaba la tabla de madera. Mientras lo escuchaba, todas esas horribles emociones que había sentido desaparecieron.

Excepto una.

Furia.

Bullía en mi interior como si yo fuera un vaso de agua al que destrozaban con un martillo. Me sentía frágil, lista para volar en pedazos. Mientras sentía esto, empecé a pensar en razones por las que no debía ir a la policía. Al menos no sola.

Mi carrera fue lo primero en lo que pensé. Que Dios me perdone, pero fue así. Un hecho por el que todavía me odio. Pero supe al instante que acabaría con ella. Nadie me contrataría después de esto. Me convertiría en una paria. En una de esas personas implicadas en algo tan vergonzoso que mancha su reputación para siempre. Tan pronto como se supiera que Len era un asesino, la gente me juzgaría a mí, y muy pocas me darían el beneficio de la duda. Estaba segura de que la mayoría cuestionaría cómo no me había dado cuenta de que tenía un asesino en serie frente a mis narices, viviendo en mi departamento, durmiendo en mi cama.

Lo supe porque yo me hacía las mismas preguntas. ¿Cómo no sospeché nada? ¿Cómo no me di cuenta? ¿Cómo es posible que no lo supiera?

Peor aún, habría personas que darían por sentado que sí lo sabía. Habría mucha especulación y se preguntarían si yo también era una asesina. O al menos su cómplice.

No. La única manera en la que podía mantener mi reputación y mi carrera intactas era si Len iba conmigo. Si lo confesaba, a mí y luego a la policía, quizá yo saldría indemne de la situación. Una víctima inocente.

—Perdón —dije, asombrada de poder hablar—. Marnie me escribió sobre algo.

Len dejó de cortar, el cuchillo quedó suspendido sobre la tabla.

—¿Te escribió? Creí escuchar que hablabas con alguien.

—Acabé por llamarla. Ya sabes cuánto le gusta platicar.

—¿Y el encendedor?

Tragué saliva, preocupada.

—¿Qué tiene?

—¿Lo encontraste?

—Sí.

Con esa palabra empecé a prepararme para la que, sin duda, sería la peor noche de mi vida. Le di el encendedor a Len y le pedí que prendiera la fogata mientras yo subía a cambiarme. En la recámara, metí las licencias al fondo de un cajón de la cómoda y luego me puse unos jeans y una blusa de flores que Len siempre me decía que me hacía ver mucho más sexy. En el baño me guardé varias tabletas de antihistamínico que él usaba para las alergias. En la cocina eché una de ellas en la copa de vino y salí a dársela a Len. Tenía dos intenciones: que se relajara bastante para confesar y que se emborrachara y drogara lo suficiente para que no fuera violento o peligroso.

Len bebió el vino rápido. Cuando terminó, llevé la copa a la cocina, le agregué otro antihistamínico y la volví a llenar.

Luego lo hice una tercera vez.

Me pasé la noche sonriendo, platicando, riendo y suspirando satisfecha, fingiendo que era absolutamente feliz.

Fue la mejor actuación de mi vida.

—Vamos al agua —le dije cuando ya casi era medianoche.

—¿En la lancha? —preguntó Len arrastrando ya las palabras. Las pastillas estaban haciendo efecto.

—Sí, en la lancha.

Se puso de pie, tambaleándose, y se desplomó en la silla.

—¡Uf! Ya estoy cansado.

—Solo estás borracho —dije.

—Y por eso no quiero salir en la lancha.

—Pero el agua está tranquila y la luna muy brillante. —Me acerqué y presioné mis pechos contra él para hablarle al oído—. Será romántico.

El rostro de Len se iluminó, como siempre que pensaba que iba a tener sexo. Al verlo así me pregunté si tendría el mismo aspecto cuando mató a Megan, a Toni y a Sue Ellen. Ese horrible pensamiento quedó grabado en mi mente cuando lo ayudé a llegar a la lancha.

—¿Sin el motor? —preguntó cuando empujé con el remo para alejarnos del muelle.

—No quiero despertar a los vecinos.

Remé hasta el centro del lago y eché el ancla al agua. Para entonces, Len estaba ya completamente drogado.

Era el momento.

—Las encontré —dije—. Las licencias de conducir en tu caja de anzuelos. Los mechones. Encontré todo.

Len hizo un ruidito, una risita apagada.

—Ah —respondió.

—Mataste a esas mujeres, ¿verdad?

Len no dijo nada.

—Respóndeme. Dime que tú las asesinaste.

—¿Qué vas a hacer si te digo que sí?

—Llamar a la policía —contesto—. Luego me voy a asegurar de que vayas a la cárcel y no salgas nunca de ahí.

De pronto, Len empezó a llorar. No por la culpa o el remordimiento. Esas eran lágrimas egoístas que estallaban porque lo habían descubierto y ahora tenía que enfrentar el castigo. Berreando como un niño, se inclinó hacia mí con los brazos extendidos, como si buscara consuelo.

—Por favor, Cee, no me denuncies —dijo—. Por favor. No me pude controlar. Traté de hacerlo, en serio, traté. Pero seré una mejor persona. Lo juro.

Algo me dominó al ver a mi esposo suplicar compasión después de que él no mostró ninguna a los demás. Una especie de reacomodo interno que me hizo sentir tan vacía y brillante como una calabaza de Halloween.

Era odio.

Un odio violento, insaciable.

Odiaba a Len por lo que había hecho, por traicionarme por completo.

Lo detestaba por destruir la vida que habíamos construido juntos, por borrar cinco años maravillosos y reemplazarlos con este llanto, esta súplica, y por tratar de sujetarme, aunque yo lo rechazaba.

Lo aborrecía porque trató de lastimarme.

Pero yo no era la única víctima. Otras tres habían sufrido mucho más que yo. Saberlo me hizo tener la esperanza de que ellas al menos trataron de defenderse y, en el proceso, infligieron cierto dolor a Len. Y si no lo hicieron, bueno, ahora yo podía hacerlo por ellas.

Porque alguien tenía que hacer pagar a Len. Como su esposa, enojada, traicionada, y ahora arruinada, de pronto estaba en la posición para hacer precisamente eso.

—Lo siento mucho, Cee —dijo Len—. Por favor, por favor, perdóname. Por favor, no me denuncies.

Acabé por ceder y lo abracé. Len pareció derretirse cuando lo tomé entre mis brazos. Apoyó su cabeza contra mi pecho sin dejar de sollozar, y miles de recuerdos de nuestro matrimonio pasaron por mi cabeza.

—Te amo mucho —dijo Len—. ¿Tú me amas?

—Ya no —respondí.

Y entonces lo empujé por la borda y vi cómo desapareció en el agua oscura.

—Tú me mataste —dice Katherine de nuevo, como si no la hubiera escuchado la primera vez.

Lo hice, aunque no del todo. Todo mi cuerpo tiembla conmocionado. Un zumbido interior se hace cada vez más fuerte, y de ser un murmullo llega a ser un grito.

Eso es lo que quiero hacer.

Gritar.

Quizá ya estoy gritando y simplemente no me doy cuenta, el ruido sigue aumentado dentro de mí, tan estridente que eclipsa los sonidos exteriores.

Me llevo la mano a la boca para saberlo. Está cerrada, tengo los labios apretados y la lengua inmóvil, inútil. Tengo la boca tan seca, entumecida por la sorpresa, el miedo y la confusión, que me pregunto si alguna vez podré hablar de nuevo.

Porque no hay manera de que Katherine supiera lo que le hice a Len.

Nadie lo sabe.

Nadie más que yo.

Y él.

Eso significa que Tom tiene razón: la historia que Eli nos contó en la fogata es cierta. Aunque es por completo ridículo, es la única explicación de lo que estoy viviendo en este momento. El alma de Len, o su espíritu, o lo que carajos sea, se quedó atrás cuando la vida se escapó de su cuerpo y permaneció en el lago Greene, esperando en las aguas oscuras el momento en que pudiera ocupar el lugar de la siguiente persona que muriera ahí.

Resultó ser Katherine.

Ella murió esa tarde cuando la rescaté. Ahora estoy segura de eso. No llegué a tiempo. Fue claro por el estado en el que la encontré: ese cuerpo sin vida, esos ojos muertos, sus labios azules y su carne helada.

Y yo creí que estaba muerta.

Hasta que, de pronto, no lo estuvo.

Cuando Katherine volvió a la vida, sacudiéndose, tosiendo y escupiendo agua, fue como una suerte de milagro.

Uno macabro.

Uno que solo creían las personas de las que hablaba Eli.

De alguna manera, Len se había adueñado del cuerpo de Katherine y le devolvió la vida. En el proceso, él mismo resucitó a pesar de estar en un cuerpo diferente. No tengo idea de dónde esté ahora Katherine, la verdadera Katherine y todo lo que hace que ella sea *ella*.

—Len…

Me interrumpo, sorprendida por lo fácil que es usar su nombre, aunque no sea él a quien estoy viendo.

Es Katherine. Su cuerpo. Su rostro. Todo es ella salvo la voz, que suena más a la de Len con cada palabra que pronuncia, y por su actitud.

Todo esto es Len. Y a tal grado que mi cerebro cambia como si fuera un interruptor, que me hiciera pensar en ella como si fuera él.

—Ya lo entiendes —dice—. Apuesto a que pensaste que nunca más volverías a verme.

No sé a quién de ellos dos se refiere. Quizá a ambos. Es cierto en cualquier caso.

—Así es —respondo.

—No pareces contenta.

—No lo estoy.

Porque esto es como tener terrores nocturnos. Mi peor miedo hecho realidad. Mi culpa manifestada en forma física. Recurro a toda la fuerza que tengo para no desmayarme. Aun así, unos puntitos azules zumban como moscas en mi campo visual.

No puedo creer que esto esté pasando.

No debería estar pasando.

¿Cómo carajos está pasando?

Cientos de posibilidades se arremolinan en mi cerebro confundido que tratan de aterrizar en algo que sea remotamente lógico. Que sucedió porque las cenizas de Len las echamos en el lago Greene. Que había una combinación de minerales en el agua que mantuvieron viva su alma. Que porque murió antes de tiempo se vio obligado a errar en las profundidades. Que el lago sencillamente está maldito, como afirman Eli y Marnie.

Pero nada de eso es posible.

No puede ser real.

Lo que quiere decir que no lo es. No hay manera de que pueda serlo.

Cuando me doy cuenta de que todo esto debe ser un sueño, el alivio empieza a invadir tanto mi cuerpo como mi mente. No es más que una pesadilla inducida por el bourbon. Existe una posibilidad real de que sigo en el porche, inconsciente en la mecedora, a merced de mi inconsciente.

Paso una mano por mi mejilla y me pregunto si debo darme una bofetada para despertarme. Tengo miedo de que eso solo me decepcione, porque esto no me parece una pesadilla. Todo es demasiado vívido, demasiado *real*, desde las diversas antigüedades que abarrotan los rincones de la habitación como testigos, hasta el crujido de la cama y el hedor que emana tanto del cuerpo de Len como de la orina que está en la cubeta.

Se me ocurre otra idea.

Que en lugar de soñar quizá estoy muerta y que hasta ahora me doy cuenta. Dios sabrá cómo sucedió. Envenenamiento etílico. Un ataque cardiaco. Tal vez me ahogué en el lago y por eso estoy viendo a Len en el cuerpo de Katherine. Es mi limbo personal, donde mis buenas y malas obras se enfrentan ahora.

Pero eso no explica la presencia de Tom. Ni por qué mi corazón sigue latiendo. Ni por qué mi piel suda en este sótano sofocante. Ni por qué la tormenta sigue causando estragos afuera.

—Después de lo que me hiciste, claro que no estarás contenta —dice Len—. Pero no te preocupes, no se lo conté a Tom.

Le dije exactamente cinco palabras a mi marido muerto hace tanto tiempo, y cinco son demasiadas. Sin embargo, no puedo resistir agregar tres más a la cuenta.

—¿Por qué no?

—Porque nuestros secretos están tan unidos como nosotros dos. Yo hice algo malo, y eso provocó que tú hicieras algo malo.

—Lo tuyo fue mucho peor que lo mío, Len.

—El asesinato nunca deja de ser asesinato —dice.

—Yo no te asesiné. Tú te ahogaste.

—Semántica —responde Len—. Tú eres la razón por la que estoy muerto.

Esa parte es cierta, pero es solo la mitad de la historia. El resto —los recuerdos en los que nunca quiero pensar pero que siempre tengo en la mente— me golpea como mil olas. Todos esos detalles que trato de ahuyentar con cualquier cantidad de alcohol que pueda encontrar... han vuelto.

Todos.

Y cada uno de ellos.

Y me ahogo en ellos.

Recuerdo que me asomé por la borda de la lancha para ver cómo Len chapoteaba y escupía durante un tiempo que probablemente fueron minutos, pero que yo sentí como horas, sin dejar de pensar que no era tarde, que podía echarme al agua para salvarlo, llevarlo a la costa y llamar a la policía, pero también sentía que no deseaba hacerlo.

Porque había hecho cosas horribles y merecía un castigo.

Porque lo había amado y había confiado en él y lo había adorado y ahora lo odiaba por no ser el hombre que pensé que era.

Así que me contuve y no me tiré al agua. No lo salvé. No lo llevé a tierra. No llamé a la policía.

No hice nada y observé cómo se ahogaba.

Luego, cuando tuve la certeza de que estaba muerto, levanté el ancla y remé de regreso a la costa. En la casa, lo primero que hice fue servirme un bourbon, y ahí empezó un hábito que continúa hasta el día de hoy. Me lo llevé al porche y me senté en una de las mecedoras, bebiendo y mirando el agua, temerosa de que Len no se hubiera ahogado realmente y lo viera nadar hasta el muelle en cualquier momento.

Cuando pasó una hora y el hielo de mi vaso vacío ya se había derretido, decidí que necesitaba hablarle a alguien y confesar.

Elegí a Marnie. Era sensata, sabría qué hacer. Pero no pude marcar el teléfono y hacer la llamada. No por mí, sino por Marnie. No quería arrastrarla en mis problemas, hacerla cómplice de algo en lo que ella no tenía nada que ver. Pero hay otra razón por la que no la llamé, una que solo entiendo en retrospectiva.

No quería que me denunciara.

Ella lo hubiera hecho. Marnie es una buena persona, mucho mejor que yo, y no hubiera dudado en llamar a la policía. No para castigarme, sino porque era lo correcto.

Y yo, quien definitivamente no había hecho lo correcto, no quería arriesgarme.

Porque este no era un caso claro de defensa propia. Len no trató de lastimarme físicamente. Tal vez lo habría hecho sin el poderoso coctel de alcohol y antihistamínico en su cuerpo. Pero estaba borracho y drogado, y yo tuve mil maneras de escapar.

Aunque hubiera dicho que fue en defensa propia, la policía no lo vería así. Solo verían a una mujer que drogó a su esposo, lo llevó al lago, lo echó por la borda y esperó a que se ahogara. No importaba que él fuera un asesino en serie ni que esos mechones de cabello y licencias robadas fueran prueba de sus crímenes. La policía me acusaría de asesinato, aunque yo no hubiera matado a mi esposo.

Se ahogó. Yo solo elegí no salvarlo.

Pero de cualquier manera la policía me haría pagar por eso. Y yo no quería que me castigaran por castigar a Len.

Él se lo merecía.

Yo no.

Por eso cubrí mis huellas.

Primero saqué los mechones y las licencias del cajón de la cómoda, las limpié con el pañuelo en el que las encontré y escondí todo detrás del tablón suelto en la pared del sótano.

Luego preparé una jarra de café, lo vertí en el viejo termo de Len y regresé al sótano. Ahí recogí todo lo que Len usaba cuando salía a pescar: el sombrero verde suave, la caña y la caja de anzuelos.

Cuando salí por la puerta azul la dejé entreabierta para hacer parecer que Len la había usado. Luego llevé todo a la lancha, algo que no fue fácil. Estaba oscuro y no podía usar la linterna porque mis brazos estaban cargados y tenía miedo de que me viera alguien al otro lado del lago.

En la lancha, remé hasta la mitad del lago. Aventé el sombrero al agua y luego me metí yo para regresar nadando a la costa. Una vez dentro de la casa del lago, me quité la ropa mojada, la metí a la secadora, me puse un camisón y me metí a la cama.

No dormí nada.

Pasé la noche en vela, alerta a todos los sonidos de la casa, el crujido de las hojas, al chapoteo del agua en la ribera. Cada sonido me hacía pensar que era la policía que venía a arrestarme, o Len, que de alguna manera seguía vivo y había regresado a casa.

Sabía cuál situación era la peor.

Solo hasta que amaneció sobre el lago me di cuenta de la cosa tan horrible que había hecho.

No a Len.

No me siento culpable por eso. No lo hice entonces y no lo hago ahora.

Tampoco lo extraño.

Extraño a la persona que pensé que era.

A mi marido.

Al hombre que amé.

Esa no era la misma persona que vi hundirse en el agua. Era alguien diferente. Alguien malvado. Merecía lo que le había pasado.

Sin embargo, me arrepiento de lo que hice. Cada segundo de cada minuto de cada hora que estoy sobria me carcome. Porque fui egoísta. Me sentía tan enojada, tan dolida, tan jodidamente traicionada que solo le dediqué un pensamiento rápido a las mujeres que Len había asesinado. Ellas son las verdaderas víctimas de mis acciones. Ellas y sus familias y los policías que seguían intentando saber qué había pasado.

Al matar a Len en lugar de denunciarlo, le negué respuestas a todos ellos. Megan Keene, Toni Burnett y Sue Ellen Stryker siguen ahí afuera, en algún lugar, y por mi culpa nadie sabrá jamás en dónde. Sus familias siguen viviendo en una especie de limbo horrible donde existe una pequeña posibilidad de que regresen.

Yo pude vivir el duelo por Len —o por lo menos por el hombre que pensé que era— en dos actos conmemorativos, uno en cada costa del país. Me senté ahí, atormentada por la culpa de que se me permitiera regodearme en mi pena, un lujo que las familias de las víctimas no tuvieron. No realizaron ni un solo acto conmemorativo, mucho menos dos. Nunca se les permitió llorar sus pérdidas como se debe.

Tener un cierre.

Eso fue lo que asesiné esa noche.

Esa es la razón por la que bebo hasta que mi cabeza empieza a girar, el estómago me da vueltas y mi mente queda deliciosamente en blanco. También es la razón por la que paso todo el tiempo sentada en ese porche, mirando el agua, con la esperanza de que, si observo lo suficiente, al menos una de esas pobres almas me revelará su presencia.

Mi único intento para resarcirme fue ponerme un par de guantes y sacar una postal del lago Greene que había comprado durante una visita hace muchos años, por razones que ya no recuerdo. En el reverso, garabateé tres nombres y cuatro palabras.

«Creo que están aquí».

Escribí con la mano izquierda. El grafólogo de Wilma tenía razón en eso. Pegué un timbre autoadhesivo en la tarjeta postal y la dejé en un buzón al azar cuando me dirigía al siguiente bar. Ahí bebí tanto que cuando llegué al teatro donde se representaba *Una sombra de duda* ya estaba por completo alcoholizada.

Era la una de la tarde de un miércoles.

Cuando por fin recobré la sobriedad, estaba desempleada.

La ironía es que, al final, enviar esa tarjeta postal resultó inútil, incluso empeoró la situación. Causó confusión y no aclaró nada, y convenció a Wilma y a Boone de que Katherine Royce la había enviado, y que Tom era el hombre que había cometido los crímenes de Len.

Y yo tuve que fingir que pensaba lo mismo. La única otra opción era admitir lo que yo había hecho.

Pero ahora, mientras veo al hombre que definitivamente no es mi esposo, pero que también definitivamente lo es, me doy cuenta de que tengo otra oportunidad para corregir mis terribles errores.

Len está de vuelta. Puede decirme lo que les hizo a sus víctimas, y al fin podré brindarles a los seres queridos de Megan Keene, Toni Burnett y Sue Ellen Stryker el desenlace que les negué.

Sigo sin tener claro cómo o por qué sucedió este giro surrealista de los acontecimientos. Dudo que algún día pueda conocer las fuerzas, científicas o sobrenaturales que se esconden detrás de ellos. Si esto es una suerte de milagro jodido, no voy a perder mi tiempo cuestionándolo. Mejor voy a sacarle el mayor provecho posible.

Doy un paso hacia la cama y Len me lanza una mirada intrigada. Es extraña la facilidad con la que reemplazó a Katherine en mi mente. Aunque estoy consciente de que es a ella a quien veo, no puedo evitar imaginarlo a él.

—Estás planeando algo, Cee —dice mientras yo me acer-co—. Tienes ese brillo en los ojos.

Estoy junto a la cama, lo suficientemente cerca como para tocarlo. Extiendo una mano temblorosa, la pongo sobre su pierna derecha y la alejo como si fuera la hornilla encendida de una estufa.

—No tengas miedo —dice Len—. Nunca te haría daño, Cee.

—Ya lo hiciste.

Deja escapar una risita triste.

—Dice la mujer que vio cómo me ahogaba.

No puedo estar en desacuerdo. Eso fue exactamente lo que hice y, en el proceso, condené a una gran cantidad de gente a una vida de incertidumbre. Necesitan respuestas, tan-to como yo necesito aliviar la culpa que me pesa desde hace más de un año.

Mi mano regresa a la pierna de Len, se desliza sobre la protuberancia de su rodilla y hacia abajo, sobre la espinilla y por encima de la cuerda que rodea su tobillo. Toco el otro ex-tremo de la cuerda, el que está amarrado al marco de la cama y que termina en un nudo grande y caótico.

—¿Qué estás haciendo? —pregunta Len.

Le doy un jalón al nudo.

—Te estoy liberando.

Me lleva tiempo deshacer el nudo, tanto que me sorprende que Tom no haya regresado antes de que termine. No le hago nada a la cuerda que rodea el tobillo de Len. Al igual que las ataduras de todas las extremidades, pienso usarlas de nuevo.

En lugar de liberar su otra pierna, paso a sus manos. Desato la izquierda primero, el nudo cede con mayor facilidad ahora que estoy tomando práctica. El momento en que su mano queda libre, Len la extiende hacia mí y, durante un segundo de pánico, pienso que va a golpearme. En vez de eso me toca la mejilla con la palma y la acaricia con mucho cuidado, como acostumbraba hacer después de que hacíamos el amor.

—Por Dios, te he extrañado.

Me aparto de su mano y empiezo a desamarrar la cuerda de su mano derecha.

—No puedo decir lo mismo.

—Has cambiado —dice—. Ahora eres más cruel. Más dura.

—Por tu culpa.

Desenrollo la cuerda del marco de la cama y la jalo, y me alejo rápidamente. Len se ve obligado a seguir el movimiento, y de una sacudida se endereza parcialmente, como una marioneta. Mantengo tensa la cuerda cuando paso frente a la cama y tomo la que sigue amarrada alrededor de su mano izquierda.

—Olvidaste mi otra pierna —dice Len.

—No, no la olvidé —respondo—. Hazte para adelante y déjame atarte las manos a la espalda. Si me facilitas esto, entonces desataré tu otra pierna.

—¿Me das un beso primero?

Me guiña un ojo, coqueto. Me dan ganas de vomitar.

—Hablo en serio —digo—. Tom va a regresar en cualquier momento.

Len asiente y aflojo la cuerda. Cuando lleva las manos a su espalda, las presiono una contra otra y enrollo la cuerda varias veces alrededor de ambas muñecas, antes de hacer el nudo más apretado que puedo. Satisfecha de que no pueda liberarse, avanzo hasta el pie de la cama y empiezo a desamarrar la cuerda en el tobillo izquierdo.

Tom regresa cuando estoy terminando de desatarla, la cuerda aún cuelga del marco de la cama en el momento en el que sus pisadas suenan en la escalera.

Len se desliza sobre la cama mientras yo busco algo con qué defenderme de Tom, si las cosas llegan a ese punto. Supongo que no nos dejará salir fácilmente. Me decido por la pata de una mesa rota que está apoyada en un baúl de viaje. Cuando la tomo me doy cuenta de que no tengo un plan. No tuve tiempo para pensar en uno. Lo mejor que puedo esperar es que Len esté tan determinado como yo de salir de este sótano.

Y que no tratará de lastimarme en el intento.

Al pie de las escaleras, Tom se detiene, mira la cama y tarda un poco en reaccionar.

—¿Qué demonios…?

Len se abalanza sobre él antes de que pueda terminar su frase. Golpea a Tom con el hombro como si fuera un carnero salvaje.

Tomado por sorpresa, Tom cae al piso.

Len permanece de pie y corre hacia las escaleras, las cuerdas de los tobillos se arrastran tras él. Tom extiende el brazo, sujeta el extremo de una y la jala. Antes de que pueda hacerlo con la fuerza suficiente para que Len se caiga, le golpeo el brazo con la pata de la mesa. Tom grita de dolor y suelta la cuerda, lo que le permite a Len escabullirse.

Parada entre ambos, esgrimiendo aún el pedazo de madera que acabo de usar como arma para que el espíritu del hombre cuya muerte provoqué pueda escapar en el cuerpo de la mujer que creí que Tom había asesinado, una idea cruza por mi mente.

«¿Qué carajos estoy haciendo?».

La respuesta es simple: no lo sé. No estaba preparada para nada de esto. ¿Cómo hubiera podido estarlo? Ahora que está sucediendo —¡mierda!, está pasando, *de verdad*— me guío por instintos, impulsada tanto por el deseo de localizar a las mujeres que Len asesinó como por el miedo de que Tom se entere de que soy culpable de lo que lo están acusando a él. En este momento, separarlos me parece la mejor opción.

Corro detrás de Len, lo empujo y trato de apresurarlo por las escaleras antes de que Tom pueda atraparnos. Algo que casi sucede. Estamos a la mitad de las escaleras cuando se lanza a toda prisa tras nosotros y me obliga a golpearlo con la pata de la mesa como si fuera un bateador de Louisville. La madera se estrella contra la pared del cubo de las escaleras y rebota contra la otra.

Tom se tambalea, tropieza y cae en cuatro patas. Todo ese tiempo no ha dejado de gritarme:

—¡Casey, detente! ¡Por favor, no hagas esto!

Sigo moviéndome, alcanzo a Len en lo alto de las escaleras y lo empujo por el umbral. Cuando ambos estamos afuera, volteo y veo a Tom que sube a trompicones.

—¡No! ¡Espera! —grita.

Azoto la puerta, tomo la cadena y la deslizo en su lugar en el momento en el que Tom empieza a golpear la puerta. Esta se entreabre hasta donde la cadena lo permite. El rostro de Tom llena la abertura de cinco centímetros entre la puerta y el marco.

—Escúchame, Casey —dice entre dientes—. ¡No confíes en ella!

Me recargo contra la puerta, tratando de cerrarla. Junto a mí, Len empieza a empujar la cómoda que está cerca. Apenas si esta se mueve. Gruñe, empuja, pero olvida que ahora está en el cuerpo de alguien que tiene la mitad del tamaño y de la fuerza que él tenía. Como me veo obligada a ayudarlo, suelto la puerta y empiezo a jalar la cómoda. Juntos logramos moverla unos centímetros frente a la puerta, antes de que Tom tome impulso para intentar escapar de nuevo.

Azota la puerta de una patada.

La cadena se rompe.

La puerta se abre un poco antes de rebotar contra la parte trasera la cómoda.

Agitados y jadeando, Len y yo empujamos la cómoda contra la puerta para bloquearla y dejar a Tom atrapado al otro lado. Él golpea, patea y me suplica que lo deje salir.

Sí lo haré.

Más tarde.

Por el momento necesito llevar a Len a la casa del lago, donde pueda interrogarlo en paz.

Salimos por la puerta de la cocina, mientras los golpes y gritos de Tom se apagan bajo la tormenta. El viento aúlla y dobla los árboles alrededor con tal fuerza que me sorprende que no se rompan. La lluvia cae en cortinas enceguecedoras y los truenos retumban en lo alto. Bajo el destello de un rayo puedo ver que Len empieza a correr.

Antes de que pueda escapar, sujeto las cuerdas que siguen atadas a sus tobillos y jalo como si fueran riendas. Len cae al suelo. Sin saber qué más hacer, salto sobre él y lo inmovilizo mientras la lluvia nos aporrea a ambos.

Debajo de mí, Len se queja.

—Pensé que me ibas a dejar libre.

—Ni lo sueñes. Levántate —le ordeno, haciéndome a un lado.

Lo hace, pero no es una tarea fácil con los brazos aún atados a la espalda y conmigo jalando las cuerdas que tiene amarradas a los tobillos, como si fuera un perro indisciplinado con correa. Cuando al fin se pone de pie, le doy un empujoncito para que avance.

—Ve hacia el muelle. Despacio. Ahí está la lancha.

—Ah, la lancha —dice Len dirigiéndose hacia el agua—. Eso me trae recuerdos.

Mientras avanzamos en medio de la tormenta, me pregunto cuánto recuerda sobre la noche en que murió. A juzgar por su sarcasmo, supongo que casi todo. Me da curiosidad saber si tiene conciencia de los catorce meses que han pasado desde entonces. Es difícil imaginar que pueda percibir el paso del tiempo mientras su espíritu flotaba en el agua. Pero claro, tampoco nunca imaginé que él caminaría por un muelle en el cuerpo de una ex supermodelo, y aquí estamos.

Vuelvo a pensar: «Esto no está pasando. Es una pesadilla. Esto no puede ser real».

Por desgracia, parece demasiado real, incluido el viento, la lluvia, las olas que se alzan en el lago golpeado por el huracán y se rompen sobre el muelle. Si esto fuera un sueño, no estaría empapada ni tan jodidamente asustada ni nerviosa de que el agua del lago que me salpica los tobillos pueda hacerme caer del muelle.

Frente a mí, Len sí se resbala y me da miedo que se vaya a caer en el agua. Como tiene las manos amarradas a la espalda, sin duda se ahogaría. No me preocupa que se ahogue, por supuesto, sino que muera antes de decirme dónde puso los cuerpos de sus víctimas.

Len se las arregla para mantener el equilibrio y salta a la lancha cuando una ola la eleva al final del muelle. Entro detrás de él y rápidamente empiezo a amarrar las cuerdas de sus tobillos a la base de su asiento que está atornillado al piso.

—Nada de esto es necesario —dice cuando acabo de sujetar las cuerdas a la base del asiento.

—No opino lo mismo.

Una vez que Len está bien atado, voy a la popa de la lancha y enciendo el motor. Remar es imposible en estas aguas tan agitadas. Incluso con el motor fuera de borda es difícil ir a toda velocidad. Hacemos en quince minutos un trayecto que en general lleva dos. Cuando llegamos al otro lado del lago, son necesarios tres intentos y dos golpes estremecedores contra el muelle hasta que puedo amarrar la lancha.

Repito todos los movimientos que acabamos de hacer en casa de los Fitzgerald. Desato las piernas de Len, lo obligo a salir de la lancha que se sacude sobre las olas, y subo con él al muelle al tiempo que el agua se estrella contra nosotros.

Cuando llegamos a la casa, Len está taciturno y silencioso. No dice ni una sola palabra cuando lo hago subir las escaleras del porche y entrar a la casa. El único sonido que escucho es un suspiro contrariado cuando lo empujo para que siga subiendo los escalones, esta vez hacia el tercer piso.

En lo alto de la escalera, elijo la primera recámara que veo. Mi antiguo cuarto.

No solo me ofrece un acceso rápido a las escaleras si todo sale terriblemente mal y necesito escapar, sino que las camas gemelas que están ahí tienen marcos de latón similares a los de la cama del sótano de los Fitzgerald.

Cuando es el momento de amarrar a Len a esta cama, hago lo contrario de lo que hice en la casa de los Fitzgerald. Primero el tobillo izquierdo, para sujetarlo, y después la muñeca izquierda.

Como la cama está en un rincón de la habitación, me veo obligada a inclinar todo el cuerpo sobre el suyo para poder sujetar su muñeca derecha. Una posición muy íntima. Tan familiar como ajena. El recuerdo de las largas noches en las que yacía sobre Len se debate con la realidad de este nuevo cuerpo y la piel suave de Katherine, su cabello largo, sus pechos rebosantes.

Amarro su muñeca a toda prisa, mis dedos mueven la cuerda con torpeza porque tengo miedo de que aproveche ese momento para defenderse. En vez de eso se me queda mirando, tan enamorado como si fuera Romeo. Sus labios se entreabren en un suspiro profundo de anhelo, siento su aliento caliente en mi rostro.

Huele horrible, y la sensación es aún peor.

Como una invasión.

Hago un gesto de asco y termino el nudo caótico, me alejo de él y paso al pie de la cama. Cuando su pierna derecha queda inmovilizada al marco, me dejo caer en la otra cama.

—Vas a responderme algunas preguntas —digo.

Len permanece callado, se niega a mirar en mi dirección. Elige ver al techo fijamente, con aburrimiento exagerado.

—Háblame de Katherine —continúo.

Más silencio.

—Vas a tener que hacerlo en algún momento.

Ninguna respuesta de Len.

—Bien. —Me pongo de pie, me estiro y voy hacia la puerta—. Puesto que no vamos a ir a ningún lado hasta que empieces a hablar, supongo que iré a preparar café.

Me detengo en el umbral para darle a Len una oportunidad de responder. Tras treinta segundos más de silencio, me dirijo a la cocina y enciendo la cafetera. Recargada sobre la barra, mientras escucho a Mr. Coffee sisear y gotear, finalmente me doy cuenta del peso de los acontecimientos de esta noche.

Len está de regreso.

Katherine está *en alguna parte*.

Tom está encerrado en el sótano de los Fitzgerald.

¿Y yo? Estoy a punto de vomitar.

Siento unas náuseas repentinas. Un momento estoy erguida, al siguiente estoy doblada, tirada en el piso mientras la cocina da vueltas y vueltas y vueltas. Trato de levantarme, pero mis piernas están demasiado débiles para soportarme. Me veo obligada a gatear hasta el baño, donde vomito en el escusado.

Cuando termino, me siento y me recargo en la pared. Empiezo a llorar, a hiperventilar, grito con la cara hundida en una toalla que tomé del colgador que está a mi lado. He pasado de querer creer que nada de esto está pasando a querer averiguar cómo detenerlo.

Porque no seré capaz de soportarlo.

No en este momento que estoy muy lejos de sentirme tranquila.

Pero sé que, si Len no empieza a hablar, todo empeorará. Nadie puede soportar tanto estrés y miedo y una demencia absoluta sin perder la razón por completo.

Aunque no he llegado a ese punto, podría hacerlo pronto. Hasta entonces, tengo cosas que hacer. Así que me levanto, un poco sorprendida de poder hacerlo, y me echo agua fría en la cara. Cuando la seco con la toalla en la que grité, me asalta un pequeño pensamiento de alivio.

Al menos la situación no puede empeorar.

Pero sí empeora.

Como estaba demasiado ocupada vomitando, jadeando, gritando en la toalla o mojándome la cara con agua, no escuché el automóvil que se paraba frente mi estacionamiento.

Ni la puerta que se abría y se cerraba cuando el conductor se bajó.

Ni las pisadas que se acercaban a la casa.

Solo me doy cuenta de la presencia de alguien cuando tocan la puerta. Dos golpes tan fuertes y sorprendentes que bien podrían ser disparos. Me estoy mirando en el espejo del baño cuando los escucho, y mi expresión paralizada es la imagen misma de un ciervo en pánico bajo los faros de un coche. Los labios entreabiertos, los ojos grandes como platos y llenos de sorpresa. Mi rostro, tan rosado y abotagado un segundo antes, pierde todo el color.

Dos golpes más me sacan del estupor. Animada por el instinto de supervivencia, salgo a toda prisa del baño con la toalla aún en la mano, consciente de lo que tengo que hacer sin pensarlo más. Subo las escaleras corriendo hasta la recámara y sorprendo a Len, quien, al fin, trata de hablar.

Pero no le doy la oportunidad.

Le meto la toalla en la boca y ato los extremos en su nuca.

Luego vuelvo a bajar las escaleras, me detengo a medio camino para recuperar el aliento y bajo el resto despacio. Mi corazón pasa de latir con fuerza a un tamborileo constante. En el recibidor, digo:

—¿Quién es?

—Wilma Anson.

Mi corazón da un vuelco, un salto único y rebelde, antes de tranquilizarse. Me enjugo el sudor de la frente, esbozo una gran sonrisa que podría verse desde los asientos más alejados de un teatro, y abro la puerta. Wilma está al otro lado, sacudiéndose la lluvia que la empapó en el trayecto entre el coche y el porche.

—Detective —digo alegre—. ¿Qué la trae con este clima?

—Estaba en los alrededores. ¿Puedo pasar?

—Claro.

Abro la puerta por completo y le hago una seña para que entre al recibidor, donde me mira durante un segundo, tranquila, inquisitiva.

—¿Por qué estás tan mojada? —pregunta.

—Salí a revisar la lancha —respondo improvisando la respuesta—. Ahora estoy preparando café.

—¿A esta hora?

—No tengo problemas con la cafeína.

—Tienes suerte —dice Wilma—. Si me tomara ahora una taza estaría despierta hasta el amanecer.

Puesto que me sigue evaluando, buscando alguna señal de que algo está mal, le indico que me siga al interior de la casa. Hacer otra cosa solo aumentaría sus sospechas. La guío a la cocina, donde me sirvo café en una taza y luego me dirijo al comedor.

Wilma me sigue hasta ahí. Cuando se sienta a la mesa, mis ojos buscan la pistola que está en su funda bajo del saco. Ahí está, lo cual me dice que está aquí por asuntos oficiales.

—Supongo que esta no es una visita de cortesía —digo al sentarme frente a ella.

—Supones bien —dice Wilma—. Creo que sabes de qué se trata.

La verdad es que no. Han pasado demasiadas cosas en las últimas veinticuatro horas que explicarían una visita de la policía estatal.

—Si se trata de la última llamada que te hice, quiero que sepas que lo siento mucho. No estaba pensando cuando acusé a Boone.

—No, no lo estabas —dice Wilma.

—Y no creo que él tenga nada que ver con lo que está pasando.

—Así es.

—Me alegra que estemos de acuerdo.

—Claro —dice Wilma, dejando claro que le importa un bledo si estamos o no de acuerdo—. Lástima que no esté aquí para hablar de Boone Conrad.

—Entonces, ¿a qué viniste?

La miro a través del vapor que se eleva de mi taza de café, tratando de leer sus pensamientos. Es imposible.

—¿Has espiado la casa de los Royce esta tarde? —pregunta
Wilma.

AHORA

Tomo un sorbo de bourbon y miro fijamente a la persona que está atada a la cama, y me siento consumida tanto por el miedo como por la fascinación de que alguien tan maligno pueda estar contenido en alguien tan hermoso. Algo así no debería ser posible. Sin embargo, está sucediendo. Lo estoy viendo con mis propios ojos. Hace que mantenga el vaso de bourbon presionado contra mis labios.

Esta vez, le doy un trago.

—Recuerdo cuando acostumbrabas ponerte alegre con una sola copa de vino —dice Len al verme beber—. Es evidente que eso ha cambiado. Supongo que yo tuve que ver un poco con eso.

Trago.

—Más que un poco.

—¿Te puedo decir que me preocupas? —dice Len—. Porque es cierto. Esta no eres tú, Cee. Eres muy diferente a la persona de la que me enamoré.

—El sentimiento es mutuo.

—¿Y por eso decidiste beber hasta morir?

—De todas las personas, tú eres la que menos tiene derecho a juzgarme —respondo—. No me interesa tu jodida preocupación. Porque esto… —Levanto el vaso de bourbon que sigue en mi mano— es tu culpa. Todo esto. Ahora, si quieres podemos hablar de por qué bebo, pero hasta que me digas qué pasó con esas chicas que mataste.

—¿Quieres saber cómo lo hice?

Len sonríe con una mueca enferma, macabra, que parece profana en el rostro encantador de Katherine. Necesito recurrir a todo mi control para no abofetearlo.

—No —respondo—. Quiero saber *por qué* lo hiciste. Si hubo algo más que el hecho de que lo disfrutaras. Si algo te obligó a actuar así.

Un ruido del exterior.

Una ráfaga de viento que aúlla como un alma en pena sobre el lago.

Golpea la casa haciendo que todo el lugar se estremezca y los vidrios de las áreas comunes se sacudan.

La lámpara del buró vuelve a parpadear. Esta vez no se detiene.

—No quieres saberlo, Cee —dice Len—. Solo crees que sí. Para comprender en verdad mis acciones, tendrás que confrontar todo lo que pasaste por alto o ignoraste porque estabas demasiado ocupada lamiéndote las heridas de tu propia infancia jodida. Pero a ti no te abandonó tu madre puta, no tuviste un padre que te golpeaba, no creciste de una casa de acogida a otra como un perro no deseado.

Len quiere que sienta lástima por él, y la siento. Ningún niño debería experimentar lo que él vivió. Sin embargo, también sé que muchos pasan por eso y se las arreglan para vivir sin lastimar a otros.

—Esas chicas que asesinaste no tenían la culpa de eso —digo.

—No me importaba. Quería lastimar a alguien. Lo necesitaba.

Y yo necesitaba que fuera el hombre que pensé que era. El hombre amable, decente y encantador con el que creí haberme casado. Pero me equivoqué. El que él no haya podido serlo —o no haya querido— me llena de una mezcla de rabia, tristeza y dolor.

—Si te sentías así, ¿por qué insististe en arrastrarme contigo? —Hay un temblor en mi voz. No estoy segura de qué emoción lo provoca, si la rabia o la desesperación—. Me hubieras dejado tranquila. Pero dejaste que me enamorara de ti, que me casara contigo, que construyera una vida contigo, una vida que siempre supiste que destruirías.

Len niega con la cabeza.

—No pensé que llegaría a eso. Creí que podría controlarlo.

—Nuestro matrimonio debió ser suficiente para detenerte —digo, el temblor se convertía en un terremoto—. ¡Yo debí ser suficiente!

—Traté de no hacerlo —dice Len—. Pero el deseo nunca desapareció, por más que yo quisiera. Algunas noches, mientras dormías, yacía despierto y pensaba en cómo se sentiría observar cómo se esfuma la vida en la mirada de una persona y saber que fui yo quien lo provocó. Entre más lo pensaba, más me resistía. Y entre más me resistía, más intenso se hacía el deseo.

—Hasta que viniste aquí y lo hiciste.

—No al principio —explica Len, y siento un nudo en el estómago al pensar que mató a otras personas en otro lugar—. En Los Ángeles. A veces, cuando estaba ahí solo por el trabajo, exploraba las calles, encontraba a una prostituta y me la llevaba a mi habitación.

La noticia no me sorprende. Después de saber que tu marido asesinó al menos a tres mujeres, saber que también te fue infiel no duele como dolería en circunstancias normales.

—Y entonces una noche, ya no me importó siquiera llegar a la habitación. Solo nos subimos al coche, nos estacionamos en un lugar tranquilo, finiquitamos la parte financiera y, mientras yo estaba en mi asiento reclinado y ella inclinada sobre mí, dándome una mamada que no valía lo que le pagué, pensé «Sería tan fácil matarla ahora mismo».

Me estremezco, asqueada. De nuevo, no puedo creer que este hombre fuera mi marido, con quien pasé la mayoría de mis noches dormida a su lado, a quien amé con cada célula de mi cuerpo. Pero no puedo superar la manera en la que me engañó por completo. Durante nuestro tiempo juntos jamás sospeché, ni una sola vez, que fuera siquiera una pequeña parte de lo cruel y depravado que se muestra ahora.

—¿Lo hiciste? —le pregunto, y no quería una respuesta, pero la necesitaba.

—No —responde Len—. Era demasiado arriesgado. Pero sabía que algún día sucedería.

—¿Por qué aquí?

—¿Por qué no aquí? Es tranquilo, apartado. Además, yo podía rentar un coche, conducir hasta aquí el fin de semana, regresar y fingir que estaba en Los Ángeles. Nunca sospechaste nada.

—Al final lo supe —digo.

—Hasta que fue demasiado tarde para Megan, Toni y Sue Ellen.

Me duele el estómago, un dolor agudo, un retortijón como si hubiera tomado el cuchillo que está en la cama junto a mí y me lo hubiera clavado.

—Dime dónde dejaste los cuerpos.

—¿Para que expíe mis pecados?

Niego con la cabeza y tomo otro trago de bourbon.

—Para que yo expíe los míos.

—Ya veo —dice Len—. ¿Y luego qué? Y no finjas que no lo has pensado. Sé exactamente lo que planeas hacer. Cuando sepas dónde están los cuerpos vas a volver a matarme.

Cuando estaba vivo, me parecía asombroso lo bien que Len podía leer mis pensamientos. A veces sentía que sabía cada uno de mis estados de ánimo, caprichos y necesidades, lo cual me encantaba. Era un placer que mi esposo me conociera tan bien. En retrospectiva, fue más una maldición que una bendición. Sospecho que esa era la manera en la que Len pudo ocultar su verdadera naturaleza durante tanto tiempo. Estoy segura de que es así como sabe con certeza lo que he planeado.

—Sí —respondo, no tiene caso mentir. No me creería si lo hiciera—. Eso es lo que pretendo hacer.

—¿Y si me niego?

Pongo el vaso en el buró, junto la lámpara que sigue parpadeando. Es como una luz estroboscópica que sumerge la habitación en diminutos estallidos de oscuridad y luz conforme mi mano vuelve a moverse hacia el cuchillo.

—Entonces te mataré de todos modos.

—No creo que quieras tener tanta sangre en tus manos, Cee —dice Len, pronunciando mi apodo con un siseo exagerado—. Sé por experiencia que no dudarías en matarme. Pero es tu otra víctima la que debería hacerte pensar.

—¿Qué otra víctima?

—Katherine, por supuesto.

No tiene que decir nada más. Ahora entiendo a la perfección a qué se refiere. Si lo mato, también mataría a Katherine Royce.

A la sombra de ese descubrimiento, otra cosa se aclara. Una más optimista, aunque no menos complicada.

—Ella sigue ahí —afirmo.

Len no tiene oportunidad de responder, el aullido del viento al exterior lo interrumpe.

Se acerca cada vez más.

Se precipita.

Golpea la casa con fuerza y todo se sacude, yo incluida. Me apoyo en el buró para guardar el equilibrio. En el pasillo algo se cae al suelo y se hace trizas.

La lámpara deja de parpadear el tiempo suficiente como para que pueda ver que el vaso de bourbon se tambalea, que Len forcejea con las cuerdas, con la misma sonrisa engreída en su rostro.

Luego la lámpara, la habitación y toda la casa del lago quedan en completa oscuridad.

La total oscuridad es tan repentina que me hace perder el aliento. El sonido se escurre por la habitación, aumentado por las tinieblas que nos rodean. Ahora *esto* es más tenebroso que un féretro cerrado.

Permanezco en la cama, esperando que sea momentáneo y que la electricidad se restablezca en unos segundos. Cuando pasa un minuto y las luces siguen apagadas, me resigno a la tarea que me espera: ir a buscar linternas y velas para alumbrar este lugar lo más posible.

No confío en Len cuando hay luz, pero confío aún menos en él en la oscuridad.

Me levanto y salgo de la recámara usando mi memoria muscular de las miles de noches que tuve que moverme entre las camas hasta la puerta.

En el pasillo algo cruje debajo de mis tenis.

Vidrio roto.

Hay una gran cantidad sobre el piso de madera maciza. Trato de evitarlo y, por accidente, empujo el objeto de donde provienen los vidrios: un cuadro que se cayó de la pared cuando la casa se estremeció.

Avanzo hacia las escaleras. En lugar de bajarlas a un paso normal, tanteo, escalón por escalón, hasta llegar abajo. Para entonces, mis ojos se han acostumbrado lo suficiente a la oscuridad como para abrirme paso hasta el estudio, donde se guardan las linternas y velas de emergencia. Encuentro una linterna led, una lámpara sorda y varias velas gruesas que duran horas.

También encuentro un encendedor.

Uno que probablemente ha estado aquí durante años.

Al menos desde el verano pasado.

Y puesto que Len era la persona responsable de que hubiera suministros suficientes, sabía de su existencia.

Ese hijo de puta.

Enciendo la linterna y voy de una habitación a otra prendiendo velas por donde paso. Algunas son las de la reserva de emergencia, otras son decorativas y están en bases de vidrio que se han acumulado durante años, y no se habían encendido sino hasta este momento. Sus aromas se mezclan conforme avanzo por la casa. Abeto y canela, lavanda y flor de naranja. Unos aromas deliciosos para lo que se ha convertido en una situación horrible.

Arriba, prendo una vela en la recámara principal antes de regresar a la habitación donde Len sigue amarrado.

Coloco la linterna sobre la cama y una vela en el buró. Prendo el encendedor y lo acerco al pabilo de la vela que chisporrotea un poco hasta encenderse.

—Tú querías que encontrara las licencias de conducir, ¿verdad? —pregunto—. Por eso me mandaste a buscar en la caja de anzuelos y no me pediste el encendedor que estaba en las provisiones para las tormentas. Querías que yo supiera lo que habías hecho.

Len se remueve en la cama, su sombra larga parpadea sobre la pared a su lado. La luz de la vela dibuja su rostro en patrones que cambian de brillo y sombras. En cada momento de oscuridad, pienso que veo a Len en su verdadera forma, casi como si Katherine mutara para convertirse en él. Una broma cruel de la luz.

—Era más un juego —dice—. Sabía que había una posibilidad de que las encontraras, así como sabía que podrías ignorarlas por completo. Era emocionante tratar de averiguar si lo harías o no. Al final, lo supe.

—No hasta que fue demasiado tarde para ti. —Levanto el vaso de bourbon hasta mis labios y tomo el sorbo de la victoria—. Pero no es demasiado tarde para Katherine, ¿cierto? Ella sigue ahí.

—Así es —responde Len—. En algún lugar, profundo. Pensé que lo habías entendido.

Ahí se equivoca. Sigo sin entender nada. No solo la naturaleza perversa de lo que permite que todo esto suceda, sino cómo funciona.

—¿Ella sabe todo lo que está pasando?

—Tendrás que preguntarle.

—¿Es posible?

—Ya no. Lo era cuando ella tenía todavía el control.

Mis pensamientos pasan a algunas interacciones que tuve con Katherine. Cuando hablamos en la lancha después de que

385

la saqué del lago. Cuando bebió de un trago el vino de cinco mil dólares de su marido. Cuando tomamos café la mañana siguiente y se quejó de su matrimonio. Todo eso era Katherine. O la mayor parte. Supongo que a veces Len se abría paso, como cuando vio sus binoculares en el porche o cuando me mandó un mensaje de texto, porque Katherine no conocía mi número de teléfono.

—¿Cuándo te hiciste cargo tú? —pregunto.

—Fue algo gradual —explica Len—. Me tomó tiempo entender mi nueva forma, comprender cómo funcionaba, aprender a controlarlo. Y, Dios, cuánto se resistió. Katherine se negaba a ceder sin dar pelea.

«Bien por ella», pensé, antes de que me asaltara otra idea.

—¿Hay manera de hacerla volver?

Len no responde.

—Sí la hay —continúo—. De lo contrario me hubieras dicho que no.

—Podría haber una manera, sí —responde Len—. Pero no pienso compartirla contigo.

—No puedes seguir así, atrapado. No solo aquí, en esta habitación, sino en el cuerpo de otra persona.

—Y qué cuerpo tan hermoso. Sospecho que eso me facilitaría las cosas.

Len mira con lascivia los pechos de Katherine. Al verlo, me invade una furia que, con toda probabilidad, había mantenido oculta durante toda mi vida. No solo contra él, aunque él ha sido la causa de mucha de mi ira, sino contra todos los hombres que piensan que, de alguna manera, la vida es más fácil para las mujeres, sobre todo para las que son bonitas.

—¿Facilitar? —pregunto—. No tienes idea de lo difícil que es ser una mujer ni de la locura que significa sentirte siempre vulnerable porque es así la jodida sociedad. Créeme, no podrías manejarlo. Espera hasta que tengas que caminar sola por la calle en la noche o esperar el metro en el andén y preguntarte si uno de los hombres, o varios, de los que están a tu alrededor intentarán acosarte, agredirte. O incluso matarte, así como tú asesinaste a esas tres chicas que ahora están en alguna parte del lago.

Tengo el cuchillo en la mano, aunque no recuerdo haberlo tomado. Ahora que lo sujeto, cruzo la habitación a toda velocidad y, ardiendo de rabia contenida, lo llevo al cuello de Len. Él traga saliva, y el acero del cuchillo acaricia su piel.

—Quizá tendría que hacerlo ahora —digo—. Solo para que sepas qué se siente.

—Recuerda lo que te dije —advierte—. Si me matas, también matas a Katherine. Apuñálame y la apuñalas a ella. Ahora mi sangre es su sangre.

No aparto el cuchillo de inmediato. El enojo hierve en mi interior como brea hirviendo y me hace dejarlo ahí otro minuto, el filo de la navaja está a punto de abrir la piel. Durante esos sesenta segundos me siento salvajemente viva y, por fin, con la situación bajo control.

«Así debe sentirse un hombre», pienso.

Pero entonces advierto que Len me mira. En esos ojos verde-grisáceos que alguna vez pertenecieron a Katherine Royce y que ahora son suyos, veo aprobación.

—Siempre supe que hacíamos una buena pareja —dice mientras la navaja del cuchillo sigue rasguñando su piel.

Horrorizada, me aparto, me siento en la otra cama y dejo que el cuchillo se me escape de la mano.

Me he *convertido* en él.

Solo un minuto.

Lo suficiente para sentir algo en mi interior que estoy segura de que no era parte de mí.

Era Len.

Arremolinándose entre mis órganos y deslizándose entre mis costillas y empujando mis músculos y creciendo en mi cerebro como un tumor.

Exhalo un solo aliento asombrado.

—¿Qué acabas de hacer?

Len no deja de sonreír.

—Tom te advirtió que podía ser tramposo.

Me lo advirtió, pero nunca se me ocurrió que Tom se refiriera a esto.

—¿Cómo hiciste eso? —pregunto, aunque tengo buena idea.

Sucedió antes, cuando exhaló en mi cara mientras le ataba la muñeca derecha. Sentí ese aliento fétido como una invasión, y sí lo fue.

Len había plantado parte de sí mismo dentro de mí.

—Un truco excelente, ¿verdad? —dice.

Me alejo más de la cama, apartándome de él hasta que quedo contra la pared, más preocupada que nunca de estar demasiado cerca de él. Es contagioso.

—¿Cómo es posible? ¿Cómo es todo esto posible?

Len observa fijamente el lugar donde la pared se une al techo y la parte de su larga sombra que cruza esa división.

—Cuando estaba vivo nunca pensé en la vida después de la muerte. Supuse que cuando muriera, ese sería el fin. Pero ahora ya sé. Ahora sé que algo permanece. Supongo que es el alma. Cuando la gente muere en la tierra, sospecho que se escapa en el último aliento y al final desaparece en la atmósfera; pero cuando me ahogué…

—Se fue al lago —digo.

—Exacto. No sé si eso puede suceder en todos los cuerpos de agua o si el lago Greene tiene algo particular que lo provoca. Todo lo que sé es que estaba atrapado ahí.

—¿Qué pasó con Megan, Toni y Sue Ellen? —pregunto—. ¿Sus almas también están atrapadas en el lago?

—Tienes que morir en el agua para que eso suceda. —Len hace una pausa, sabe que me acaba de dar un indicio de lo que les pasó a ellas. Estoy segura de que fue intencional—. Así que no, me temo que solo fui yo.

Aunque no soy ni de cerca una experta del lago Greene, como lo es Eli, sé que nadie se ha ahogado en él desde que mi tatarabuelo construyó la primera versión de la casa del lago. Len fue el primero desde por lo menos 1878.

Hasta que llegó Katherine.

—¿Cómo pudiste entrar en Katherine? ¿O incluso en mí?

—Porque nuestras almas, si es que en realidad se trata de ellas, no tienen que desvanecerse en el éter. Son como una combinación de aire, líquido y sombra. Resbaladizas, ingrávidas, amorfas. Para poder permanecer, todo lo que necesitan es un recipiente. El lago fue uno, el cuerpo de Katherine, otro. Ahora soy como agua que se puede verter de un vaso a otro. Y lo que tú sentiste, querida, es solo una gota. ¿Qué te pareció?

Horripilante.

Y poderoso.

Esta idea me hace buscar mi vaso de bourbon, desesperada por otro trago. Está vacío y no me había dado cuenta.

Atenazada tanto por la necesidad de beber como por alejarme de Len antes de que pueda entrar en mí otra vez, bajo de la cama, tomo la linterna y salgo de la habitación. En el umbral me detengo y lo observo fijamente con una mirada de advertencia.

—Si vuelves a hacer eso, te mataré —le digo.

Abajo, vierto un chorro de bourbon en el vaso vacío y me estremezco cuando me recuerda lo que Len acaba de decir.

Solo una gota.

No se necesitó más.

Me había convertido en él y tuve la sensación de ser violada, de estar sucia, mancillada.

Vierto más bourbon en el vaso y lo lleno como Len me hubiera llenado a mí, vaciando un recipiente para llenar otro. Supongo que eso es el lago Greene. Un vasto contenedor en el que el mal florece como un virus en una placa de Petri, en espera del huésped adecuado.

Ahora que ha aparecido, en la forma de Katherine Royce, puedo pensar en solo dos maneras de detenerlo. La primera es matarlo sobre tierra firme, con la esperanza de que su alma se evapore en la atmósfera. Sin embargo, esa no es una opción mientras esté en el cuerpo de Katherine. Len tenía razón. No quiero tener más sangre en las manos.

La segunda es hacerlo cambiar de recipiente.

Observo las puertas francesas que llevan al porche. La luz combinada de la linterna y la vela que se consume en la cocina convierten la ventana en un espejo. Me acerco a ella y mi reflejo se hace más pronunciado a cada paso. Me miro, me llevo la mano al corazón y la deslizo sobre mis senos y hasta el estómago. Luego me toco la cabeza, la cara, el cuello, los brazos, todos los lugares en donde sentí a Len por un momento, para asegurarme de que ya no está.

Eso creo.

Me siento como siempre: atormentada, autodestructiva, un desastre.

Me acerco a la puerta hasta que estoy a unos centímetros del vidrio, mirando mi reflejo que, a su vez, me mira a mí. Nos vemos a los ojos, ambas sabemos qué hay que hacer.

Me alejo de la puerta, tomo la linterna y salgo de la cocina olvidándome por completo del bourbon.

Subo la escalera y me detengo al final para respirar profundamente, preparándome para enfrentar a Len otra vez. Luego llego al rellano y al pasillo, en donde hago crujir de nuevo el vidrio roto del marco caído. Después cruzo el umbral hacia la recámara que parpadea bajo el brillo de la vela.

—Si me dices dónde están esas mujeres, yo…

Mi voz se apaga.

La cama está vacía.

Dos pedazos de cuerda cuelgan de los postes de la cama donde deberían estar los brazos de Len. Las cuerdas al pie de la cama son más cortas y los extremos están deshilachados. Las otras partes están en el piso, en el lugar donde estaba el cuchillo.

El cuchillo, al igual que Len, ha desaparecido.

Me quedo paralizada en medio de la recámara, tratando de escuchar algún indicio del lugar donde se encuentra Len. Mientras estaba abajo no escuché que ninguna puerta se abriera o se cerrara; eso es tanto una ventaja como una desventaja.

La ventaja: no ha salido de la casa.

La desventaja: sigue adentro, con un cuchillo y resentido.

Alzo la linterna y la hago girar lentamente para recorrer con la mirada toda la habitación, en busca de lugares donde pudiera estar escondido. Debajo de las camas, para empezar. Esos espacios oscuros me hacen esperar que vea cómo sale de ellos la mano de Len, blandiendo el cuchillo. Salto sobre la cama en la que debería yacer Len y apenas puedo respirar, ubico otro posible escondite.

Los clósets.

Hay dos, y ambos son muy estrechos porque servían para la ropa pequeña que Marnie y yo usábamos de niñas. Ninguno sería lo suficientemente grande como para que cupiera alguien del tamaño de Len. Pero Katherine Royce es otra historia. Su cuerpo delgado cabría sin problema.

Avanzo hasta el pie de la cama y maldigo el crujido de los resortes del colchón. Me sujeto al marco con manos sudorosas, bajo un pie hasta el piso, luego el otro y camino de puntitas, rápida como una bailarina, hacia el primer clóset.

Contengo el aliento y extiendo la mano.

Sujeto el picaporte.

Lo hago girar.

Mi corazón se detiene cuando la puerta se entreabre.

La jalo lentamente, las bisagras rechinan por los años de falta de uso.

El clóset está vacío.

Me acerco al otro, lista para realizar la danza de nuevo. Retener el aliento. Tomar el picaporte. Hacerlo girar. Las bisagras que protestan. Todo esto lleva al mismo resultado.

Un clóset vacío y mi mente llena de pensamientos.

Len se escapó a otra parte de la casa.

Es muy grande y hay muchos lugares donde puede esconderse y esperar.

Cada momento que paso al interior de ella es demasiado largo. Debería salirme.

Ahora.

Salgo corriendo de la recámara, giro a la izquierda en el pasillo y de camino a las escaleras vuelvo a pisar los vidrios rotos. Bajo los escalones tan rápido que mis pies apenas los tocan. En la sala tengo que frenar, es un mar de sombras que ondulan a la luz de las velas. Paso la mirada de un rincón a otro, de una puerta a otra, preguntándome si acabo de caer en una trampa.

Len podría estar en cualquier parte.

En el rincón lleno de sombras. O en aquel espacio oscuro junto a la chimenea. O en la penumbra del cubo bajo la escalera.

Es difícil saberlo porque todo está en tinieblas, callado, inmóvil. Los únicos sonidos que se escuchan son el de la lluvia al exterior y el reloj de pie. Cada tictac es un recordatorio de que cada segundo que permanezco en la casa es un segundo más en el que corro peligro.

Empiezo a moverme otra vez, ansiosa por irme, pero sin saber cuál es la mejor manera. Las puertas francesas llevan al porche, a la escalera, al muelle, al agua. Podría subirme a la lancha para ir por las aguas agitadas hasta el muelle de Boone, suponiendo que él me diera refugio. No es una garantía después de mis acusaciones contra él.

También está la puerta principal, con acceso al camino de entrada y, al fondo, a la autopista. Sin duda alguien ahí podría pararse y ayudarme. Llegar hasta allá no será sencillo con este clima, pero quizá sea mi única opción.

Decidida, salgo disparada hacia el recibidor, tachando de la lista cada habitación por la que paso con seguridad.

La sala.

El baño.

La biblioteca.

El estudio.

En cuanto llego al recibidor, la electricidad vuelve. La luz inunda la casa de manera tan repentina y sorprendente como cuando se fue. Las sombras que hace un segundo me rodeaban se esfuman como fantasmas. Me detengo ante la luminosidad inesperada, consciente de que hay algo detrás de mí que antes estaba escondido y ahora está expuesto.

Len.

Sale de un rincón, blandiendo el cuchillo y precipitándose hacia adelante. Dejo caer la linterna y caigo al piso, un movimiento motivado más por la sorpresa que por la estrategia. Desprevenido, el impulso de Len lo hace avanzar lo suficiente como para que yo pueda sujetarlo por un tobillo. Es más pequeño en el cuerpo de Katherine, más fácil de derrumbar que con su constitución anterior.

Cae rápido.

El cuchillo se escapa de su mano.

Ambos nos lanzamos sobre él, trepando uno encima del otro, con nuestras extremidades enredadas. Extiendo el brazo y las yemas de mis dedos rozan el mango del cuchillo. Len me rasguña el brazo y lo empuja. Ahora él está encima de mí, me presiona contra el suelo. El cuerpo de Katherine es sorprendentemente pesado. Debajo de él veo que su brazo se extiende sobre el mío, alcanza el cuchillo y se apodera de él.

Luego empezamos a girar sobre el piso del recibidor. Caigo sobre la espalda y Len está otra vez sentado a horcajadas sobre mí, blandiendo el cuchillo.

Todo mi ser se tensa cuando el cuchillo se alza, y espero a que caiga, deseando que no sea así, pero sabiendo que sucederá. El miedo me clava al piso, como si ya estuviera muerta y solo fuera un cadáver inerte.

De pronto Len cae hacia atrás.

Sus brazos se agitan.

Dejo de sentir su peso.

De un tirón le arrebatan el cuchillo de la mano.

Mientras lo alejan de mí, veo al que lo hizo.

Eli.

Detrás de él, la puerta principal está abierta de par en par y deja entrar una ráfaga del viento nocturno y gotas heladas de lluvia. Eli la cierra de una patada y me mira mientras sigue sujetando a Len, quien se retuerce.

—Recibí tu mensaje. ¿Estás bien?

Me quedo en el piso, pesada como si estuviera muerta, y asiento.

—Bien —dice Eli—. Ahora, ¿podrías explicarme qué demonios está pasando?

Acepto empezar a explicar una vez que Eli me ayuda a amarrar a Len a una silla de la sala. Puesto que para él sigue siendo Katherine, es difícil convencerlo. Al final lo acepta solo porque la vio encima de mí con el cuchillo.

Len está bien sujeto con las cuerdas atadas con tanta fuerza que no puede liberarse como lo hizo en la recámara, y Eli y yo estamos en el estudio, donde nos observa el alce en la pared, y estamos sentados uno frente a otro.

—¿Cuánto has bebido hoy? —pregunta Eli.

—Muchísimo. —Lo miro a los ojos y espero a que parpadee.—. Eso no significa que nada de lo que te voy a decir sea mentira.

—Espero que no.

Empiezo a contarle todo. Comienzo con los crímenes de Len y como prueba saco las licencias de conducir y los mechones de cabello que están detrás de la tabla suelta en el sótano. Ahora están sobre la mesita entre nosotros. Después de un solo vistazo, Eli me dijo que no quería verlas más, aunque su mirada sigue desviándose a las fotografías de Megan Keene, Toni Burnett y Sue Ellen Stryker mientras le explico cómo me enteré de lo que Len había hecho.

—Y después yo lo maté —digo.

En medio de otra ojeada a las tarjetas de identificación, Eli levanta la mirada asombrada hacia mí.

—Se ahogó —dice.

—Solo porque yo lo provoqué.

Tengo toda su atención mientras describo los eventos de esa noche, y le voy contando con detalles cada etapa de mi delito.

—¿Por qué me dices esto ahora? —pregunta Eli.

—Porque hace que todo lo demás tenga sentido —respondo.

Todo lo demás es lo que ha estado sucediendo en el lago Greene. De nuevo, tampoco omito ningún detalle, y no dejo de mencionar nada acerca de mi mal comportamiento. Esperaba que al admitir todo esto me sentiría tan redimida de mis pecados como después de una confesión, pero solo siento vergüenza. He cometido demasiados errores como para que toda la culpa sea solo de Len.

Eli escucha con la mente abierta. Después de que le explico la parte en la que Len se apodera del cuerpo de Katherine, digo:

—Tienes razón. Había algo en el lago, esperando. No sé si en todos los cuerpos de agua o solo en el lago Greene, o si es algo especial de Len. Pero es verdad, Eli, y está sucediendo ahora mismo.

Él no responde nada. Simplemente se levanta, sale del estudio y va adonde tenemos a Len. Sus voces llegan hasta mí desde la sala, pero solo escucho murmullos atropellados que no me permiten escuchar con claridad.

Pasan diez minutos.

Luego quince.

Eli lleva hablando veinte minutos con Len. Una fracción del tiempo que yo hablé, pero lo suficiente como para ponerme nerviosa de que no me crea. O peor, que crea cualquier mentira que Len le está diciendo.

Contengo el aliento cuando por fin Eli regresa al estudio y toma asiento.

—Te creo —dice.

—Yo... —Me cuesta trabajo hablar, tanto por la sorpresa como por el alivio—. ¿Por qué? Quiero decir, ¿qué te convenció?

Eli estira el cuello y echa un vistazo hacia la sala.

—Ella... perdón, él lo admitió.

Esa palabra, «él», me indica que Eli no bromea. Saber que me cree debería llenarme de alivio, si no fuera por lo último que debo contarle.

Mi plan para lo que sigue.

De nuevo, repaso cada paso y contesto las preguntas de Eli, respondiendo a cada una de sus inquietudes.

—Es la única manera —le digo al terminar.

Eli acaba por asentir.

—Supongo que así es. ¿Cuándo planeas hacerlo?

Volteo hacia la ventana, sorprendida al darme cuenta de que mientras hablaba con Eli y él hablaba con Len, la tormenta ha amainado. Ya no hay ráfagas que hagan temblar las ventanas ni la lluvia golpea el techo. Ahora hay una quietud total, la que sigue siempre a una tempestad, como si la atmósfera, exhausta de rugir y atronar, tomara ahora un respiro largo y sosegado. El cielo, que antes estaba en tinieblas, ahora se ha aclarado y está solo gris.

El alba se acerca.

—Ahora —respondo.

En la sala, Eli y yo nos paramos frente a Len, quien sigue fingiendo que todo esto lo aburre. El antiguo Len quizá hubiera podido salirse con la suya. El nuevo, atrapado en el rostro exquisito y expresivo de Katherine, no puede. La curiosidad se asoma por su fachada impaciente.

—Dime dónde dejaste a esas mujeres y te dejaré ir —digo.

Len se anima, su aburrimiento fingido se esfuma en un abrir y cerrar de ojos.

—¿Así nada más? ¿Cuál es la trampa? Debe haber una.

—No hay trampa. No hay mucho que yo pueda hacer. No puedo matarte porque mataría también a Katherine. Y no puedo mantenerte atado así para siempre. Pero como Tom Royce, podría tratar de hacerlo. Encadenarte en el sótano, alimentarte y bañarte. Pero más personas van a empezar a buscar a Katherine y solo será cuestión de tiempo antes de que te encuentren.

—¿Y puedo ir cualquier parte?

—Entre más lejos, mejor —digo—. Puedes tratar de vivir como Katherine Royce durante un tiempo, pero sospecho que será muy difícil. Es muy famosa. Sus cuatro millones de seguidores en Instagram te reconocerán sin problema entre la gente. Mi consejo es que cambies de aspecto y te vayas tan lejos y tan rápido como puedas.

Len lo piensa, sin duda considera los obstáculos de empezar una nueva vida en un nuevo lugar en un cuerpo tan reconocible.

—¿Y estás dispuesta a ayudarme?

—Estoy dispuesta a dejarte en el muelle de los Royce —respondo—. Después, estás solo. Lo que hagas no me incumbe.

—Debería —dice Len—. Podría causar muchos problemas ahí yo solo. O, para el caso, muchos problemas aquí mismo. Sabes de lo que soy capaz.

Si su objetivo es sacarme de mis casillas, no funciona. Supuse que haría esa amenaza. Para ser honestos, me hubiera asombrado que no la hiciera.

—Es un riesgo que tendré que correr —respondo—. No es lo ideal, pero es la única opción para ambos.

Len mira a Eli.

—Él se queda aquí.

—Ya se lo dije.

Aunque me hubiera encantado tener a Eli a mi lado durante todo esto, necesito que vaya a la casa de junto a distraer a Boone. Lo último que quiero es que Boone me vea a mí y a alguien que piensa que es Katherine en el lago.

Sin duda trataría de detenerme, como lo haría Eli si supiera lo que en realidad tengo planeado.

—Solo seremos nosotros dos —le digo a Len.

Esboza una gran sonrisa.

—Como siempre quise.

Antes de irnos envuelvo las licencias y los mechones de cabello de Megan, Toni y Sue Ellen en el pañuelo y obligo a Eli a que se las lleve.

—Si no regreso, llévaselas a la detective Wilma Anson —le digo al tiempo que escribo en un papel su nombre y su número de teléfono—. Dile que yo se las mando. Ella sabrá qué hacer y qué significa.

—Piensas regresar, ¿verdad? —pregunta Eli.

—Por supuesto —respondo en un tono que espero que sea creíble.

Con la ayuda de Eli libero a Len de la silla. Cuando está de pie le juntamos las muñecas enfrente y se las amarramos, sin escuchar sus protestas.

—Pensé que me ibas a liberar.

—Lo voy a hacer —digo—. Después de que me enseñes exactamente dónde pusiste a esas chicas. Hasta entonces, las cuerdas se quedan.

Len se queda callado después de eso y así permanece en el camino al porche trasero. La cobija de la lancha está amontonada en una de las mecedoras. La levanto y envuelvo los hombros de Len con ella. Si bien no es un disfraz, tal vez le sea más difícil a Boone distinguir quién está en la lancha conmigo, si Eli no puede distraerlo.

Los tres bajamos las escaleras del porche, cruzamos el jardín y llegamos al muelle. Por todas partes hay rastros del paso de la tormenta. Los árboles están desnudos de sus hojas estivales, que ahora cubren el suelo en parches naranja y café. Una rama larga que el viento partió descansa sobre una de las sillas de jardín junto al lugar de la fogata.

El lago se ha desbordado sobre la ribera y ahora hay charcos sobre la hierba a lo largo de la costa y en el muelle. Len chapotea sobre ellos dando saltitos. Tiene el aspecto de un rehén que sabe que está a punto de ser liberado.

Ansío el momento en que se dé cuenta de que eso no va a suceder.

—¿Estás segura de que no quieres que te acompañe? —pregunta Eli.

—No —respondo—. Pero sí estoy segura de que necesito hacer esto sola.

Eli insiste en abrazarme antes de dejar que me suba a la lancha. Un abrazo tan apretado que creo que nunca me va a dejar ir. Mientras esto sucede, le murmuro al oído.

—Dile a Marnie y a mi madre lo que tú quieras sobre lo que pasó. Lo que creas que será más fácil para ellas.

Me aparta y analiza mi rostro, su rostro se tensa cuando se da cuenta de que no voy a seguir el plan que le conté.

—Casey, ¿qué vas a hacer?

No puedo decirle. Sé que tratará de convencerme de que no lo haga y que con toda probabilidad tendría éxito. Es un riesgo que no estoy dispuesta a correr. Llevo mucho tiempo evitando pagar por mis pecados y ahora es el momento de expiarlos.

—Diles que lamento haberlas hecho pasar por tanta mierda —agrego—. Y que las amo y espero que puedan perdonarme.

Antes de que Eli pueda protestar, le doy un beso en la mejilla, me deshago de su abrazo y subo a la lancha.

Lo último que hago antes de alejarme del muelle y prender el motor es liberar un pedazo de cuerda que está amarrado a una de las abrazaderas del borde de la lancha. Al otro extremo de la cuerda sigue el ancla.

La necesitaré para más adelante.

Zarpamos justo antes del amanecer, con una neblina que se desliza sobre el lago crecido por la lluvia. La neblina es tan espesa que parece que estamos sobre las nubes y no sobre el agua. Más arriba, el gris del alba empieza a tener un resplandor rosáceo. Todo es tan bello y tranquilo que me permito olvidar lo que estoy a punto de hacer, solo por un momento. Alzo la mirada hacia el cielo, siento el frío del nuevo día en las mejillas y respiro el aire del otoño. Cuando estoy lista miro a Len, que está sentado en la proa.

—¿Dónde? —pregunto.

Señala el extremo sur del lago y yo enciendo el motor. Lo pongo en velocidad baja, nos deslizamos lentamente sobre el agua y tengo una confusa sensación de un *déjà vu*. Esta situación es igual a la primera vez que conocí a Katherine, hasta tiene la cobija que le cubre los hombros. Lo que lo hace más irreal es saber que nada, ni siquiera Katherine, es igual.

Yo también he cambiado.

Para empezar, estoy sobria.

Una sorpresa refrescante.

También está el hecho de que ya no tengo miedo. Ha desaparecido esa mujer aterrada de que su oscuro secreto saliera a la luz, que no podía dormir sin una o tres copas encima.

O cuatro.

La liberación que da la confesión que tanto había deseado en la casa por fin ha llegado. Y con ella viene una sensación de ineluctabilidad.

Sé qué va a pasar ahora.

Estoy lista.

—Me sorprende que no me hayas preguntado todavía —dice Len alzando la voz para que pueda oírlo sobre el zumbido del motor.

—¿Preguntarte qué?

—La pregunta que sé que tienes en la cabeza. Todo este tiempo te has estado preguntando si alguna vez traté de asesinarte cuando estaba vivo. Y la respuesta es no, Cee. Te amaba demasiado para considerarlo siquiera.

Le creo.

Eso me enferma.

Odio saber que un hombre como Len, un hombre capaz de matar a tres mujeres sin remordimiento y luego aventarlas al lago en el que ahora flotamos, me amaba. Peor aún es el hecho de que yo también lo amaba. Un amor tonto, optimista, ingenuo al que me niego a someterme otra vez.

—Si me hubieras amado —digo—, te hubieras matado tú antes de matar a otras personas.

Pero no, fue un cobarde. De muchas maneras lo sigue siendo, pues utiliza a Katherine Royce como escudo y moneda de cambio. Me conoce lo suficiente como para asumir que me negaré a sacrificarla solo para ganarle a él.

La realidad es que no tiene idea de cuánto estoy dispuesta a sacrificar.

Cuando nos acercamos al extremo sur del lago, Len levanta la mano.

—Ya llegamos —exclama.

Apago el motor y todo queda en silencio. Lo único que escucho es el agua del lago, las olas que se azotan contra la lancha y lamen el casco conforme se equilibra, se tranquiliza, se aquieta. Frente a nosotros, saliendo de la neblina como el mástil de un barco fantasma, un árbol muerto sobresale del lago Greene.

El Viejo Testarudo.

—Aquí es —dice Len.

Por supuesto que eligió este lugar. Es uno de los pocos en el lago que no es visible desde ninguna de las casas en la costa. Ahora, el tronco blanqueado por el sol se proyecta sobre la superficie como una lápida que marca las tumbas acuosas de las tres mujeres.

—¿Las tres están aquí? —pregunto.

—Sí.

Me inclino sobre la borda de la lancha y miro el agua con la ingenua esperanza de poder ver más allá de la superficie, pero todo lo que veo es mi propio reflejo que me devuelve la mirada con los ojos bien abiertos por el miedo y la curiosidad. Extiendo la mano y la meto al agua para dispersar mi reflejo, como si eso de alguna manera lo ahuyentara para siempre. Antes de que mi reflejo vuelva a formarse y mis rasgos espectrales se recompongan como las piezas de un rompecabezas, puedo entrever las oscuras profundidades.

Están allá abajo.

Megan, Toni y Sue Ellen.

—¿Contenta? —pregunta Len.

Niego con la cabeza y me enjugo una lágrima. No estoy contenta para nada. Lo que siento es alivio, ahora que sé que ninguna de las tres está perdida para siempre y que sus seres queridos por fin podrán llorarlas y pasar a otra cosa.

Saco mi teléfono, tomo una fotografía del Viejo Testarudo que sobresale del agua y se la envío a Eli.

Está esperando mi mensaje. Es la última parte del plan que sí conoce.

Lo que sigue, solo yo lo sé.

Primero, meto mi teléfono en una bolsa Ziploc que tomé de la cocina y la cierro herméticamente. Dejo la bolsa en el asiento vacío, donde espero que lo encuentren si la foto que le envié a Eli no pasa. Luego me pongo de pie, y mi movimiento provoca que la lancha se balancee un poco. Es difícil conservar el equilibrio conforme me acerco a Len.

—Hice lo que me pediste —dice—. Ahora tienes que dejarme libre.

—Por supuesto. —Hago una pausa—. ¿Antes puedes darme un beso?

Me precipito sobre él, lo acerco a mí y lo beso con fuerza en los labios. Al principio, la diferencia es estremecedora. Había esperado que fuera como besar a Len, pero los labios de Katherine son más finos, más femeninos, delicados. Este pequeño alivio facilita que siga besando al hombre que alguna vez amé, pero que ahora me provoca repulsión.

Si Len siente esa repulsión, no lo demuestra.

Me devuelve el beso.

Al principio con suavidad y después con una brutalidad intensa.

Un aire abrasador sale de su boca y entra en la mía, sé lo que está haciendo.

Es precisamente lo que quiero que haga.

—Sigue —murmuro contra sus labios—. No pares. Déjala y tómame a mí en su lugar.

Me presiono contra él, lo envuelvo entre mis brazos con fuerza. De su boca se escapa un gemido que se desliza en la mía y se une a todo lo que está vertiendo dentro de mí, como bourbon de una botella.

La sensación es sedosa, exactamente como Len lo describió. Como aire y agua combinados. Ingrávida, y sin embargo muy pesada.

Conforme entra en mi cuerpo, más aletargada me siento. Muy pronto estoy mareada. Luego débil. Luego me falta el aliento. Después, Dios mío, me ahogo en una espantosa mezcla de agua, aire y del mismo Len, su esencia llena mis pulmones hasta enceguecerme y ahogarme y caigo al fondo de la lancha.

Todo desaparece durante un segundo.

No siento nada.

Finalmente, el olvido total que he anhelado durante catorce meses.

De pronto recupero el sentido, es tan repentino como cuando alguien vuelve a la vida por reanimación cardiopulmonar. Mi cuerpo se sacude en espasmos cuando inhalo y

413

exhalo. Parpadeo y abro los ojos hacia un cielo de algodón rosado por el amanecer. A mi lado, Len está sentado.

Solo que ya no es Len, es Katherine Royce.

Lo sé porque me mira con los mismos ojos, bien abiertos por el terror, que vi cuando la resucité el día que nos conocimos.

—¿Qué acaba de pasar? —pregunta con una voz que sin duda ya es la suya.

—Ya salió de ti —respondo.

Es evidente que Katherine conoce bien la situación como para comprender qué quiero decir. Se toca el rostro, la garganta, los labios.

—¿Estás segura? —dice.

Lo estoy. Ahora Len está dentro de mí. Lo siento, tan invasivo como un virus. Quizá parezco bien al exterior, pero por dentro ya no soy por completo yo misma.

Estoy cambiando. Rápido.

—Necesito que hagas esto. —Hablo con premura, pues temo que en poco tiempo no tendré el control de mi voz. Len se abre camino en todo mi ser. Ya lo hizo antes y ahora sabe dónde ir y qué controlar—. Lleva la lancha a la casa de Boone. Eli estará ahí. Diles que te perdiste en el bosque. Quizá Boone no te crea, pero Eli te ayudará a convencerlo. La historia es que Tom y tú se pelearon, fuiste a pasear y te perdiste, aunque Tom pensó que lo habías abandonado.

Dejo escapar una tos ronca como lija.

—¿Estás bien? —pregunta Katherine.

—Estoy bien. —Noto el cambio en mi voz. Soy yo, pero diferente. Como una grabación un poco lenta—. Tom está en el sótano de los Fitzgerald. No sé si respaldará tu historia, creo que sí. Ahora déjame desatarte.

Para desamarrar la cuerda que sujeta las muñecas de Katherine necesito una espantosa cantidad de esfuerzo. Len empieza a luchar en mi contra. Mis manos son torpes, están adormecidas. Pensamientos repentinos y aleatorios cruzan por mi mente.

«No lo hagas, Cee. Por favor».

«Me lo prometiste».

Mi visión se nubla y pierdo la percepción de profundidad.

Me doy cuenta de que me siento como si estuviera borracha.

Solo que no tiene nada que ver con el alcohol. Todo es por Len.

Obstaculiza todos mis movimientos, por lo que necesito hacer tres intentos para tomar la cuerda que está atada al ancla. Amarrarla alrededor de mi tobillo me lleva todavía más tiempo.

—Recuerda… —Tengo que hacer una pausa. Pronunciar esa sola palabra me deja sin aliento—. Diles que te perdiste, que no sabes qué me pasó a mí.

—Espera —dice Katherine—. ¿Qué te va a pasar a ti?

—Yo seré la desaparecida.

Levanto el ancla y antes de que Katherine o Len intenten detenerme, salto a las profundidades heladas del lago Greene.

El agua me rodea.

Fría, revuelta, oscura.

Muy oscura.

Tan oscura como la muerte conforme me precipito hasta el fondo del lago. Fue una tontería pensar que mi descenso sería suave, una caída lenta e inexorable parecida a caer en un sueño permanente. La verdad es que es un caos. Me debato en el agua negra sin dejar de abrazar el ancla contra mi pecho. En cuestión de segundos toco el fondo, siglos de sedimento recolectado que no hace nada para amortiguar el impacto.

Aterrizo sobre un costado en una erupción de cieno y el ancla se me escapa de las manos. Cuando mi cuerpo empieza a elevarse, trato de recuperarla, ciega en esa profundidad oscura y sucia. Necesito aire y tengo que hacer un esfuerzo para no impulsarme con los brazos, para no patalear.

Pero mis extremidades intentan hacerlo.

Más bien, Len lo intenta.

417

Su presencia es como una fiebre, tanto helada como ardiente, que recorre mi cuerpo y lo hace moverse contra mi voluntad. Giro en la oscuridad, sin saber si estoy flotando hacia arriba o si me hundo. Cegada, mis manos encuentran con torpeza la cuerda que une mi tobillo al ancla.

Me aferro a ella mientras Len trata de abrirme los dedos. Su voz furiosa estalla en mi cabeza.

«Suéltala, Cee».

«No me dejes aquí abajo, maldita perra».

Sostengo la cuerda y la uso para impulsarme hacia el fondo del lago. Cuando alcanzo el extremo, tomo el ancla, me la llevo al pecho y giro para quedar bocarriba. Estar aquí me hace sentir lo inevitable, me hace sentir bien. En el mismo lugar en el que descansan Megan Keene, Toni Burnett y Sue Ellen Stryker.

Mis extremidades están entumidas, aunque no sé si es por el miedo, el frío o si Len se está apoderando de mí. Sigue desesperado por volver a la superficie. Mi cuerpo se sacude sin control sobre el fondo del lago. Todo esto se debe a él.

Pero es inútil.

Esta vez yo soy más fuerte.

Porque le estoy dando a Len exactamente lo que quería cuando estaba vivo.

Solo estaremos nosotros dos.

Aquí, para siempre.

No tarda mucho tiempo en que Len se dé por vencido. Tiene que hacerlo ahora que este cuerpo que compartimos empieza a perder fuerza. Los latidos de mi corazón se debilitan, mis pensamientos se apagan.

Cuando toda la fuerza me ha abandonado, abro la boca y dejo que entre el agua oscura.

Movimiento.

En la oscuridad.

Lo percibo en un rincón lejano de mi conciencia. Dos desplazamientos con trayectorias opuestas. Algo que se acerca mientras otra cosa se escabulle.

El movimiento que llega se mueve a mi tobillo, ligero como pluma mientras deshace el nudo de la cuerda.

Luego me levantan.

Arriba, arriba, arriba.

Muy pronto llego a la superficie y mis pulmones empiezan a funcionar a todo lo que dan, y de alguna manera realizan dos funciones al mismo tiempo: expulsan agua mientras tragan aire. Y así sigue. Afuera, adentro, afuera, adentro. Al final ya no hay más agua, solo el dichoso aire dulce.

Ahora siento más movimiento. Deslizan algo bajo mis hombros y lo sujetan sobre mi pecho hasta que empiezo a flotar.

Abro los ojos a un cielo asombrosamente rosa.

Mis ojos. No los de él. Mi cuerpo contiene solo mis pensamientos, mi corazón, mi alma.

Len se ha ido.

Lo sé de la misma manera en la que una persona enferma sabe que la fiebre ha bajado.

Len pasó de un recipiente —yo— a otro.

El lago Greene.

El lugar del que vino y donde espero que se quede.

Aparto la mirada del cielo hacia la persona que nada a mi lado. Katherine sonríe y su sonrisa es más radiante y más hermosa que en cualquiera de sus fotografías.

—No te asustes —dice—, pero creo que casi te ahogas.

—¿Qué le vamos a decir a la gente? —le pregunta Tom a Katherine—. Traté de mantenerlo en secreto, pero ya corre el rumor de que estás desaparecida. La policía está involucrada.

Voltea en mi dirección, y aunque su mirada no es por completo acusadora, sí es lo suficientemente penetrante como para hacerme saber que sigue molesto, a pesar de que el regreso de Katherine, literalmente de ella misma, fue gracias a mí. Él lo dejó claro cuando regresamos al sótano de los Fitzgerald. Al principio parecía que Tom nos quería matar a las dos, pero una vez que Katherine empezó a darle información que solo ella podía conocer, él se alegró de que hubiera vuelto. Por mí, no tanto.

Los tres estamos sentados con Eli en la sala de los Royce. Tom y Katherine se acaban de bañar y cambiar. Yo llevo un juego de ropa deportiva Versace que Katherine me prestó, que es tan cómodo como ridículo.

—Les diremos algo que sea lo más cercano a la verdad —respondo—. Ustedes dos se pelearon.

Katherine voltea a ver a su esposo, sorprendida.

—¿Nos peleamos?

—Me tiraste de un puñetazo. —Tom se inclina hacia ella para mostrarle el moretón que ya casi desaparece bajo su ojo—. Bueno, *él* lo hizo.

El nombre de Len no se ha pronunciado ni una sola vez desde que Katherine y yo regresamos. Sospecho que les incomoda reconocer a la persona que, a todas luces, la poseyó.

Me parece bien. No necesito escuchar su nombre de nuevo.

—La policía creerá que, después de la pelea, Katherine se fue enojada —digo—. Fue a dar un paseo largo en las montañas y dejó todo atrás.

—Y se perdió en el bosque —agrega Tom.

Asiento.

—Tú pensaste que te había abandonado, por eso nunca reportaste su desaparición y publicaste esa foto en Instagram. Estabas muy avergonzado para admitir que tu matrimonio se había acabado.

Katherine toca el moretón en el rostro de su esposo.

—Pobre Tom. Debió ser muy difícil para ti.

—Pensé que te había perdido para siempre —dice con un temblor en la voz y lágrimas en los ojos—. No tenía idea de cómo hacerte regresar.

—Lo intenté —explica Katherine—. Hice un gran esfuerzo para que no sucediera.

—Entonces, ¿sabías qué estaba pasando? —pregunta Eli.

—Más o menos. —Katherine se abraza a sí misma, como si el recuerdo la helara—. Claro, había lagunas. En un momento estaba bien y después despertaba en algún lugar, sin saber cómo había llegado ahí. Y también tenía una especie de sexto sentido extraño. Sabía cosas que no tenía ningún motivo para saber. Como tu teléfono, Casey. O esos binoculares en tu porche. Yo nunca tuve unos. Nunca me interesó ver pájaros. Pero cuando vi los binoculares, de pronto tuve el recuerdo de haberlos comprado, de tenerlos en mis manos, de mirar los árboles al otro lado del lago desde ese porche. Y luego se esfumaron.

Me estremezco cuando Katherine nos cuenta qué sintió cuando otra persona empezó a tomar el control poco a poco. Aunque yo también lo había vivido, al menos yo sí sabía qué estaba pasando. Para Katherine fue como si se estuviera volviendo loca.

—No entendí por completo lo que estaba pasando hasta una noche que busqué en línea. Me sentía estúpida buscando artículos en Google sobre lagos encantados y fantasmas en los espejos. Pero luego encontré historias sobre otras personas que habían vivido lo mismo que me estaba pasando a mí. Recuerdos extraños de cosas que nunca experimentaron, debilidad repentina y la sensación de que perdían poco a poco el control. En ese momento supe qué estaba pasando.

Ese también resultó ser el momento que presencié del otro lado del lago, cuando vi a Katherine revisando con atención su computadora, el asombro dibujado en su rostro.

—Debiste decirme —dice Tom.

—Hubieras pensado que estaba loca, porque eso era exactamente lo que yo sentía. Así que te besé en la mejilla y te sugerí que volvieras a la cama. Sé que parecía tonto, pero esperaba que fuera temporal. Como si después de irme a dormir fuera a despertar en la mañana sintiéndome como antes.

—Pero sucedió lo contrario —interviene Eli.

—Sí —responde Katherine asintiendo con tristeza—. Lo último que recuerdo es que Tom regresaba a la cama y yo fui al baño. Me miré en el espejo y entré en pánico cuando mi reflejo empezó a hacerse borroso. Todo se salió de foco. Luego no hubo nada más que oscuridad. No tengo ningún recuerdo después de eso, salvo que esta mañana desperté en la lancha. Pero en el momento en que recuperé la conciencia supe que había terminado y que él se había ido. Gracias a ti, Casey. Es como si hubiera estado perdida y tú me encontraste.

—Y eso es lo que le diremos a la policía —digo—. Yo no podía dormir, salí en la lancha para ver qué daños había provocado la tormenta en la costa y te vi saliendo del bosque, confundida.

En general, es una buena historia. No muy lejos del reino de lo posible, pues ignora todo ese asunto de la posesión por parte de un hombre ahogado. Creo que la gente lo creerá.

Incluso Wilma.

Cuando terminamos de ponernos de acuerdo en nuestra historia, me preparo para irme a mi casa al otro lado del lago. Miro en esa dirección a través de las ventanas gigantes de la sala de los Royce, y me parece tan cálida y acogedora como un nido al que quiero regresar tan pronto como sea posible.

Antes de irme, Tom me estrecha la mano y dice:

—Entiendo por qué hiciste lo que hiciste. Eso no significa que me haya gustado quedarme encerrado en el sótano durante doce horas ni que la policía estuviera detrás de mí.

—¿Ni que te golpeara con la pata de una mesa? —agrego, haciendo un gesto al pensar lo loca que debí parecerle en ese momento.

—Sobre todo eso. —La mirada enojada de Tom parece suavizarse, así como su voz—. Pero todo valió la pena porque me devolviste a Katherine. Gracias.

—Olvidas que gracias a Katherine también yo estoy aquí —agrego—. Creo que estamos a mano.

Tom se queda atrás cuando Eli, Katherine y yo salimos al patio. Afuera, el día está radiante de promesas. Con el sol en el rostro y la brisa que acaricia mi cabello todavía húmedo, no puedo creer que, apenas hace dos horas, estaba en el fondo del lago, lista para permanecer ahí.

No lamento haber tomado esa decisión.

Pero alguien más tomó una decisión diferente. Katherine decidió que yo debía vivir. ¿Y quién soy yo para estar en desacuerdo? Sobre todo, cuando todavía tengo que encargarme de algunos asuntos inconclusos.

Es Eli, por supuesto, quien me lo recuerda. Antes de irse a su casa, que está al lado, coloca el pañuelo doblado en mis manos.

—Sabes qué hacer con esto mejor que yo —dice—. Espero que no te meta en muchos problemas.

—Bien podría ser así —digo—. Pero estoy preparada para lidiar con las consecuencias.

Eli se despide con un abrazo y nos deja a Katherine y a mí solas para caminar por el muelle, hasta mi lancha que está amarrada al final. Entrelaza su brazo con el mío y me da un empujoncito con el hombro, una abierta expresión de afecto que no tiene la influencia de Len.

—Necesito decirte algo —dice—. ¿Te acuerdas de esos recuerdos de los que te hablé? ¿Los que no eran míos, pero de alguna forma sí lo eran? Tuve algunos antes de que se apoderara de mí. Otros llegaron cuando estaba inconsciente y él tomara todo el control. Pero todos siguen ahí.

Acelero el paso. No quiero saber lo que Len recordaba.

—Lo hiciste muy feliz, Casey. Sé que quizá no es lo que te gustaría escuchar, pero es cierto. En verdad te amó y lo que hizo no tuvo nada que ver contigo. No puedes culparte por nada de eso. Él lo hubiera hecho de cualquier manera. Tengo la sensación de que tu presencia en su vida evitó que lo hiciera mucho antes. Pensaba que tenía mucho que perder.

—Sin embargo, continuó y lo hizo —digo.

Katherine deja de caminar y gira hacia mí hasta que quedamos frente a frente.

—Y por eso no te juzgo por lo que le hiciste.

Por supuesto que lo sabe. Len está grabado en Katherine como un tatuaje. Pobre de ella.

—Es probable que yo hubiera hecho lo mismo —dice—. Es fácil hablar de justicia y responsabilidad, de tomar cartas en el asunto cuando no te sucede a ti. Pero esto sí te pasó a ti, Casey, e hiciste lo que muchas mujeres hubieran hecho en tu caso.

—Temo que eso no le importe a la policía.

—Quizá no —responde Katherine—. Pero no pienso decirles nada al respecto. Esto solo quedará entre tú y yo.

Deseo desesperadamente que así pudiera ser, pero no depende ni de mí ni de Katherine. Hay otras personas que considerar, incluidos los amigos y la familia de tres mujeres que siguen sumergidas en la helada oscuridad del lago Greene. Están en la primera línea de mi pensamiento cuando subo a la lancha y cruzo el lago. Sujeto mi teléfono, que sigue en la bolsa Ziploc, lista para llamar a Wilma Anson tan pronto como llegue a casa.

La persona que está de pie en mi muelle retrasa un poco ese plan.

—Hola —saluda Boone con un movimiento débil de la mano cuando apago el motor y acerco la lancha al muelle.

—Hola.

Dejo que Boone amarre la lancha porque, en primer lugar, parece dispuesto a hacerlo y, en segundo, estoy agotada. Sin duda lo suficientemente exhausta como para hablar con él ahora, pero es claro que es algo que no puedo evitar.

—Eli me dijo que encontraste a Katherine —dice echando un vistazo al otro lado del cuerpo de agua—. ¿Está bien?

—Está bien.

Le doy una versión abreviada de la historia oficial mientras caminamos del muelle al porche. Me dejo caer en la mecedora y Boone se queda de pie.

—Me alivia escuchar que está sana y salva —dice—. Qué bien por ella, y qué bien por Tom.

Deja de hablar y deja que yo tome el relevo.

—¿A eso viniste?

—Sí. Y también a decirte que me voy del lago. Ya hice todo el trabajo que puedo hacer en la casa de los Mitchell y encontré un bonito departamento a unos pueblos de aquí. Ya no necesitas preocuparte pensando que tienes a un asesino como vecino.

427

Aunque la voz de Boone tiene el mismo dejo de enojo que le escuché la última vez que hablamos, sus palabras revelan otro estado de ánimo. Suena a tristeza.

—Lamento no haber sido del todo honesto. Pero ahora ya debes tener claro que no tuve nada que ver con lo que pasó con Katherine ni con esas chicas desaparecidas —dice Boone, recordándome que aún no sabe nada del crimen de Len, ni cómo lo hice pagar por ello.

Dos veces.

—En lo que respecta a lo que le pasó a mi esposa —continúa Boone—, sí, me investigaron tras su muerte. Y sí, hubo un momento en el que la gente pensó que yo la había matado. Nunca hubo una prueba de eso, pero tampoco hubo pruebas de lo contrario. Al menos, alguna que yo quisiera mostrarle a la gente.

Lo miro sorprendida y con una curiosidad insaciable y repentina.

—¿Había algo más que no le dijiste a la policía?

—Mi esposa no se cayó de las escaleras por accidente. —Boone se detiene y respira—. Se suicidó.

Me estremezco, sorprendida.

—Lo sé porque dejó una nota en la que me decía que lo sentía y que había sido infeliz por mucho tiempo, algo que pensé que yo sabía, pero en realidad no. Había sido mucho más que infeliz. Se había sumergido en la oscuridad y me culpo por no haberme dado cuenta de lo grave que era hasta que fue demasiado tarde.

Boone se sienta al fin.

—Llamé a Wilma tan pronto como encontré la nota de suicidio. Ella fue, la leyó y me dijo que tenía que decirlo al público. Para entonces ambos sabíamos que era sospechoso. Era obvio. Pero de todos modos no pude hacerlo. Ese tipo de noticia hubiera destruido a su familia. Decidí que pensar que había sido un accidente sería más fácil para ellos que lidiar con el conocimiento de que se había suicidado. Ellos, como yo, se hubieran culpado por no darse cuenta del dolor que ella padecía y por no poder darle la ayuda que necesitaba. Quería evitarles todo eso y no quería que la gente juzgara a María por lo que había hecho. O peor, que eso manchara el recuerdo de ella. Quería proteger a todos de la misma culpa y dolor que yo sentía. Wilma estuvo de acuerdo a regañadientes y juntos quemamos la nota.

No es sorpresa que Wilma se haya mostrado tan segura de su inocencia. A diferencia de mí, conocía toda la historia. Lo que parecía una confianza ciega era en realidad un hermoso sentido de lealtad.

—Es una buena amiga —digo.

—Lo es. Hizo lo suyo y convenció a todos nuestros colegas de que era inocente. Espero que, al final, tú también me creas.

Me parece que ya lo hago. No sé lo suficiente sobre su matrimonio como para juzgar a Boone, algo que sí hice cuando tenía más bourbon que sangre en las venas. Ahora todo lo que sé es que, en el fondo, Boone parece una buena persona que está luchando por domar a sus demonios igual que el resto de nosotros. Y como alguien que ha sido pésima en domar a sus demonios, debo darle el beneficio de la duda.

—Gracias por explicarme —digo—. Te creo.

—¿En verdad?

—En verdad.

—Entonces debo irme antes de que cambies de opinión —dice Boone, lanzándome una sonrisa encantadora por última vez. Antes de salir del porche me da una tarjeta de presentación. En ella está impreso el nombre de una iglesia cercana, un día de la semana y una hora específica.

—Es la reunión semanal de AA a la que asisto —dice—. En caso de que alguna vez sientas la necesidad de intentarlo. Al principio puede ser intimidante y quizá te sea más fácil si hay una cara conocida.

Boone se marcha antes de que yo pueda responder, dando por sentado que mi respuesta sería no. Tiene razón, por supuesto. No tengo ninguna intención de someterme a la indignidad de pararme frente a un grupo de desconocidos para exponer mis muchos, muchos defectos.

No ahora.

Pero quizá pronto.

Todo depende de qué vaya a resultar de lo que voy a hacer ahora.

Antes de hoy me hubiera tomado varios tragos para llamar a Wilma Anson. Pero ahora no lo dudo, aunque sé que estoy a punto de que su ira acabe conmigo y que posiblemente sus colegas me acusen de asesinato.

Lo he evitado desde hace mucho tiempo.

Hace siglos que debí decir la verdad.

Es evidente que Wilma no es amante del chaleco salvavidas que le obligo a ponerse antes de bajar del muelle. Lo avienta como haría una niña pequeña con las correas del asiento del coche, infeliz y constreñida.

—Esto no es necesario —dice—. Demonios, sé muy bien cómo nadar.

—La seguridad ante todo —respondo desde la popa de la lancha, desde donde dirijo el motor con un chaleco salvavidas idéntico.

Me niego a que se repita lo que le sucedió a Katherine Royce. El lago Greene puede parecer inofensivo, sobre todo ahora que el reflejo del crepúsculo hace que el agua destelle como champaña rosada, pero sé que no es así.

Len sigue ahí abajo. Estoy segura.

Salió de mí y volvió al agua. Ahora acecha justo debajo de la superficie, esperando el momento oportuno a que llegue otra persona.

No mientras yo esté a cargo.

Wilma echa un vistazo receloso al agua, aunque su razón es por completo distinta. El lado occidental del lago, fuera del alcance de la puesta de sol, se ha oscurecido. Las sombras se reúnen a lo largo la costa y reptan sobre la superficie del lago Greene.

—¿No podemos esperar a mañana? —pregunta.

—Me temo que no.

Entiendo por qué está cansada. Ha sido un día largo y complicado. Después de que la llamé para decirle que había encontrado a Katherine, Wilma pasó la tarde interrogándonos. Primero fueron Katherine y Tom, quienes dieron una versión de los hechos por escrito. Katherine juró que se había perdido en una caminata. Tom juró que pensó que lo había abandonado. En cuanto a dónde había estado anoche, cuando Wilma pasó por su casa, le dijo que estaba preocupado por la gravedad de la tormenta y que decidió esperar a que pasara en el sótano de los Fitzgerald.

Esto lo supe porque fue la misma Wilma quien me lo dijo, cuando llegó a mi casa por mi declaración. Le conté mi lado de la historia, que correspondía en todo a la de los Royce. Si aún guardaba sospechas de alguno de nosotros, Wilma no lo mostró. Nada sorprendente.

—Hay algo más que debo contarte —le dije—. Pero no aquí. En el lago.

Ahora estamos aquí, la superficie del lago se divide en dos mitades claras. A la izquierda, un rosa divino; a la derecha, negro brillante. Dirijo la lancha hacia el centro. La estela que deja el motor mezcla la luz y la oscuridad.

—Hablé con Boone —digo mientras nos deslizamos sobre el agua—. Me contó la verdad sobre lo que le pasó a su esposa.

—Ah. —Wilma no parece sorprendida. Sospecho que ya lo sabía—. ¿Y eso cambia tu opinión sobre él?

—Sí. Y sobre ti. Pensé que eras una mujer que se apega al reglamento.

—Lo soy —responde Wilma—. Pero también estoy dispuesta a hacer excepciones de vez en cuando. En cuanto a Boone, él es uno de los buenos, Casey, créeme.

Llegamos al Viejo Testarudo, que está en el lado oscuro del lago. Apago el motor, saco el pañuelo de mi bolsillo y se lo doy a Wilma. Ella lo abre y abre los ojos como platos por el estupor.

Al fin, una reacción inequívoca.

—Las encontré en el sótano —explico—. En *mi* sótano.

Wilma no aparta la vista de las licencias y los mechones de cabello. Sabe qué significan.

—Las tres mujeres están en el lago —continúo señalando al Viejo Testarudo, que ahora es una silueta que se delinea en el anochecer—. Justo ahí.

—¿Cómo lo sabes?

—Porque no hay otro lugar en el que mi esposo las hubiera podido poner.

No puedo decirle la verdad, por muchas razones. La primera es que no me creería. Espero que esto, una esposa que se confiesa a otra, pueda ser suficiente para convencerla.

—Mañana traeré a los buzos para saber si tienes razón —dice—. Si es así, bueno, tu vida estará a punto de complicarse mucho. La gente sabrá que tu marido era un asesino y te van a juzgar por ello.

—Lo sé.

—¿Lo sabes? Esto es mucho más condenatorio que un titular en la prensa amarilla —dice Wilma—. Vas a pasar el resto de tu vida atada a ese hombre. Puedes tratar de tomar distancia de sus acciones, pero será difícil. Quizá no puedas aparecer en público durante mucho tiempo.

Pienso en la fotografía en la que alzo un vaso hacia los paparazzi que publicaron en primera plana del *New York Post*.

—Eso ya lo hice. Además, solo quiero que se haga justicia, que todos los que conocieron y amaron a Megan, Toni y Sue Ellen sepan lo que les pasó, y que el hombre que lo hizo ya no puede lastimar a nadie más.

En la lancha se hace el silencio, un momento de silencio por las tres mujeres cuyos cuerpos descansan al fondo. Cuando se acaba, los últimos rayos de sol se deslizan detrás de las montañas y nos dejan sentadas en la opacidad de la noche incipiente.

—¿Hace cuánto lo sabes? —dice Wilma.

—Hace demasiado tiempo.

—¿Lo suficiente como para haber tomado cartas en el asunto?

—Aunque así fuera —respondo—, sería muy difícil probarlo ahora.

Me quedo inmóvil, demasiado nerviosa como para moverme mientras espero la respuesta de Wilma. No me la pone fácil y se toma casi un minuto entero antes de hablar.

—Supongo que tienes razón.

Mi pecho se llena de esperanza. Creo que, quizá, con suerte, esta será una de las raras excepciones de las que habló Wilma.

—Len fue cremado —explico—. No hay ningún cuerpo para examinar.

—Eso lo hace imposible —dice Wilma—. Además, no veo razones para reabrir el caso, puesto que jamás se encontró ninguna prueba de comisión del delito.

Exhalo y en ese suspiro se va gran parte del miedo y la tensión que tenía acumulados. Al parecer, es mi día de suerte. Katherine Royce me brindó una segunda oportunidad de vivir. Ahora Wilma Anson me ofrece la tercera.

Soy consciente y sé que no las merezco. Pero las voy a aceptar.

Lo único que queda es mi preocupación por un pequeño cabo suelto.

—¿Qué hay de la postal?

—¿Qué pasa con ella? —pregunta Wilma—. La han examinado hasta el cansancio. Nunca sabremos quién la envió. De hecho, no me sorprendería si desapareciera del cuarto de evidencias. Ese tipo de cosas se pierden todo el tiempo.

—Pero…

Me calla con una mirada poco característica en ella que es inconfundible.

—¿En serio vas a discutir conmigo sobre esto? Te estoy ofreciendo una salida, Casey. Tómala.

Lo hago, con gusto.

—Gracias —respondo.

—De nada. —Pasan dos segundos—. No vuelvas a hablar de eso o cambiaré de parecer. —Otros dos segundos—. Ahora regrésame a la costa. Es tarde y acabas de darme una cantidad estúpida de papeleo con el que tengo que lidiar.

Cuando Wilma se marcha, la noche ha caído por completo. Recorro la casa a oscuras y voy encendiendo las luces antes de dirigirme a la cocina para decidir qué hacer de cenar. El vaso de bourbon que me serví la noche anterior sigue sobre la barra. Verlo me hace estremecer de sed.

Lo levanto.

Me lo llevo a los labios.

Entonces lo pienso bien y lo vacío en el fregadero.

Hago lo mismo con el resto de la botella.

Luego con otra.

Y después con todas las botellas.

Mi estado de ánimo oscila como un péndulo conforme me deshago de todo el alcohol que hay en la casa. Experimento la misma rabia que se siente cuando uno se deshace de las pertenencias de un mal amor, al tiempo que río porque no puedo creer que estoy haciendo esto. Siento emoción, salvaje y caótica, junto con catarsis, desesperación y orgullo. Y también tristeza, lo cual me sorprende. No esperaba estar de luto por una vida de alcoholismo que solo me ha traído problemas. Sin embargo, mientras el contenido de una botella tras otra se escurre por el caño, la pena me inunda.

Estoy perdiendo un amigo.

Uno horrible, sí.

Aunque no siempre fue así.

A veces la bebida me brindó una gran felicidad, y la voy a extrañar.

Una hora después, el gabinete para licores está abierto de par en par y expone solo un vacío en su interior. La barra de la cocina está tapizada de las botellas que estuvieron ahí y ahora están vacías. Algunas tenían más de mil años, otras son de esta semana.

Solo queda una sobre la mesa del comedor, una botella de cinco mil dólares de vino tinto que perteneció a Tom Royce. Como conozco su precio, no fui capaz de echarla por el drenaje. A través de la ventana del comedor veo que la casa de los Royce resplandece en la noche de octubre. Devolvería ahora el vino de no ser por la hora y lo cansada que estoy.

Vaciar todas esas botellas me ha agotado. O quizá es solo un síntoma de abstinencia. Ya tengo miedo de la infinidad de efectos secundarios que sin duda me esperan.

Una nueva Casey está en camino.

Es una sensación extraña. Soy yo, pero no soy yo. Ahora que lo pienso, quizá es así como Katherine se sintió antes de que Len tomara el control total.

«Últimamente no soy yo misma», me dijo. «Hace días que no me siento bien».

438

El recuerdo me asalta con la fuerza de un trueno, estremecedor, atronador, cargado de electricidad.

Porque lo que me dijo Katherine ese día no corresponde a todo lo demás. Cuando supe que Len había regresado y que la controlaba como una marioneta supuse que esa era la razón por la que se sentía extraña, débil.

Sin duda él tuvo que ver, por supuesto. Yo misma lo viví poco tiempo cuando él estuvo dentro de mí.

Pero esa no era la única razón por la que Katherine se sentía así. Lo sé porque cuando me confesó que no se sentía ella misma fue la mañana que tomamos café en el porche, un día *después* de que la saqué del lago. Según Katherine, ella se sentía mal desde *antes* de que Len apareciera en escena.

«Fue como si todo mi cuerpo hubiera dejado de funcionar».

Me alejo de la ventana y observo la botella de vino que está sobre la mesa. Saco mi teléfono y llamo a Wilma Anson.

La llamada entra directo al buzón de voz. Después del bip no doy ni mi nombre ni mi teléfono, solo grito lo que tengo que decir y espero que Wilma lo escuche a tiempo.

—Ese pedazo de la copa de vino que te di, ¿ya recibiste un reporte del laboratorio? Porque creo que tenía razón, Wilma. Creo que Tom Royce quería, *quiere*, asesinar a su esposa.

Cuelgo, corro al porche y tomo los binoculares. Me lleva un segundo ajustar el acercamiento y enfocar. La casa de los Royce se pone borrosa y luego se aclara hasta quedar nítida.

Examino la casa, revisando cada habitación.

La cocina está vacía.

También la oficina que está justo arriba y la recámara principal a la derecha.

Finalmente ubico a Katherine en la sala. Está sentada en el sofá, recargada en almohadas y cubierta con una cobija. En la mesita al lado de ella hay una copa de vino tinto.

Sin dejar de observar por los binoculares, alcanzo mi teléfono con la otra mano. Se tambalea en mi mano mientras deslizo el pulgar sobre la pantalla en busca del número de Katherine.

Al otro lado del lago, ella extiende el brazo y toma la copa en su mano.

Aprieto el teléfono con más fuerza y presiono la tecla de llamada.

Katherine se lleva la copa a los labios, está a punto de darle un trago.

El teléfono timbra una vez.

Se endereza al escucharlo y la mano que sostiene la copa se inmoviliza.

Segundo timbrazo.

Katherine mira alrededor de la habitación, tratando de localizar su teléfono.

Tercer timbrazo.

Lo ve sobre una otomana cercana y deja la copa sobre la mesita de centro.

Cuarto timbrazo.

Katherine se inclina hacia el teléfono, la cobija se cae de su regazo y la atrapa con una mano, al tiempo que con la otra toma el teléfono.

Quinto timbrazo.

—Cuelga el teléfono, Casey.

Bajo los binoculares y giro para ver a Tom salir de mi casa y reunirse conmigo en el porche. Tiene la botella de vino en

440

la mano, blandiéndola por el cuello como si fuera un garrote. Conforme se acerca, golpea la parte inferior de la botella contra la palma de su mano libre.

La voz de Katherine se escucha en mi teléfono cuando por fin responde.

—¿Hola?

Tom me arrebata con violencia el teléfono y lo avienta sobre el barandal del porche. El teléfono aterriza con un crujido en la oscuridad y empieza a sonar. Katherine me está llamando.

—A estas alturas desearías no haber sido tan entrometida —dice Tom—. Nada de esto estaría pasando si te hubieras mantenido apartada. Katherine estaría muerta, tú estarías aquí bebiendo hasta quedar inconsciente y yo tendría suficiente dinero para salvar mi compañía. Pero tenías que rescatarla y luego espiarnos sin tregua, como si nuestra vida fuera un maldito programa de telerrealidad. Arruinaste todo cuando involucraste a la policía. Ahora ya no puedo envenenar a Katherine lentamente. Debo tener mucho cuidado, cubrir mis rastros, hacer que parezca en verdad un accidente. Por eso la tenía amarrada en el sótano, en lugar de matarla de una vez. Por suerte, tu marido tenía muchas cosas interesantes qué decir sobre eso.

Hago un gesto de dolor, una reacción que no puedo evitar porque estoy muy atenta a la pesada botella de vino que sigue golpeando la palma de Tom.

—Hablamos mucho mientras estuvo en el sótano —explica—. Platicamos durante horas. No había mucho más que hacer una vez que tu amiga detective empezó a pisarme los talones. ¿Sabes qué fue lo más interesante que me contó?

441

Levanta la botella y la baja.

«Clap».

—Que yo lo maté —respondo.

—No solo eso. Lo fascinante fue cómo lo hiciste.

«Clap».

—El crimen perfecto —continúa Tom—. Mucho mejor que el de tu obra de teatro. Ahí fue de donde saqué la idea, pero eso ya lo sabes. Envenenar a mi esposa poco a poco para que muera de otra cosa y yo herede todo.

«Clap».

—Pero tu esposo, el buen y platicador Len, me dio una idea mucho mejor. Antihistamínico en un poco de vino. La vuelve mansa y somnolienta para poder echarla al agua para dejar que se ahogue. Al parecer, la policía de esta zona no parece sospechar que haya un delito cuando una persona se ahoga. Como bien lo sabes.

«Clap».

Abajo, en algún lugar, mi teléfono deja de sonar cuando Katherine se da por vencida.

—Probablemente le está dando un trago en este momento. —Tom hace un gesto hacia los binoculares que siguen en mi mano—. Anda, observa. Sé que lo disfrutas.

Levanto los binoculares, necesito usar ambas manos para evitar que tiemblen. La casa de los Royce tiembla de todos modos, como si hubiera un terremoto. A través de las lentes que vibran, veo que Katherine se acerca a la ventana de la sala. Mira hacia afuera, con la copa de vino en la mano.

Se la lleva a los labios y bebe.

—¡Katherine, no!

No sé si Katherine escucha mi grito, que vuela sobre el lago, porque Tom está sobre mí en un instante. Trato de golpearle la cabeza con los binoculares, pero él los bloquea con un brazo al tiempo que azota la botella contra el mío.

Dejo caer los binoculares cuando el dolor estalla en mi brazo.

Lanzo un grito, me tropiezo hacia atrás con la mecedora y caigo en el piso del porche.

—Ahora ya sabes lo que se siente —dice Tom.

Vuelve a tratar de golpearme con la botella, que pasa zumbando a solo centímetros de mi cara.

Me echo hacia atrás a lo largo del porche, el brazo derecho me pulsa y Tom sigue blandiendo la botella, cortando el aire con ella, acercándose cada vez más.

Y más.

Y más.

—Sé cómo hacerte desaparecer —dice Tom—. Len también me dijo eso. Todo lo que necesito es un poco de cuerda, unas piedras y agua muy profunda. Desaparecerás, igual que esas mujeres a las que asesinó. Nadie sabrá nunca qué te sucedió.

Vuelve a intentar golpearme con la botella y yo me aparto del camino de inmediato, hacia donde empiezan las escaleras del porche.

Tom vuelve a abalanzarse con la botella y me agacho, tratando de no perder el equilibrio. Sigue un momento de ingravidez, un engaño cruel de que quizá pueda resistir la gravedad, pero acaba con un golpe seco en el escalón de abajo.

Luego ruedo hacia atrás por la escalera, y el borde de cada escalón es como un golpe.

En la cadera.

En la espalda.

En la cara.

Cuando termina quedo tirada de espaldas en el suelo, atormentada por el dolor y atontada por la caída. Mi vista se nubla. Tom entra y sale de foco conforme baja los escalones despacio, uno por uno. La botella sigue golpeando en su palma.

«Clap».

Trato de gritar, pero no sale nada de mi boca. Estoy muy lastimada, sin aliento, demasiado asustada. Todo lo que puedo hacer es tratar de ponerme de pie, avanzar a tropezones hacia el agua con la esperanza de que alguien me vea.

Tom me alcanza al borde del lago. Chapoteo en el agua cuando me atrapa por la blusa, me jala hacia él y alza la botella para golpearme.

Doy un bandazo a la izquierda y la botella se estrella en mi hombro derecho.

Más gritos de dolor.

El golpe me hace caer de rodillas. Me adentro en el lago, el agua ahora me llega a las caderas, helada. El frío me da un poco de energía y giro hacia Tom, abrazo sus rodillas y lo arrastro conmigo.

Nos sumergimos como si fuéramos uno mismo, una masa furiosa de brazos entrelazados y piernas que patean y se retuercen. La botella de vino se escapa de la mano de Tom y desaparece en el agua al tiempo que él me saca de ella. Envuelve mi cuello entre sus manos, aprieta y vuelve a sumergirme en el agua.

Me quedo sin aire al instante. El lago está tan frío y las manos de Tom aprietan mi cuello con tanta fuerza que no puedo ver nada en el agua oscura. Empujada al fondo del lago, pateo, me retuerzo y me revuelco mientras mi pecho se aprieta cada vez más, tanto que temo que explote.

Sin embargo, Len es todo en lo que puedo pensar.

En este mismo lago.

Espera que muera en las aguas negras para poder apoderarse de mí otra vez.

No puedo permitir que eso suceda.

Carajo, me rehúso.

Paso la mano sobre el fondo del lago en busca de una piedra con la que pueda golpear a Tom. Quizá eso será suficiente para que deje de presionar mi garganta. Quizá me deje ir por completo. Quizá pueda escapar.

En lugar de una piedra rozo con un algo de vidrio.

La botella de vino.

La alcanzo, la tomo por el cuello y la levanto.

La botella sale de la superficie y corta el aire antes de estrellarse en la sien de Tom.

Sus manos liberan mi cuello mientras gruñe, se tambalea y se desploma. Salgo del agua en la que Tom se sumerge bocabajo, inmóvil.

Al otro lado del lago, las patrullas de policía han empezado a reunirse en la entrada de la casa de los Royce. Sus luces se reflejan en el agua en haces que giran en rojos, blancos y azules, mientras los agentes llenan el patio trasero y entran apresurados.

Wilma recibió mi mensaje.

Gracias a Dios.

Trato de ponerme de pie, pero lo más que puedo hacer es arrodillarme donde estoy. Cuando trato de gritar a la policía, mis gritos son un gañido apagado. Mi garganta está muy lastimada.

Junto a mí, Tom permanece bocabajo en el agua. Justo arriba de su oreja izquierda hay un pequeño cráter en donde la botella golpeó su cráneo y del que supura sangre que forma una nube negra que se extiende.

Sé que está muerto en el momento en que le doy la vuelta. Sus ojos están tan apagados como monedas viejas y la inmovilidad de su cuerpo es inquietante. Toco su cuello, no hay pulso. Mientras tanto, la sangre sigue fluyendo de la lesión en la cabeza.

Por fin puedo levantarme y doblar las piernas a voluntad. La botella de vino sigue intacta en mi mano. Camino con ella a la orilla y la dejo sobre una hilera de piedras que hay entre el lago y la tierra.

Detrás de mí, Tom recupera bruscamente el sentido y escupe agua.

No me sorprende.

No en este lago.

Regreso al agua y lo tomo por los brazos. Trato de no mirarlo, pero no puedo evitarlo cuando lo arrastro hasta la costa hasta asegurarme de que ninguna parte de su cuerpo toque el lago. Me mira y sonríe.

—Tenemos que dejar de vernos de esta manera —dice, antes de mascullar el apodo que tanto temo y espero—, Cee.

—Lo haremos —digo.

446

Tomo la botella, la estrello contra las piedras y dirijo el extremo dentado a su garganta, lo clavo en ella y lo hago girar hasta asegurarme de que nunca más podrá volver a hablar.

DESPUÉS

Soy la última en despertar.

Por supuesto.

Es fácil dormir hasta tarde ahora que la trayectoria del sol en el cielo ha cambiado con las estaciones, pues entra por la hilera de las ventanas en un ángulo oblicuo que no toca la cama. Cuando me levanto, el olor a café y los sonidos de que están cocinando entran por debajo de la puerta. Parece que todos los demás despertaron hace mucho.

Abajo, encuentro la cocina llena de actividad. Marnie y mi madre se amontonan frente a la estufa, discutiendo cuál es la manera correcta de hacer pan francés. Beso a ambas en la mejilla y las dejo que sigan deliberando mientras me sirvo una taza de café.

En el comedor, Eli y Boone ponen la mesa. Seis lugares en total.

—Buenos días, dormilona —dice Boone—. Pensamos que nunca despertarías.

Tomo un trago de café.

—Estaba cansada. La noche fue larga.

—Así sucede con los festejos de Año Nuevo.

Todos recibimos el Año Nuevo en el porche para brindar con ginger ale cuando llegó la medianoche.

Fue una buena noche.

Que incluso se puso mejor.

—Casey podría aprender una o dos cosas de ti sobre despertarse temprano —le grita mi madre a Boone desde la cocina—. Cuando me levanté esta mañana ya estabas despierto y la cama hecha.

Al otro extremo del comedor, Boone me lanza una mirada de complicidad que casi me hace estallar en carcajadas. Aún no estamos seguros de si mi madre sabe que estamos juntos o si se dio cuenta hace unas semanas y ahora está jugando con nosotros. Como sea, es un juego que al parecer todos disfrutamos. A diferencia del Monopoly, en el que Boone siempre me gana, cada maldita vez.

No le he dicho la verdad sobre lo que realmente le pasó a Katherine y cómo supe que Len había matado a tres mujeres. Tampoco les he dicho a Marnie ni a mi madre. Ellos, como la mayoría de los estadounidenses, siguen creyendo que Katherine se perdió en una caminata, que su sentido de orientación se confundió por las pequeñas dosis de veneno que Tom le había suministrado, y que yo encontré los mechones de cabello y las licencias de conducir de las tres mujeres desaparecidas cuando sacaba las cosas de Len.

Pienso contarle algún día la verdad a Boone, a Marnie y a mi madre, en verdad pienso hacerlo. Solo necesito más tiempo. Ya fue bastante difícil confesarle a Boone que lo había visto desde el porche cuando estaba desnudo en el puente de los Mitchell.

Me respondió que lo había supuesto.

También me sugirió que volviera a hacerlo tan pronto el clima fuera más cálido.

En cuanto a todo lo demás, esa historia es un poco más difícil de contar, y no estoy lista para que acabe la luna de miel de lo que sea que esté pasando entre Boone y yo. También, al menos por ahora, necesito algo en mi vida que no esté manchado por los eventos de octubre.

El día después de que Tom me atacó, un equipo de búsqueda y rescate de la policía estatal dragó el lago. Recuperaron al mismo tiempo los cadáveres de Megan Keene, Toni Burnett y Sue Ellen Stryker, y los encontraron exactamente donde Len dijo que estarían.

La prensa se volvió loca de manera colectiva. No puedo imaginar cuántos editores necesitaron sales aromáticas tras escuchar que el fundador de Mixer, Tom Royce, intentó envenenar a la emblemática modelo Katherine Royce, pero que lo impidió la Atribulada Casey Fletcher, quien acababa de enterarse de que su marido muerto era un asesino en serie.

Vaya noticia para un titular.

El lago Greene fue una locura durante más de una semana. Por el camino de grava que rodea al lago pasaron tantos vehículos de prensa que la policía tuvo que poner barricadas para alejarlos. Después llegaron los helicópteros que sobrevolaron el agua, mientras los fotógrafos se inclinaban a ambos lados como si fueran comandos de la Armada a punto de entrar en batalla. Incluso una reportera caminó poco más de tres kilómetros en tacones para tocar la puerta y hacer preguntas. Eli le dio una bolsa de hielo para sus pies adoloridos y la mandó de regreso.

Desde entonces pocas veces he salido de la casa. A diferencia de la Casey de antes, que solo pensaba en su embriaguez y brindaba con los paparazzi que esperaban fuera del bar, sé que cualquier aparición en público solo provocará un caos entre los fanáticos de los medios de comunicación. Aunque me he ganado mucha buena voluntad por haber salvado la vida de Katherine, Wilma Anson tenía razón cuando dijo que me juzgarían por los crímenes de Len. Si bien la mayoría no piensa que lo ayudé a asesinar a esas tres jóvenes, todos me culpan por no haberme dado cuenta mientras estuvo vivo. Eso me parece bien por dos razones.

La primera, sé la verdad.

La segunda, yo misma me sigo culpando.

Cuando salgo, lo hago de incógnito. Asistí a los funerales de las tres víctimas de Len, una mujer anónima con lentes oscuros enormes y un sombrero de ala ancha sentada al fondo de las iglesias casi vacías. Katherine quería venir, pero la convencí de no hacerlo porque llamaría mucho la atención. La verdad es que yo quería estar sola para poder murmurar una oración para Megan, para Toni y para Sue Ellen.

Me disculpé por no haber ayudado a que las encontraran antes y recé por su perdón.

Deseaba con desesperación que me hubieran escuchado.

—El desayuno estará listo en cinco minutos —dice Marnie—. Ve por Katherine, está en el porche.

Tomo uno de los muchos abrigos que cuelgan en el recibidor y voy al porche. Katherine está en una de las mecedoras, con una taza de café entre las manos y cubierta con un abrigo de diseñador que la hace parecer que acaba de llegar en un vuelo de St. Mortiz.

—Feliz Año Nuevo —exclama mirándome con una sonrisa debajo de la capucha forrada de pieles sintéticas.

—Igualmente.

Katherine puso su castillo de cristal a la venta y se mudó a la casa del lago de mi familia en cuanto ambas salimos del hospital. A diferencia de lo que pasó con la mía, su reputación solo mejoró desde los sucesos de octubre. Ese tipo de cosas pasan cuando tu marido intenta asesinarte y la policía tiene un pedazo de copa de vino cubierta de veneno para probarlo.

Asimismo, a diferencia de mí, Katherine sale y se exhibe públicamente. Le dieron la portada de *People*, contó su historia en *Good Morning America*, escribió un ensayo personal para *Vanity Fair*. En todos ellos hizo todo lo posible por mencionar lo buena amiga que he sido para ella y las experiencias traumáticas que padecí, igual que ella. Gracias a eso, y porque esos fotógrafos atrevidos nos sorprendieron a mí y a Katherine riendo en el porche, los medios nos han apodado las Viudas Alegres.

No voy a mentir, me gustó.

—¿Fue extraño no brindar con champaña a medianoche? —pregunta Katherine.

Han pasado diez semanas desde la última vez que bebí alcohol. Diez largas y lentas semanas con los pelos de punta. Mis ganas de beber han disminuido desde entonces. Eso me alienta, aunque sé que el deseo no desaparecerá de manera permanente. Esa sed me obsesionará como un miembro fantasma, que no existe, pero se siente intensamente.

Pero puedo hacerlo.

Las reuniones ayudan.

Como también un sistema de apoyo que ahora llena cada recámara de esta casa que alguna vez estuvo vacía.

—¿La verdad? Fue un cambio bastante agradable —respondo.

—Salud por eso.

Brindamos con nuestras tazas y miro hacia el lago. Se congeló a mediados de noviembre y es probable que permanezca así hasta marzo. El valle se cubrió de treinta centímetros de nieve dos días antes de Navidad e hizo que todo se transformara en un brillante oasis blanco salido de un grabado de Currier e Ives. El otro día, Marnie y yo nos pusimos unos patines de hielo demasiado apretados y patinamos en el lago como hacíamos cuando éramos niñas.

—¿De verdad crees que ya se fueron? —pregunta Katherine.

La miro sorprendida. A pesar de todo lo que ambas hemos vivido, casi no hemos hablado del tema en privado. Creo que se debe a que las dos tenemos miedo de maldecir el presente al mencionar el pasado.

Sin embargo, esta mañana, el alba de un año nuevo trae consigo una sensación de esperanza lo suficientemente brillante como para eclipsar cualquier oscuridad que pudiera atraer hablar de ellos.

—Creo que sí —respondo—. *Espero* que sí.

—¿Y si no? ¿Y si los dos siguen ahí, esperando?

He pensado mucho en eso, en particular las noches que muero por beber alcohol y acabo caminando por toda la casa como un alma en pena. Observo el agua y me pregunto si Len, de alguna manera, se las habrá arreglado para regresar ahí, esperando que alguien sea víctima del lago, o si Tom tomó su lugar en esas oscuras profundidades. Puesto que aún no tenemos idea de cómo y por qué sucedió esto, es difícil olvidarlo. Quizá el agua del lago Greene tiene algo tanto mágico como maligno. O tal vez fue el mismo Len quien lo maldijo con sus espantosos actos.

Como sea, sé que existe una posibilidad, aunque sea pequeña, de que pueda suceder otra vez.

Si llega ese día, yo estaré aquí.

Estaré preparada.

AGRADECIMIENTOS

Este libro no existiría sin la ayuda y el apoyo de muchas personas maravillosas. La principales son mi editora, Maya Ziv, y mi agente, Michelle Brower, quienes me animaron desde el momento en el que les platiqué la loca trama de este libro. Sin sus exhortaciones no habría una Casey, una Katherine ni una casa al otro lado del lago Greene.

Gracias a Emily Canders, Katie Taylor, Stephanie Cooper, Lexy Cassola, Christine Ball, Ivan Held, John Parsley y a todos en Dutton y Penguin Random House por su arduo trabajo y apoyo. Del lado comercial, estoy en deuda con Erin Files, Arlie Johansen, Sean Daily, Shenel Ekici-Moling, Kate Mack y Maggie Cooper.

Sarah Dutton merece un lugar en el Salón de la Fama de los Primeros Lectores, por navegar en aguas inciertas todos y cada uno de los libros. Su aguda perspicacia y sus opiniones francas son invaluables.

Gracias a todos los miembros de mi familia y amigos que continúan animándome desde las trincheras. Aunque nos hemos visto poco en los últimos dos años, siempre están en mis pensamientos.

Por último, mil gracias a Michael Livio, cuyo amor y paciencia me ayudaron a escribir otro libro durante la pandemia. Sinceramente, no hubiera podido hacer esto sin ti.